KB261460

탁무성 퓨전 판타지 소설
FUSION FANTASTIC STORY

이모션 디피션트 1

탁무성 퓨전 판타지 소설

초판 1쇄 찍은 날 § 2009년 11월 3일
초판 1쇄 펴낸 날 § 2009년 11월 9일

지은이 § 탁무성
펴낸이 § 서경석

편집장 § 문혜영
편집책임 § 정서진

펴낸곳 § 도서출판 청어람
등록번호 § 제1081-1-89호
등록일자 § 1999. 5. 31
어람번호 § 제1-1087호

주소 § 경기도 부천시 원미구 심곡2동 163-2 서경B/D 3F (우) 420-822
전화 § 032-656-4452 팩스 § 032-656-4453
http://www.chungeoram.com
E-mail § eoram99@chollian.net

ⓒ 탁무성, 2009

ISBN 978-89-251-1980-9 04810
ISBN 978-89-251-1979-3 (세트)

EMOTION DEFICIENT

FUSION FANTASTIC STORY

탁무성 퓨전 판타지 소설

이모션 디피션트

1

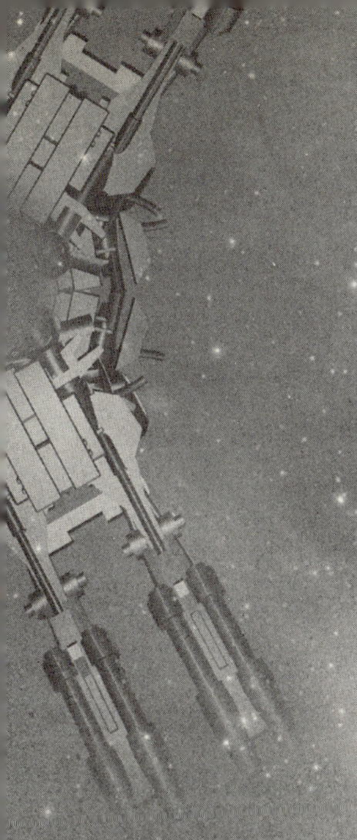

CONTENTS

프롤로그

　지구에서 발생한 인류는 우주력 1567년, 우주 에너지의 흐름을 발견하게 된다. 그리고 이 우주 에너지가 흐르는 곳에 위치한 행성에서 인간의 호흡으로 우주 에너지를 마나로 전환시키는 방법을 알아낸다.

　이 마나는 인류의 무한한 에너지로 선택되어 개발되기 시작하였다. 특히 이론적으론 특수한 자질을 갖추고 체계적인 훈련을 거친 인간은 우주 에너지의 마나로의 전환력과 집적력이 일반인의 100만 배 수준에 도달할 수 있음을 밝혀내었다.

　이렇게 훈련을 거쳐 마나를 생산할 수 있게 된 인간들을 마나 휴먼이라 칭하였는데, 이들은 보통 인간의 세 배에 이르는 수명과 월등한 신체 능력을 가지게 되었다. 그래서 인류는 소중한 에너지원이자 무서운 무기로 돌변할 수 있는 이들을 A~D급으로 나누어 관리하고 대우하게 된다.

마나라는 에너지를 발견한 인류는 거대한 에너지를 이용한 공간 이동 게이트를 개발해 내었다. 공간 이동 게이트는 우주 공간에 건설한 거대한 구조물로 블랙홀과 화이트홀의 원리를 이용한 것이다.

입구가 되는 게이트에서 강력한 중력을 발생시켜 공간을 찢은 다음 출구가 되는 게이트에서 발신한 유도 신호를 통해 출구가 되는 게이트를 통과함으로써 수백 광년의 공간을 한 순간에 이동할 수 있도록 해주었다.

이 공간 이동 게이트를 통해 인류는 시간과 공간의 한계를 뛰어넘어 우주를 개척할 수 있었다. 그리고 우주 개척에는 필연적으로 외계 생명체와의 전쟁이 따랐다.

그런 외계 생명체와의 전쟁에서 마나 휴먼들의 희생이 컸다. 왜냐하면 마나 휴먼의 능력을 우주 공간에서도 100% 발휘하게 해주는 마나슈트 기가스라는 병기가 개발되어 우주 전투는 기가스 위주로 진행되었기 때문이다.

특히 세 번째 우주 개발 지역인 켄타미움 성계의 켄타민 종족과의 전쟁에서 그 피해가 막심했다. 비록 기가스라는 최강의 병기가 있었지만 켄타민 하나를 상대하기 위해서는 최소

C급의 마나 휴먼이 조종하는 기가스 세 대가 필요하였기 때문이다.

이에 전투를 거듭하며 발생하는 희생을 줄이고 전쟁을 빠르게 마무리하기 위해 DNA 조작과 최상의 마나 축적 환경에서 인간을 만들었고, S급의 마나 휴먼을 탄생시키게 된다.

하지만 이는 인류의 두 가지 대원칙(인공지능의 결정권 부여, 인간 창조) 중 하나인 인간 창조를 어기는 것으로 비밀리에 실행되었고 실험적으로 하나의 개체만 창조하게 된다. 또한 창조된 S급의 마나 휴먼을 통제하고 최고의 전투력을 보유시키기 위해 감정을 느끼는 뇌 부위에 바이오칩을 삽입하여 감정을 통제하였다.

이렇게 나타난 S급의 마나 휴먼은 기대대로 뛰어난 전투력을 보이며 외계 생명체와의 전쟁을 쉽게 이끌어갈 수 있었고, 결국 승리하게 된다. 이 과정에서 그는 영웅으로 떠올랐고 함대 사령관의 지위까지 오르게 된다.

단순히 병기로 사용하고 버리려던 계획이 틀어진 것이다.

결국 S급의 마나 휴먼을 창조한 은하연합의 비밀 기관 SMHM(Secret Mana Human Management)은 그를 없애기로 계획한다.

S급 마나 휴먼이 가진 능력은 너무 뛰어났기 때문에 만약 통제 불능의 사태가 발생한다면 큰 피해를 감수해야 하고, 인류의 대원칙을 어겼다는 것이 밝혀지면 자신들에게 돌아올

책임 추궁을 피하기 위해서였다.

그렇게 켄타미움 성계에서 켄타민이라는 적을 몰아낸 인간들은 그들의 영원한 적, 또 다른 인간을 제거하기 위한 음모가 진행되고 있었다.

CHAPTER 01

음모

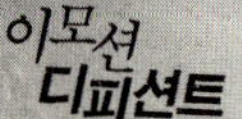
이모션
디피션트

켄타미움 성계 외각 제8 공간 게이트 구역
애트란 선함

쾅!

"도대체 왜 휴가 중에 이렇게 소집돼야 하는 거야!!"

켄타미움 성계 전쟁의 승리에 가장 큰 공헌을 한 제17함대의 기함 애트란의 브릿지에 한 남자가 데스크를 내려치며 벌떡 일어서서 말했다.

그의 목소리에는 불만이 가득하였는데, 그도 그럴 것이, 도박과 술, 마약 등으로 유명한 환락 행성 라스거스에서 특별

휴가를 즐기다 긴급 소집되었기 때문이다.

아직도 눈앞에 벌거벗은 미녀들의 춤사위가 아른거리고 있는 그는 전투부관 벨쥬브였다.

그는 평소에도 자신의 감정을 숨김없이 나타내고 직설적으로 말하는 것으로 유명하였고, 전투부관이라는 직책에 맞지 않게 가볍게 행동했다.

하지만 그의 진정한 모습은 평소의 모습 하고는 정반대의 것이었다. 그리고 그것을 아는 사람은 SMHM의 장관뿐이었다.

"아함~ 우리도 아직 이유를 모르겠어."

하품을 하며 느긋하게 대꾸하는 사람은 작전관 위즈였다.

이미 전쟁은 끝이 났다고 생각하는 그는 전쟁 중에 보여줬던 치밀함과 빠른 결정력은 저 멀리 버려둔 채 의자에 파묻히듯 앉아 있었다.

그는 브릿지에 모여 있는 네 명 중 유일한 노멀 휴먼으로, 뛰어난 두뇌를 이용한 창의적인 작전 구상 능력으로 작전관의 지위까지 오른 인물이었다.

"수리 중인 전함까지 나와 있는 것을 보니 켄타미움 잔여 세력의 공격에 대비하는 것 같지도 않은데… 도대체 무슨 일이지?"

스크린을 통해 배치된 함대를 살펴보던 함대 부사령관 키아스가 돌아앉으며 말했다.

뛰어난 상황 분석력과 판단력을 통해 실질적으로 함대를 지휘하는 그도 부족한 정보로는 아무것도 알아낼 수 없었다.

"야, 가레모, 너도 아는 것이 없냐?"

벨쥬브는 정보를 담당하는 위즈와 키아스가 만족스러운 답을 내놓지 못하자 조용히 앉아 있는 전투부관 가레모에게 물어보았다.

"……"

하지만 가레모는 아무런 대답 없이 눈을 감을 뿐이었다. 딸과 아내가 있는 곳에서 누리던 평안을 갑작스런 호출에 잃어버린 그도 아는 것은 아무것도 없었다.

"쳇! 너한테 대답을 바란 내가 바보지."

평소에도 거의 말이 없는 가레모이기 때문인지 벨쥬브답지 않게 쉽게 포기하며 말했다.

"아, 그래! 미기, 너도 아는 것이 없어?"

갑자기 생각이 난 듯 벨쥬브는 허공에 대고 말을 던졌다. 그리고 브릿지의 메인 스피커에서 아름다운 여성의 목소리가 대답하였다.

ㅡ사령관님의 통신 내용은 특급 기밀로 저에게는 알려드릴 수 있는 권한이 없습니다.

미기라 불린 그 여성은 사람이 아닌 인공지능 컴퓨터로서 전함의 모든 시스템과 정보를 관리하였다. 그래서 벨쥬브는 미기라면 어떤 정보를 가지고 있을 것이라 기대하고 물은 것이었지만, 돌아온 것은 더 큰 짜증뿐이었다.

"젠장, 이유라도 알면 이렇게 답답하지 않을 텐데. 아, 미치겠다."

"이제 곧 사령관님께서 오실 거야. 그러니까 그렇게 똥마려운 강아지처럼 굴지 말고 좀 앉아 있어."

데스크를 벗어나 가만있지 못하고 왔다 갔다 하는 벨쥬브를 보며 키아스가 퉁명스럽게 말했다.

"뭐, 뭐? 똥마려운 강아지? 이게! 내가 너보다 20년은 더 살았는데 그따위로밖에 말 못하냐?"

전쟁 중에도 티격태격했던 두 사람은 전쟁이 끝나고 나서도 여전하였다.

"나이만 많으면 뭐 하나, 하는 행동이 어린애 같은데? 거기다 우린 군인이고 여긴 전함의 브릿지야. 나이가 무슨 상관이야?"

"이, 이게⋯⋯!!"

그때 미기가 사령관의 등장을 알렸다.

―사령관님께서 브릿지에 도착하셨습니다.

미기의 말이 끝남과 동시에 브릿지의 문이 열리며 한 남자가 걸어 들어왔다.

그는 190cm는 되어 보이는 큰 키를 가졌고, 의장용 제복이 몸에 딱 붙으며, 드러나 있는 몸매는 무척 다부져 보였다.

하지만 눈썹까지 내려와 있는 옅은 보랏빛이 감도는 머리카락과 녹색의 눈동자가 빛나고 있는 얼굴은 다부진 체격과는 다르게 매우 앳되어 보였다. 또한 따뜻한 느낌의 녹색 눈동자에서 무심하고 냉정한 눈빛이 흘러나와 마주 대하기 어려운 분위기를 풍기고 있었다.

브릿지로 들어서는 사령관의 포스에 방금까지의 번잡한 분위기는 씻은 듯이 사라지고 적막감이 흘렀다.

그렇게 17함대의 사령관 케니안은 생사를 함께한 부관들조차 침묵하게 만드는 기운을 흘리며 브릿지 데스크의 사령관석에 앉았다.

"모두 앉으십시오."

"사령관님, 우리가 왜 소집된 것입니까? 그리고 일반 병사들은 모두 어디에 있습니까?"

케니안이 자리에 앉자마자 궁금증을 참지 못한 벨쥬브가 물었다.

케니안은 그런 부관들의 마음을 모르는 듯 천천히 입을 열었다.

"오늘 은하연합 의장 각하께서 켄타미움 성계로 이동하십……."

"은하연합 의장 각하를 호위하기 위해 소집된 것입니까? 켄타미움 잔여 세력이 의장 각하를 노리고 있다는 첩보라도 입수된 것입니까?"

성질 급한 벨쥬브는 사령관의 말이 끝나지도 않았는데 말을 끊으며 질문을 뱉어냈다.

그러자 케니안은 질문을 한 벨쥬브가 아닌 키아스를 가만히 쳐다보았다.

평소 벨쥬브가 자신의 말을 끊으면 벨쥬브에게 주의를 주던 키아스가 아무런 말도 하지 않았기 때문이다.

“아, 저도 그 이유가 궁금하던 참이었습니다, 사령관님.”

케니안이 자신을 빤히 쳐다보자 무안해진 키아스가 말했다.

“이제부터 이유를 말씀드릴 테니 질문은 조금 있다가 받도록 하겠습니다.”

다시 고개를 바로 한 케니안은 여전히 느린 말투로 말하였다.

“우선 의장 각하의 호위를 위한 소집도, 켄타미움 잔여 세력 때문도 아닙니다. 오늘 우리뿐만 아니라 전 함대가 제8 공간 게이트 구역에 소집된 이유는 전쟁 승리 선언을 위한 행사를 위해서입니다. 또한, 의장 각하께서 공간 이동 후 이 애트란 전함에 승선하셔서 저와 여러분에게 직접 훈장을 수여하신다고 합니다. 그래서 혹시 모를 테러나 암살 기도를 예방하기 위해 일반 병사들은 다른 전함에 승선해 있고 훈장 수여자인 저와 여러분만 이 전함에 있는 것입니다.”

케니안의 말은 감정이 실리지 않은, 마치 20세기 기계 음성이 말하는 듯 아무런 인간미가 느껴지지 않았다.

"아니, 그런 쓰레기 같은 훈장 하나 받으라고 휴가까지 반납하는 소집 명령을 내린 거란 말이야?"

군인이라면 훈장 수여가 가지는 가치를 높이 사야 하건만 벨쥬브의 입에서는 막말이 쏟아졌다.

"말을 조심해라! 사령관님께 무슨 말버릇이야!!"

벨쥬브의 막말에 키아스가 소리를 질렀다.

하지만 그런 것에는 아랑곳하지 않고 벨쥬브의 말은 이어졌다.

"사령관은 무슨. 훗! 전쟁도 끝났고, 난 휴가가 끝나면 원래 있던 자리로 돌아갈 거야! 그리고 곧 세상과 이별하게 될지도 모를 사령관인데 무슨 상관이야!"

벨쥬브의 말이 끝나자 애트란의 브릿지는 싸늘한 침묵에 잠겼다.

잠시 후, 키아스가 대적을 마주한 것 같은 얼굴로 침묵을 깼다.

"그게 무슨 소리지? 세상과 곧 이별하게 될 사령관님이라니?"

"훙!"

모두의 시선이 자기에게 집중됐지만, 벨쥬브는 비웃음만 흘릴 뿐 아무런 대답을 하지 않았다.

그렇게 벨쥬브와 키아스 사이에 팽팽한 긴장감이 흐르고 있었지만 정작 문제의 주재자인 케니안은 특유의 무표정을 유지한 채 조용히 앉아 있었다.

그때 이런 긴장감과는 어울리지 않는 나긋한 목소리가 브릿지에 울렸다.

─사령관님, 은하연합 의장 각하 도착 예정 시간이 30분 남았습니다. 함대의 선두로 이동하시겠습니까?

미기는 의사 결정권이 주어지지 않은 인공지능 컴퓨터. 인간들의 분위기를 파악하여 정보 전달을 연기한다는 것은 불가능한 일이었다.

아무튼 전함의 이동 시점을 알린 미기의 음성 덕분에 브릿지에 감돌던 팽팽한 긴장감은 조금 느슨해질 수 있었다.

"우리는 군인입니다. 군인은 주어진 명령에 충실히 따를 의무를 가지고 있습니다. 훈장 수여를 위한 소집 명령도 분명히 명령이니 벨쥬브 부관은 따라주시기 바랍니다."

케니안은 긴장의 원인이 되었던 자신의 생명에 대한 이야기에는 아무런 의문을 제기하지 않고 오로지 명령 완수만을 말하였다.

"사령관님!! 지금 훈장 수여가 중요한 것이 아닙니다!!"

키아스는 그런 사령관이 어이가 없어 소리를 질렀다.

"키아스 부사령관, 지금 우리에게 수행해야 할 명령이 있고 그 명령을 완수하기 위한 시간이 촉박합니다. 이것 말고 무엇이 더 중요하다는 것입니까?"

"하지만… 벨쥬브 전투부관이 한 말은……!"

"미기, 애트란을 함대의 최선두로 이동하겠습니다. 애트란 기동을 시작합니다."

케니안은 키아스의 말을 끊은 채 미기에게 애트란의 이동을 명령했다.

그런 케니안에게서 시선을 뗀 키아스는 벨쥬브에게로 시선을 돌렸다.

벨쥬브는 평소, 아니, 전쟁 중에도 느낄 수 없었던 기운을 풍기며 전방의 메인 스크린만 주시하고 있었다.

이에 가볍게만 봤던 벨쥬브가 아님을 느낀 키아스는 가레모에게 조용히 속삭였다.

"가레모, 벨쥬브가 수상해. 벨쥬브가 이상한 행동을 하면 나를 도와줄 수 있지?"

키아스의 말에 가레모는 말없이 고개만 끄덕였다.

키아스는 전쟁 중에 케니안이 비록 인간미는 없지만 뛰어난 전투 능력으로 자신뿐만 아니라 함대를 구하는 모습을 자주 보았다. 그렇기 때문에 케니안에 대한 일종의 경외감을 느끼고 있었는데, 그런 케니안에 대해 불길한 말을 하는 벨쥬브를 용서할 수 없었다.

가레모 또한 표현하지는 않지만, 자신의 목표를 이루어준 케니안에게 감사하고 있었기 때문에 키아스의 의도에 동참하기로 결정하였다.

이런 모습을 모두 지켜보고 있던 위즈는 브릿지를 가득 채

웠던 마나의 파장이 사라지자 숨을 몰아쉬며 침착함을 되찾
으려고 노력했다.

그리고 이 상황을 분석하고 대응책을 생각하기 위해 애썼
다.

은하연합 의장 도착 5분 전

은하연합 제17함대의 기함 애트란은 이제 곧 도착할 은하
연합 의장을 맞이하기 위해 사열 중인 함대들의 최선두로 이
동을 마쳤다. 그리고 곧 시작될 공간 이동 게이트의 오픈을
기다리고 있었다.

―사령관님, 2분 후 공간 이동 게이트의 오픈을 위한 게이
트 클리닝이 시작됩니다.

팽팽한 긴장감이 흐르고 있는 애트란의 브릿지였지만 미
기는 그런 것에 아랑곳하지 않고 자신의 임무를 수행하였다.

게이트 클리닝은 공간 이동을 하는 물체가 게이트 전면에
존재하는 물체와의 충돌을 피하기 위해 실시하는 것으로, 강
력한 중력을 발생시켜 일정 공간의 물체들을 빨아들이는 것
이다. 그렇기 때문에 입구는 존재하지만 출구는 존재하지 않
는, 반쪽의 공간 이동 게이트라고 불리기도 하였다.

과학자들은 게이트 클리닝을 통해 흡수된 물체가 어디로
이동하는지 알고자 몇 번 무인 탐사선을 흡수시켜 보기도 하

였지만 아직까지 발견된 탐사선은 없었다.

결국 그들은 몇 번의 실험 끝에 무인 탐사선이 공간의 틈새에서 부서지거나 공간의 틈새를 탈출하지 못하는 것으로 결론을 내렸다. 그래서 공간 이동 게이트가 열리기 직전에는 모든 함선이 게이트 클리닝의 범위를 벗어난 세이프 존에서 대기해야 했다.

"게이트 클리닝이 끝나면 곧 은하연합 의장 각하의 전함이 공간 이동할 것입니다. 모두 혹시 있을지 모를 돌발 상황에 대비하면서 의장 각하를 맞을 준비를 하십시오."

브릿지에 가득한 긴장감을 느끼지 못하는 듯 케니안은 딱딱하게 말했다.

"예. 알겠습니다, 사령관님!"

키아스와 위즈는 언제나 그렇듯 케니안의 말에 즉각적으로 대답하며 메인 스크린과 레이더를 바라보았다.

잠시 후 전함 전면의 상황을 비추며 다양한 정보를 보여주는 메인 스크린의 정가운데에 나타나 있던 공간 이동 게이트에 변화가 나타났다.

공간 이동 게이트는 세 개의 거대한 원형의 링이 겹쳐져 있었는데, 가장 안쪽부터 퍼스트 링, 세컨드 링, 써드 링으로 불렸다.

변화는 가장 두꺼운 써드 링으로부터 시작되었다.

써드 링은 가장자리가 붉게 변하며 마치 태양처럼 붉은 빛을 뿜어내기 시작하였다. 그러자 세컨드 링이 회전하기 시작하였고, 회전수가 초당 3만에 도달하자 퍼스트 링도 세컨드 링과 반대 방향으로 회전을 시작하였다. 그리고 곧 세컨드 링보다 늦게 회전을 시작한 퍼스트 링의 회전수도 초당 3만에 이르렀다.

두 개의 거대한 링이 서로 반대 방향으로 맹렬히 회전하자 써드 링에서 뿜어져 나온 빛이 공간 이동 게이트 중심의 공간으로 빨려들기 시작하였다.

퍼스트 링과 세컨드 링의 회전에 휘말려 서로 반대 방향으로 회전하던 빛의 입자들은 어느 순간 게이트의 중앙에서 충돌하여 빛을 잃어버렸다.

빛의 입자들이 빛을 소실하는 그 순간, 공간 이동 게이트의 중앙에는 어마어마한 에너지가 발생했고, 생성된 에너지는 곧바로 거대한 중력을 형성하였다.

그 중력은 점점 커져 마침내 공간을 찢어버렸고, 게이트의 중앙에는 칠흑 같은 어둠만이 남았다.

그리고 그 어둠을 향해 게이트 전방에 떠 있던 운석과 부유물들이 맹렬한 속도로 빨려들어 가기 시작하였다.

—게이트 클리닝이 시작되었습니다. 세이프 존을 벗어나지 않도록 주의하시기……

삐잉! 삐잉!!

게이트 클리닝이 시작되었음을 알리던 미기의 음성은 갑

작스레 울리기 시작한 비상 음에 끊어지고 말았다.

비상 음은 곧 브릿지 전체로 확산되었고, 대원들은 당황함을 감추지 못한 채 사태를 파악하기 위해 노력하였다.

"미기, 비상 음을 끄고 무슨 일인지 보고하세요."

케니안은 브릿지를 시끄럽게 울리고 있는 비상 음에도 불구하고 평상시의 모습 그대로 조용히 미기에게 명령을 내렸다.

잠시 후, 비상 음이 꺼지면서 미기의 보고가 시작되었다.

―메인 부스터에 외부 침입이 감지되었습니다. 현재 침입 경로와 목적을 분석 중입니다.

히지민 케니안을 비롯한 모두는 미기의 분석을 기다릴 필요가 없어졌다.

왜냐하면, 게이트 클리닝이 시작되고 있는 공간 이동 게이트로 애트란이 전속력으로 돌진하기 시작했기 때문이다.

"사령관님!! 애트란이 전속력으로 돌진하고 있습니다!!"

"애트란의 메인 부스터 컨트롤러가 응답이 없습니다!! 전진을 멈출 수 없습니다!!"

작전관 위즈와 함대 부사령관 키아즈가 연이어 소리쳤다.

―사령관님, 메인 엔진에 외부 컨트롤러가 부착되어 강제로 최대 출력을 내고 있습니다! 14회의 시스템 방어가 시도되었지만 성공하지 못하였고, 이에 감속 및 항로 변경이 불가능합니다! 또한 외부와의 통신이 차단되었습니다!

미기는 빠르게 현재 상태를 보고했다. 그것은 애트란이 통제 불능 사태에 빠졌다는 충격적인 보고였다.

하지만 그것이 끝이 아니었다.

―현재 함선 수리 로봇이 출동하여 외부 컨트롤러를 제거하기 위해 이동하고 있습니다. 예상 제거 가능 시간은 4분 22초 후입니다.

"4분 22초?!"

침착함을 유지하고 있던 벨쥬브와 다른 전함과 통신을 시도하던 위즈가 동시에 소리쳤다. 그들은 그 시간이 의미하는 것을 정확하게 파악하고 있었기 때문이다.

"사령관님!! 현재 상태로는 45초 후 게이트 클리닝이 진행되고 있는 공간 이동 게이트로 돌진하게 됩니다! 만약 게이트 클리닝 범위에 진입하게 된다면 탈출 불능 상태에 빠지게 됩니다!!"

위즈는 다급함을 지우지 못한 채 케니안에게 보고를 하였다.

"미기, 게이트 클리닝 범위를 벗어나기 위한 대응법을 보고하세요."

케니안은 갑작스런 사태에 대한 당혹감도 없는지 평소의 말투로 미기에게 명령을 내렸다.

―현재 42회의 시스템 방어가 시도되었지만 성공하지 못하였습니다. 함선 수리 로봇이 도착하여 외부 컨트롤러를 제거

하는 방법으로 대처하는 수밖에 없습니다. 3분 17초 후 함선 수리 로봇이 외부 컨트롤러를 제거하면 시스템을 정상으로 회복시킬 수 있습니다.

그러나 미기는 다른 대응법을 내놓지 못하고 조금 전의 대답을 되풀이하였다.

쿠구쿵! 텅!

그 순간 전함이 심하게 요동쳤고, 작은 운석 조각들이 선체에 충돌하기 시작했다.

"큭!! 게이트 클리닝 범위에 진입하였습니다!! 우주 부유물 충돌에 의한 피해를 방지하기 위해 20%의 출력으로 실드를 가동하겠습니다!!"

엔진 컨트롤을 조작하던 키아스가 흔들리는 브릿지에서 균형을 잡으려고 애쓰며 소리쳤다.

"공간 이동 게이트 돌입 10초 전!!"

위즈가 다급한 목소리로 외쳤다.

은하연합 총사령관 기함 다보스 호

"총사령관님!! 제17함대의 기함 애트란이 게이트 클리닝 중인 공간 이동 게이트로 전속 전진하고 있습니다!! 40초 후에는 게이트 클리닝 공간에 진입하게 됩니다!"

모든 함대의 배치를 조정하고 있던 다보스의 부사령관이

갑자기 전진하기 시작한 애트란을 발견하고 외쳤다.

"뭣? 당장 애트란에 통신을 연결하라!"

이미 이 계획을 알고 있는 총사령관이었지만 훌륭하게 놀라는 연기를 해내었고, 돌발 상황에 대처하기 위해 정보를 수집하고 있던 브릿지의 모든 인원은 그것이 연기인지 알 수 없었다.

한 사람을 제외하고는.

총사령관 옆에 서서 메인 스크린을 보며 상황을 지켜보고 있던 남자는 총사령관이 연기하고 있다는 것을 잘 알고 있었다. 그런 그에게 총사령관의 말과 행동은 가소로워 보였다.

결국 그는 당황한 듯 분주히 명령을 내리는 총사령관에게 비웃음을 흘리며 총사령관만 들을 수 있게 말했다.

"훗, 연기를 꽤 잘하시는군요?"

그 남자의 말에 총사령관은 메인 스크린에서 눈을 떼며 그를 쳐다보며 큰 소리로 말했다.

"SMHM의 장관께서는 이 상황에 대해 아는 것이 있으십니까?"

그 남자는 S급의 인간을 창조하고 이제 그를 제거하기 위한 계획을 입안한 SMHM의 장관이었다.

"아시다시피 저는 현재 총사령관님의 기함 브릿지에 있습니다. 제 정보원들의 접근이 차단되어 있죠. 그래서 이 상황에 대한 정보를 보고받지 못하고 있습니다."

그의 당황하는 모습을 기대한 총사령관의 기대와는 달리 그는 너무나 침착한 모습으로 대답하였다.

"자네의 연기가 더욱 훌륭한 것 같군."

총사령관은 자신의 기대를 저버린 그 남자에게 작은 소리지만 강한 어조로 쏘아주고는 메인 스크린으로 시선을 돌렸다.

"총사령관님! 애트란으로부터 아무런 응답이 없습니다!!"

"애트란이 게이트 클리닝 공간에 진입하였습니다!!"

통신병의 보고에 이어 부사령관의 보고가 이어졌다. 그들은 분주히 상황을 분석하고 보고를 하고 있었지만 그들이 할 수 있는 것은 없었다.

그리고 그들은 알고 있었다.

게이트 클리닝 공간에 진입한 전함이 그것을 자력으로 빠져나오기는 불가능하다는 것을.

그렇게 은하연합의 모든 함대가 지켜보는 가운데 제17함대의 기함 애트란은 출구가 없는 공간 이동 게이트로 빨려들어 갔다.

'미안하네. 인류의 영웅인 그대들을 지켜주지 못하였네. 정말 미안하네.'

전쟁 중 자신의 어떤 무리한 요구도 뛰어난 무력과 작전으로 모두 수행해 낸 케니안과 그의 부관들을 이렇게 보내야 했던 총사령관은 마음속으로 사죄하였다.

　그리고 그런 총사령관을 잠시 지켜본 SMHM의 장관은 브릿지를 빠져나가기 위해 돌아서며 만족스러운 미소를 띠었다.
　그렇게 전쟁 승리 선언 행사를 위해 사열한 은하연합 함대들은 전쟁 승리 선언이 아닌 영웅들의 장례를 위한 사열이 되고 말았다.

CHAPTER 02
탈출

애트란의 브릿지

출구가 없는 공간 이동 게이트에 돌입한 애트란은 공간의 틈새에서 탈출하기 위한 방법들을 찾는 움직임으로 분주했다.

─사령관님, 성계 지도가 데이터 부족으로 오류를 일으키고 있습니다. 현재 좌표 및 진행 방향을 알 수 없습니다.

함선 수리 로봇이 메인 부스터에 부착되어 있던 외부 컨트롤러를 제거하고 나서 시스템 점검을 마친 미기가 보고하였다.

"공간 이동 게이트 출구에서 보내오는 신호는 전혀 잡히지 않습니까?"

케니안이 미기에게 되물었다.

정상적인 공간 이동은 입구가 되는 공간 이동 게이트로 진입하면 출구가 되는 공간 이동 게이트에서 보내오는 유도 신호를 따라 곧바로 공간 이동되었다.

그래서 케니안은 공간의 틈새에 진입한 직후 유도 신호를 찾도록 명령을 내렸었다.

하지만 이들을 제거하기로 계획한 은하연합이 유도 신호를 발신할 리 없었다.

—네. 아직 어떤 게이트의 유도 신호도 찾지 못하였습니다.

그렇게 아무런 방법도 찾지 못하고 무의미한 문답만 주고받고 있을 때 광역 레이더를 살피며 다가오는 위험이 없는지 살피던 키아스가 의아한 목소리로 중얼거렸다.

"좀 이상한데? 왜 갑자기 광역 레이더 범위 끝에 있는 운석들이 없어지지?"

"뭐?!"

키아스의 옆에서 무언가 골똘히 생각하고 있던 위즈가 깜짝 놀라며 되물었다.

"여길 봐봐. 레이더 범위의 가장자리에 있는 운석들이 사라지고 있어. 무언가가 그것들을 파괴하고 있는 건가?"

"큭, 젠장! 미기, 레이더 가장자리에 있는 운석과 그다음에 있는 운석들의 거리와 사라지는 시간을 측정해서 보고해 줘!"

위즈는 큰 위기가 닥친 것처럼 다급하게 외쳤다.

브릿지의 부관들은 의아한 눈으로 위즈를 쳐다보았다. 그리고 그런 모두의 궁금증을 대표해 키아스가 물었다.

"도대체 무슨 일인데 그래?"

"예전에 출구가 없는 공간 이동 게이트에 무인 탐사선을 보내는 실험 보고서를 읽은 적이 있어."

"그런데?"

"그 보고서를 보면 어떤 무인 탐사선도 발견하지 못했어. 그리고 그 이유를 출구가 없는 공간의 틈새가 일정 시간이 지나면 다시 원상태로 복구되면서 그 공간의 틈새에 있는 물체들을 모두 파괴하기 때문이라고 추측하였어."

"뭐?!"

키아스는 위즈의 대답에 경악을 금치 못했다. 또한 소리만 내지 않았다 뿐이지 케니안을 제외한 모두의 얼굴에는 두려움이 서리기 시작했다.

─계산 결과 초속 300km의 속도로 운석과 운석 사이의 공간이 줄어들고 있는 것으로 나타났습니다.

그때 계산을 마친 미기가 보고를 하였다.

"그것을 적이라고 가정하였을 때 전함에 도착하는 시간은?"

사태의 심각성을 파악한 키아스는 빠르게 되물었다.

—11분 7초 후입니다.

미기의 대답을 들은 키아스의 얼굴엔 절망이 어리었다.

"아아아악!! 제기랄!!"

그 순간 한동안 잠잠히 있던 벨쥬브가 갑자기 악에 받친 소리를 질렀다. 그는 사령관 석에 무표정하게 앉아 있는 케니안을 무섭게 노려보며 외쳤다.

"이게 다 너 때문이야!!"

그리고는 곧바로 검은색의 마나를 뿜어내며 케니안을 향해 달려들었다.

팍!

순식간에 케니안의 두 발 앞까지 다가간 벨쥬브였지만 그의 손은 가레모에 붙잡혔다.

하지만 벨쥬브는 자유로운 왼손으로 가레모의 배를 노렸고, 가레모는 예상보다 강력한 마나의 기운에 벨쥬브의 손을 놓고 뒤로 점프하며 물러섰다.

브릿지에 있는 이들 중 가장 강력한 전투력을 보유한 사람은 케니안이었다.

그리고 그 뒤를 이어 전투부관인 가레모와 벨쥬브가 비슷한 전투력을 가지고 있었고, 부함장인 키아스는 그 둘보다는 다소 적은 전투력을 소유하고 있었다.

평소 가레모는 자신이 벨쥬브보다 조금 높은 전투력을 가지고 있다고 생각하고 있었는데 이번 공격을 막으며 그 생각을 수정하게 되었다.

가레모에게 잡힌 손이 자유로워지자마자 다시 케니안에게 돌진하려던 벨쥬브는 앞쪽에서 느껴지는 압도적인 마나의 기운에 자신도 모르게 멈추고 말았다.

"이게 무슨 짓입니까?"

케니안은 여전히 의자에 앉아 있었지만 그의 말투도 평소와 다름없이 무덤덤했고 그에게서 뿜어져 나오는 검은색 마나의 기운은 이미 브릿지를 가득 채우고 벨쥬브를 압박하고 있었다.

'아차! 실수했군.'

사실 벨쥬브가 자신의 전공을 살려 케니안을 공격했다면 아무리 S급 마나 휴먼인 케니안이라도 그의 공격을 쉽게 막을 수는 없었을 것이다.

하지만 꼼짝없이 죽을 수밖에 없다는 절망감이 벨쥬브의 판단력을 흐려놓았고, 이 일의 원흉인 케니안이 눈에 보이자 앞뒤 구분 없이 정면으로 달려들었던 것이다.

그리고 그것이 실수였다는 것을 압도적인 케니안의 기운을 통해 느낄 수 있었다.

털썩!

어느새 키아스와 가레모는 케니안의 양옆에 호위하듯 서 있었다.

그런 모습을 본 벨쥬브는 이제 자신이 할 수 있는 건 얌전히 죽음을 기다리는 것밖에 없다는 생각에 그 자리에 주저앉고 말았다.

─공간의 공격이 전함에 도달하기까지 10분 남았습니다.

그 순간 미기가 경고하였다.

하지만 모두들 벨쥬브에게 시선을 둔 채 아무런 행동도 취하지 않았고, 그런 모습을 지켜보던 위즈만 안절부절못하고 있었다.

"그래, 이제 와서 무슨 상관이냐. 참내, 이렇게 죽으려고 그 지옥을 악착같이 살아왔었다니……. 이제 우리 목숨이 10분 남았다고 하네. 그렇게 서 있기만 할 거냐?"

벨쥬브는 좀 전의 기세는 어디로 갔는지 모든 것을 체념한 듯 푸념 섞인 말을 늘어놓았다.

"아니. 아직 기회가 있을지도 몰라."

그런 모습을 지켜보던 위즈가 말했고, 모두의 눈이 위즈를 향했다.

"위즈 작전관, 우리가 어떤 기회를 가졌는지 설명하십시오."

케니안은 좀 전의 상황은 안중에도 없는지 벨쥬브는 완전히 무시한 채 위즈에게 명령하였다.

"네, 사령관님. 시간이 없으니 빠르게 설명 드리겠습니다. 켄타미움 전쟁 중에 셀레스틱 캐논을 발사하는 위력 시범을 한 적이 있습니다.”

셀레스틱 캐논은 애트란의 선두 부분에 장착되어 있는 대형 무기이다. 그것은 애트란이 장비하고 있는 미사일이나 마나 캐논 등과는 차원이 다른 무기로 최전방에서 전쟁을 치르는 함대의 기함에만 배치된 무기였다.

특히 애트란은 셀레스틱 캐논이 최초로 배치된 기함으로 위력 시범을 위해 지름이 2,000㎞에 달하는 소행성에 셀레스틱 캐논을 발사한 적이 있었다. 당시 위력 시범의 대상이 된 소행성은 티끌조차 남기지 못하였다.

이처럼 어마어마한 파괴력을 가진 셀레스틱 캐논이지만 치명적인 단점이 있어 실전에서 사용된 적은 없었다.

그 단점은 너무나 많은 마나를 소모한다는 것이었다.

위력 시범을 위해 셀레스틱 캐논을 사용한 애트란은 약 85%의 마나를 소모하였고, 남은 15%의 마나로는 전두를 지속할 수 없었다는 결론을 내렸다.

따라서 우주라는 무한한 공간에서 전쟁을 치르던 애트란은 마나 효율의 개선 없이 실전에서 셀레스틱 캐논을 사용할 수는 없었다.

“그래서?”

“그 당시 소행성이 파괴되면서 아주 잠깐 공간의 뒤틀림 현상이 발견되었습니다. 따라서 셀레스틱 캐논을 사용함과 동시에 전속 전진하여 그 여파로 발생하는 공간의 뒤틀림으로 돌진한다면 이 공간의 틈새를 벗어나 정상적인 공간으로 빠져나갈 수 있을 것입니다."

위즈의 말이 끝나자 모두 굳은 얼굴로 침묵에 빠져들었다.

특히 위즈의 말에서 희망을 찾던 벨쥬브는 실망감을 감추지 못한 채 중얼거렸다.

"10분 남은 삶을 더 짧게 만들자는 거구나."

벨쥬브의 중얼거림에 위즈는 아무런 대답을 하지 못하였다.

왜냐하면 셀레스틱 캐논의 어마어마한 파괴 범위에 돌진하는 건 둘째 치고, 현재 위치하고 있는 공간의 틈보다 훨씬 불안정한 공간의 뒤틀림에 돌진하는 것은 돌입 즉시 우주의 먼지가 될 가능성이 컸기 때문이다.

또한 공간의 뒤틀림을 무사히 통과한다 하더라도 그것이 정상적인 공간으로 연결된다는 보장도 없었다.

벨쥬브의 중얼거림이 끝나고도 아무도 입을 열지 못하고 침묵을 유지하고 있을 때 케니안이 그 침묵을 깨뜨렸다.

"성공 가능성은 얼마나 됩니까?"

케니안은 위즈가 아무리 기상천외하고 위험한 작전을 세우더라도 항상 물어보던 질문을 똑같은 어투로 다시 물어보았다.

"사, 사령관님, 이건 너무 위험합니다!!"

"키아스 부사령관님, 현재 상황에서 다른 대안이 있습니까?"

키아스가 아무런 대답을 하지 못하자 케니안은 다시 위즈를 바라보며 물었다.

"위즈 작전관님, 성공 가능성은 얼마인지 보고하세요."

"사실… 데이터 부족으로 미기도 성공 가능성을 1% 미만으로 보고 있습니다. 저도… 그것에 동의하기는 싫지만… 다른 방법은 없는 것 같습니다."

"알겠습니다. 다른 대안이 없는 이상 1%의 가능성이라도 시도해 봐야 합니다. 모두 그렇게 알고 셀레스틱 캐논의 발사 준비를 시작하십시오."

"알겠습니다, 사령관님."

케니안의 명령이 떨어지자 위즈는 셀레스틱 캐논의 발사 및 공간의 뒤틀림에 돌입히기 위한 메인 부스터의 출력, 실드의 출력 등을 계산하기 시작하였다.

그때 위즈를 도와 작전 실행 준비를 해야 할 키아스가 심각한 목소리로 말했다.

"사령관님, 그 작전을 실행하기에 앞서 벨쥬브의 행동에 대한 심문이 있어야 합니다. 그것이 선행되지 않는다면 작전 중 어떤 돌발 상황이 발생할지 모릅니다."

키아스의 말에 작은 희망의 기운이 싹트던 브릿지는 다시 긴장감에 휩싸였다.

─공간의 공격 도달 5분 전입니다.

그런 긴장감 속에 시간이 얼마 남지 않았다는 미기의 경고가 흘러나왔다.

"키아스 부사령관님, 우리에게는 시간이 없습니다. 지금 벨쥬브 전투부관을 심문하는 것보다 공간의 공격에서 벗어나는 것이 더욱 중요합니다."

미기의 경고를 들은 케니안은 키아스에게 고개를 돌리며 말하였다.

"그렇다면 최소한 벨쥬브의 신병을 구속하게 해주십시오."

하지만 키아스는 자신의 의견을 굽히지 않았다. 그는 외부에서의 공격도 위험하지만, 내부에서의 공격은 더욱 위험하다고 생각하고 있었다.

"벨쥬브 전투부관, 여전히 공격 의사를 가지고 있으십니까?"

계속되는 키아스의 주장에 케니안은 너무도 뻔한 질문을 벨쥬브에게 던졌다.

"아니. 일단 내가 살아야 누구를 원망하든 공격을 하든 하지. 난 얌전히 있겠다고 맹세할 수 있어."

"흥. 그까짓 뻔한 대답과 너의 그 싸구려 맹세를 어떻게 믿으란 거지?"

키아스는 벨쥬브를 전혀 신뢰할 수 없는 듯 마구 쏘아붙였

다. 그리고 그런 말을 하는 키아스를 향해 벨쥬브는 착 가라
앉은 눈빛을 보냈다.

"내가 마음만 먹으면 너 따윈 한순간에 없애 버릴 수 있다.
그러니 네가 믿든 안 믿든 전혀 상관없지."

"뭐, 뭐?!"

"그만. 어차피 이 작전이 실패하면 우리는 모두 죽을 수밖
에 없습니다. 또한 성공한다 하더라도 어떤 위험이 닥칠지 알
수 없습니다."

금방이라도 싸움을 시작할 것 같은 둘을 보며 케니안이 말
했다.

"그리고 그 위험에서 스스로 자신을 돌볼 수 있어야 합니
다. 그렇기 때문에 벨쥬브 전투부관의 신병 구속은 받아들일
수 없습니다. 더는 이 사항에 관한 의견을 받지 않겠습니다."

케니안의 단호함에 키아스는 자신의 의견을 숙일 수밖에
없었다.

"알겠습니다."

케니안에게 대답을 한 키아스는 벨쥬브에게도 한마디 하
는 것을 잊지 않았다.

"내가 너를 주시하고 있다는 것을 잊지 말고 허튼수작 부
리지 않는 게 좋을 거다."

"흥."

그런 키아스에게 벨쥬브는 콧방귀로 응수하며 자신의 자

리에 앉았다.

키아스와 벨쥬브가 자리로 돌아가 앉자 위즈가 보고했다.

"사령관님, 셀레스틱 캐논에 마나 충전이 완료되었습니다. 셀레스틱 캐논의 목표는 600㎞ 전방에 있는 직경 187㎞의 소행성입니다. 이제 선두의 장갑을 열면 발사 준비가 완료됩니다."

위즈의 보고가 끝나자 미기의 경고가 이어졌다.

—공간의 공격 도달 2분 전입니다.

"장갑을 열고 발사 준비를 마치세요."

위즈의 보고와 미기의 경고 후 케니안은 담담하게 선두 장갑을 열도록 명령하였다. 케니안의 명령에 따라 위즈는 선두의 장갑을 여는 코드를 입력하였고, 선두의 장갑이 서서히 열리기 시작하였다.

애트란 선두의 장갑은 네 개로 나뉘며 각각의 방향으로 조금씩 움직인 후 뒤로 움직이기 시작했다. 그와 동시에 선두에 장착되어 있는 셀레스틱 캐논이 모습을 드러내었다.

셀레스틱 캐논은 가운데 두꺼운 기둥이 있고 그 주위를 수많은 링이 일정한 간격을 두고 배치되어 있었다. 링은 애트란 안쪽의 것이 가장 컸고 그 크기가 일정 비율로 줄어들었다. 그리고 발사를 위한 마나가 충전되었다는 것을 증명하듯 눈이 시릴 정도로 푸른빛을 내며 빛나고 있었다.

"장갑이 열렸습니다. 셀레스틱 캐논 발사 준비 완료!!"

위즈가 상기된 목소리로 보고하였다. 지금까지 수많은 작전을 수립하고 실행한 그였지만 지금 실행하려는 작전처럼 불확실한 것은 없었기 때문이다.

"충격파와 공간의 뒤틀림에 진입할 때의 충격을 대비해 실드를 80% 수준으로 올리세요. 그리고 공간의 뒤틀림에 진입함과 동시에 실드의 출력을 최대로 올리겠습니다. 이번 작전의 1차 목표는 이 공간의 틈을 무사히 탈출하는 것입니다. 따라서 안전을 최우선으로 하여 마나의 소모는 무시하도록 하겠습니다."

이처럼 불확실한 작전을 수행하는 것에 대한 불안함과 실패하면 죽음밖에 기다리는 것이 없다는 것을 알지 못하는 듯 케니안은 덤덤하게 명령하였다.

─공간의 공격 도달 30초 전입니다. 카운트다운을 시작하겠습니다.

미기가 카운트다운을 시작하였다.그 숫자가 점점 줄어들자 벨쥬브와 키아스, 위즈, 그리고 무표정함으로는 케니안에 뒤지지 않는 가레모의 얼굴에도 긴장감이 가득 차기 시작했다.

그리고 마침내 그 숫자가 5가 되었을 때 케니안이 명령하였다.

"셀레스틱 캐논 발사! 애트란 전속력 발진!"
"셀레스틱 캐논 발사!! 애트란 전속력 발진!!"

담담하게 명령을 내리는 케니안과는 달리 그 명령을 복명복창하는 키아스의 목소리는 긴장감을 떨쳐 내려는 듯 브릿지를 쩌렁쩌렁 울렸고, 동시에 메인 스크린은 목표 소행성을 향해 뻗어가는 푸른빛의 기둥을 비추기 시작했다.

그리고 곧 메인 스크린은 푸른빛으로 가득 찼고, 그 빛 속으로 애트란은 돌진하였다.

콰광!!

셀레스틱 캐논의 목표가 된 소행성으로 돌진하던 애트란은 거대한 충격파와 부딪치면서 크게 흔들리기 시작했다.

"크큭! 실드 소실… 충격파에 직접 노출됩니다!!"

키아스가 시시각각 변하는 상황을 크게 외치자마자 조금 전보다 훨씬 큰 굉음과 흔들림이 들이닥쳤다.

쿠콰과과광!!

거대한 충격에 브릿지는 크게 요동쳤고, 모두의 머릿속에는 실패라는 단어가 떠올랐다.

그때, 브릿지를 뒤흔들던 충격파가 갑자기 사라지면서 몸이 의자에 단단히 고정되어 있음에도 불구하고 공중에 붕 뜨는 느낌을 받았다. 그것은 무중력과 우주 생활에 적응되어 있는 그들에게도 매우 생소한 느낌이었기에 속으로 신음을 흘렸다.

'헉!!'

파팍!

그 순간 전쟁 중 적의 공격을 직격으로 당해도 끄떡없던 미기의 시스템이 다운되면서 브릿지의 전원이 나갔다.

이런 상황을 겪어본 적이 없는 모두는 침묵을 유지한 채 어떻게 대응해야 할지 몰라 당황하기 시작하였다.

"큭!! 으… 윽……!!"

그때 케니안이 신음성을 흘리며 머리를 붙잡았다.

대원들은 당혹스런 눈으로 케니안을 주목하였다. 케니안이 신음성을 내는 것을 단 한 번도 본 적이 없었기 때문이다.

이때 케니안은 생전 처음 겪어보는 극심한 통증이 머릿속을 휘젓고 있었다.

하지만 곧 그 고통은 언제 있었느냐는 듯이 사라졌고, 안정을 되찾은 케니안은 자신을 쳐다보고 있는 부하들에게 명령하였다.

"현재의 상황을 보고하십시오."

평소와 다름없는 말투로 명령을 내리는 케니안을 보며 모두들 불안함을 떨쳐 내고 안도하였다.

그런데 벨쥬브만은 케니안을 향해 의심의 눈초리를 보내고 있었다.

"미기가 응답하지 않아 정확한 상황을 알 수 없습니다. 미기가 응답하지 않는 경우는 매뉴얼에 따르면 마나가 모두 소모되었을 때와 애트란이 큰 피해를 입어 미기의 시스템에 직접적인 영향을 미쳤을 때 두 가지입니다. 두 경우를 확인하기 위해서는 마나 엔진과 애트란의 상태를 직접 확인하러 가는 수밖에 없습니다."

애트란에 관해 가장 많은 지식을 가진 부사령관 키아스가 침착함을 되찾고 대답하였다.

"뭐, 어쨌든 목숨은 건진 것 같네. 아직 이렇게 숨 쉴 수 있는 것을 보니 말이야. 위즈의 작전이 성공했군."

케니안을 향한 의구심을 확인할 방법이 없는 벨쥬브는 우선 살아 있다는 것에 안도하고는 평소의 말투로 돌아와 밝은 목소리로 말하였다.

"하지만 미기의 시스템이 다운된 상태로 복구되지 못한다면 우리는 여전히 위기 속에 있는 것입니다. 이 상태로는 아무런 행동도 취하지 못하고 우주의 미아가 될 수도 있습니다."

벨쥬브의 말에 대꾸하는 위즈는 살았다는 안도감보다는 여전히 위기가 계속되고 있다는 불안감이 더 컸다.

팟!

그때 브릿지에 불이 켜지며 미기의 시스템이 복구를 시작하였다.

위이이잉!

―알 수 없는 이유로 인해 시스템이 다운되었습니다. 시스템 복구를 시작합니다.

메인 스크린을 비롯한 브릿지의 컨트롤러들이 일제히 작동하면서 기계음을 냈고, 동시에 미기의 보고가 이어졌다.

"휴!"

미기의 보고를 들은 대원들은 이제야 안심이 되는 듯 안도의 한숨을 내쉬었다.

"미기, 시스템이 복구되는 대로 현재의 위치와 애트란의 상태를 보고하세요."

그런 그들을 잠시 지켜보던 케니안은 미기에게 명령하였다.

삐잉! 삐잉!!

그때 비상 음이 브릿지를 울렸다.

"아씨!! 또 뭐야!!"

요란한 비상 음에 벨쥬브는 신경질적으로 반응하였다.

키아스와 위즈, 가레모도 조금 전에 겪은 일이 상기된 듯 컨트롤러들을 확인하는 모습에서 긴장감과 짜증이 동시에 묻어났다.

―현재 미확인 행성의 중력권에 들어섰습니다. 42초 후 대기권에 진입합니다.

시스템을 복구 중인 미기였지만 위험을 감지하고 케니안에게 보고하였다.

"즉시 메인 부스터를 가동하여 중력권을 벗어나십시오."

미기의 보고가 끝나자마자 케니안이 명령하였다.

"마나가 부족하여 메인 부스터가 작동하지 않습니다!!"

메인 부스터를 조작하던 키아스가 외쳤다.

그와 동시에 모두는 몸이 가벼워지는 것을 느꼈고, 애트란은 행성으로 빠르게 끌려들어 갔다.

미기의 보고가 이어졌다.

—대기권 돌입 20초 전입니다. 대기권 돌입의 충격에 대비하십시오.

"큭. 사이드 부스터, 리프트 부스터로는 중력권을 벗어날 수 없습니다, 사령관님!!"

어떻게든 중력권을 벗어나기 위해 노력하던 키아스가 다급한 목소리로 외쳤다.

"마나가 부족해서 중력권을 벗어나기는 어렵습니다. 차라리 실드와 리프트 부스터에 마나를 집중하여 대기권 돌입의 충격을 완화시키고 착륙 속도를 유지해야 합니다!!"

마나 잔량을 확인한 위즈가 현 상태에서 최선이라고 생각되는 의견을 제시하였다.

지금 애트란의 마나는 약 8%밖에 남지 않은 상태였고, 이 마나의 양으로는 최대 출력의 실드를 5분도 유지하기 어려웠다.

하지만 애트란은 우주에서의 전투를 위한 전함이어서 행성에 착륙하는 것에는 어떤 준비도 되어 있지 않았다. 결국 남은 방법은 실드로 대기권 돌입의 충격을 버텨내는 것밖에 없었다.

케니안이 빠르게 명령했다.

"모두 충격에 대비하고 실드에 마나를 집중하십시오. 대기권 통과 후 리프트 부스터를 작동하겠습니다."

드드드드드드!

우주전을 위해 만들어진 애트란은 길이가 3,254m, 폭이 984m, 높이가 677m에 달하는 대형 전함이었다. 그렇기 때문에 대기권에 돌입하면서 엄청난 마찰이 일어났고, 애트란은 한겨울에 발가벗겨져 쫓겨난 어린아이처럼 전신을 부들부들 떨었다.

─대기권에 돌입하였습니다. 이 행성은 평균 중력의 1.5배의 중력을 가지고 있습니다. 시속 3만 ㎞에서 계속 증가 중입니다. 외부 온도가 3,000도에서 계속 증가 중입니다. 현재 상황에서 아무런 대처를 하지 않는다면 1분 27초 후 1차 장갑의 한계 온도인 8,000도를 넘어서게 됩니다.

미기는 행성의 중력과 빠르게 변하는 외부 상황을 보고하였다.

실드를 최대 출력으로 유지하고 있었지만, 물리적 공격과 에너지 공격을 막기 위한 실드로는 대기권 돌입에서 발생하는 마찰열을 완전히 차단할 수 없었다. 이 때문에 메인 스크린은 온통 붉게 빛나고 있었고, 브릿지는 눈도 뜨기 어려울 정도였다.

"미기, 메인 스크린 블라인드를 작동시키고 대기권 돌파까지 시간은 얼마인지 보고하세요."

—약 1분 53초 후 대기권을 통과할 것으로 예상됩니다.

항상 정확한 데이터만 보고하던 미기는 미확인 행성의 부족한 데이터 때문에 빠르게 변하는 대기의 밀도를 계산하여 예측 시간을 말하였다.

"사령관님, 1차 장갑의 피해는 어쩔 수 없습니다. 그보다 착륙 속도를 유지하지 못한다면 애트란의 완파를 피할 수 없습니다. 따라서 실드를 거두고 그 마나를 리프트 엔진에 집중해야 합니다."

1차 장갑의 한계 온도 도달 시간과 마나의 잔량, 그리고 현재 속도를 계산하던 위즈가 피해를 최소화하기 위한 방법을 제시하였다.

"그리고 최악의 사태를 대비하여 강습 전투함으로의 대피를 제안합니다."

애트란과 운명을 함께하고픈 생각이 없는 위즈였기에, 애트란이 착륙 속도를 유지하지 못할 경우를 대비해 애트란이 장비하고 있는 두 대의 강습 전투함 중 하나로 대피하기를 제안하였다.

이 강습 전투함은 애트란이 가지지 못한 기동성을 가지고 있어 기가스를 전장에 돌입시키거나 정찰 및 호위 임무를 수행하는 함정이었다.

하지만 강습 전투함에는 미기의 역할을 수행할 수 있는 인공지능 컴퓨터가 없었고, 식량 및 각종 정비 물품이 구비되어 있지 않았다.

특히 애트란이 존재한다면 미기의 지원을 받을 수 있지만 애트란이 파괴된 후 강습 전투함만 남을 경우에는 함선 통제 및 정보 관리가 되지 않아 단순한 이동 수단으로 전락하게 되는 것이었다.

"미기가 없으면 그건 전투함이 아닌 깡통일 뿐이야!!"

위즈의 말에 키아스가 외쳤다.

"그렇다고 이대로 추락하면 죽을 수밖에 없어!! 그걸 원하는 거야?"

위즈는 지지 않고 키아스에게 반문하였다.

"위즈 작전관, 브릿지에서 전투함으로 이동하는 데 걸리는 시간은 얼마입니까?"

흥분해서 소리치는 위즈에게 케니안이 담담하게 물었다.

"최대 속도로 이동한다면 약 5분입니다."

"그건 위즈 작전관의 최대 속도인 것 같군요. 제가 위즈 작전관을 안고 최대 속도로 이동한다면?"

"그, 그렇다면……."

너무 흥분한 나머지 자신의 기준만으로 생각했다는 것을 자각한 위즈가 침착함을 되찾으며 잠시 생각하고 나서 대답하였다.

"약 1분이면 도달할 수 있을 것입니다."

"그럼 대기권 돌파 후 감속 정도를 보고 강습 전투함으로의 이동을 결정하겠습니다. 미기, 브릿지에서 강습 전투함까지의 모든 문을 열어두고 강습 전투함의 발진 준비를 하십시오. 그리고 실드를 거두고 대기권 돌파 직후 리프트 부스터를 최대 출력으로 가동하겠습니다."

위즈의 대답을 통해 탈출할 시간은 충분하다고 판단한 케니안은 탈출 시간을 최대한 줄이고자 미기에게 명령하였다.

—알겠습니다, 사령관님.

케니안의 명령에 대답한 미기가 곧바로 대기권 돌파의 카운트다운을 시작하였다.

—대기권 돌파 예상 시간 30초 전입니다. 카운트다운을 시작하겠습니다. 30, 29, 28…….

미기의 카운트다운이 시작되자 브릿지에는 미기의 목소리만 울리며 팽팽한 긴장감이 흐르기 시작했다. 그리고 마침내 대기권 돌파의 순간이 다가왔다.

—3, 2, 1. 대기권을 돌파하였습니다. 리프트 부스터 최대 출력으로 가동하겠습니다.

미기는 여차하면 인간들이 자신을 버릴지도 모른다는 것에는 아랑곳하지 않고 평소와 다름없이 명령을 수행하였다.

쿠우우우!

그리고 리프트 부스터가 최대 출력으로 가동되면서 감속
에 의한 충격이 브릿지를 뒤흔들었다.

그렇게 이름 모를 행성의 중력이라는 유혹을 뿌리치기 위
해 몸부림치고 있는 애트란의 아래에는 이 행성 최강의 생명
체 중 하나가 고민에 빠져 있었다.

프리모 대륙 북동쪽에는 대륙 최대의 몬스터 서식지인 데
컴 숲이 있었다. 데컴 숲에는 대륙 몬스터의 약 50%가 서식
할 정도로 수많은 몬스터가 서식하고 있었고, 프리모 대륙 최
강의 생명체인 드래곤도 존재하였다.

그 데컴 숲의 한가운데에는 미치 거대한 구멍이 난 것처럼
모래의 호수가 고여 있었다.

이 모래의 호수는 보통의 호수라면 마땅히 가져야 할 생명
의 기운을 전혀 느낄 수 없었다. 뿐만 아니라 모래 속에서 살
아가는 다양한 생명체조차 이 모래의 호수에는 모습을 보이
지 않았다.

데컴 숲의 한가운데에서 생명의 싹이 잘린 것은 약 1,000년
전 아도지스 아펠이라는 전설의 혼합 마법사와 골드 드래곤
과의 치열한 전투 때문이었다.

세상과는 동떨어진 곳에서 벌어진 최초이자 최후인 인간
과 드래곤의 1:1 전투는 이처럼 거대한 흔적을 남긴 채 시간
속에 묻혀가고 있었다.

그럴 사람은 없겠지만, 만약 누군가 드넓은 모래의 호수에서 펼쳐지는 바람과 모래의 유희를 감상하고자 한다면 결코 놓칠 수 없는 명당, 원래는 우거진 숲에 우뚝 솟아 숲의 생기를 느끼기 좋은 산의 중턱에 한 남자가 서 있었다.

그 남자는 허리까지 내려오는 금발을 바람에 맡긴 채 금빛 눈동자를 빛내며 바람이라는 음악에 맞춰 춤추고 있는 모래의 향연을 바라보고 있었다.

하지만 눈앞에 펼쳐지고 있는 장관에도 불구하고 그의 얼굴에는 수심이 가득했다.

"후, 1,000년이 지났지만… 여전히 생명이 돌아올 기미가 보이지 않는군."

그는 1,000년 전 벌어졌던 그 전투의 유일한 목격자인 골드 드래곤 커미스트 퓨텔이었다.

드래곤은 일족에 따라 그 성이 달랐는데, 골드 드래곤은 커미스트라는 성을 가지고 있었다. 1,000년 전 드래곤으로 태어난 지 850년이 지난 유스 드래곤으로서 큰 전투력을 가지지 못했던 그는 인간과 어머니와의 전투를 멀리서 지켜볼 수밖에 없었다. 어머니의 승리를 의심하지 않았던 그는 드래곤의 지식에도 있지 않은 새로운 마법으로 어머니와 전투를 펼치던 그 인간을 잊을 수 없었다.

특히 그 인간이 마지막에 시전한, 종국에는 마법의 시전자인 그 자신마저도 빠져나올 수 없어 죽음을 맞이하게 한, 모든 것을 무로 돌려 버리던 그의 마법은 1,000년 동안의 연구로도 알 수 없는 마법이었다.

"아펠… 그 인간이 마지막에 발동시킨 마법은 무엇이기에 1,000년의 세월이 흘러도 그 흔적이 사라지지 않고 남아 있는 것인가. 도대체 그것이 무엇이기에 1,000년간의 연구로도 풀리지 않는 것인가."

퓨텔은 그 인간의 마법을 목격한 후, 유희를 통해 다양한 경험을 쌓고 자신이 가진 힘과 지식을 활용하는 법을 알아가야 할 유스 드래곤 시절을 모두 마법 연구에 바쳤다. 그것으로도 모자라 1,000년이라는 시간이 흐를 동안 그 인간이 시전한 마법을 알아내기 위해 연구를 서늘하고 있었다.

그러던 어느 날 연구가 막혀 홧김에 시전한 마법으로 모래의 호수 깊은 곳에 묻혀 있던 그 인간 마법사의 던전을 발견할 수 있었다. 그리고 그 던전에서 이펠이라는 인산 마법사의 이름과 수많은 마법서를 얻어 그가 몇 가지 속성의 마나를 혼합한 혼합 마법을 사용했다는 것은 알 수 있었다. 하지만 아펠이 시전한 마지막 마법은 그 이름조차 알 수 없었다.

"응?"

그렇게 시름을 앓고 있는 그의 감각에 커다란 마나의 파장이 느껴졌다. 그것은 그의 어머니와 아펠의 전투 이후로 처음 느껴보는 거대한 것이었다.

"누군가 메테오를 시전한 것인가? 그렇지만 일반적인 메테오의 마나 파장이 아닌데?"

퓨텔은 마나의 파장이 느껴진 까마득한 상공을 쳐다보았다.

그리고 감각을 확대시켜 모래의 호수를 향해 불타며 떨어지고 있는 거대한 물체를 확인하였다.

"저건… 이 일대가 아니라 대륙을 파괴할 수도 있을 정도군. 인간이 실수한 것인가, 아니면 어떤 일족이 미친 것인가."

메테오의 크기를 확인한 그는 보통의 메테오가 아님을 알게 되었다.

그리고 저런 규모의 마법을 시전하는 것이 가능한 것은 인간이 아니면 같은 드래곤뿐임을 확신했다. 특히 드래곤이라면 정상적인 상태가 아닐 것이라고 생각했다.

"우선 저것을 막아야겠군, 가능할지는 모르겠지만."

그는 메테오를 직접 본 적은 없었다.

메테오라는 마법은 그 파괴력은 절대적이지만 우연성의 비중이 높은 마법이다. 까마득한 하늘에 마나의 진을 펼쳐 두고 그 근처를 지나는 별의 조각을 목표 지점으로 끌어들이는 것이 메테오인데, 언제 별의 조각이 지나갈지 알 수 없었다.

또한 목표 지점으로 끌어들이는 것도 어려웠고, 설사 이 과정이 모두 성공하였다 하더라도 공중에서 소멸하는 경우가 더 많았다.

그래서 드래곤들은 메테오와 같은 파괴력이 필요할 때 그와 비슷하거나 더 강력한 브래스를 사용하였다. 드래곤이 가진 최강의 기술인 브래스는 나이에 따라 그 위력이 달라지고 브래스를 뿜을 수 있는 횟수도 달랐다. 전력을 다한 브래스는 웜 급 이하에서는 한 번, 그 이상에서는 두 번 사용할 수 있지만, 보통은 힘을 조절하여 여러 번 사용하였다.

이제 웜 급 바로 아래의 그로스 급인 퓨텔은 태어나서 처음으로 전력의 브래스를 뿜을 준비를 하였다.

"폴리모프 투 트루스."

퓨텔은 자신의 진실한 모습인 드래곤으로 변하는 폴리모프 용언 마법을 사용하였다.

폴리모프는 대표적인 용언 마법으로 고위 정신체를 가진 드래곤만이 사용할 수 있는 마법이다.

폴리모프를 사용하기 위해선 자신의 신체에 대한 DNA 단위의 정보와 변화하고자 하는 대상의 DNA 단위의 정보를 정확하게 알고 있어야 한다.

왜냐하면 트랜스포메이션처럼 단순히 외관만 바꾸는 것이 아니라 변화한 신체로 종족 번식까지도 가능한 마법이기 때문이었다.

그렇기 때문에 엄청난 기억력을 가진 드래곤이 아니면 폴리모프 마법을 사용하기란 거의 불가능에 가까웠다.

또한 용언 마법은 무속성 마법이었다. 즉 불, 물, 땅, 바람, 냉기, 전격 등 여섯 가지 마나의 속성을 모두 이용하여 무속성이라는 새로운 속성을 만들어 마법을 시전하는 것이다.

만약 퓨텔이 마법서가 아닌 용언 마법을 연구했다면 아펠이 최후에 사용한 마법의 실마리를 잡을 수 있었겠지만 마법서에 너무 몰두한 나머지 이런 사실을 놓치고 있었다.

파아앗!

폴리모프가 시전되어 퓨텔의 주위로 모여들던 빛무리가 한순간 폭발하며 금빛을 뿜어내었다.

크아아오오오!!

오랜만에 본체로 돌아온 퓨텔은 마치 기지개를 켜듯 등에 접혀 있던 한 쌍의 날개를 펼치며 데컴 숲의 모든 생명이 두려움에 몸을 움츠리게 하는 드래곤 피어를 발하였다.

폴리모프를 마친 퓨텔은 금빛으로 빛나는 드래곤 스케일이 약 150m 길이의 몸 전체를 빼곡히 덮고 있었다. 그리고 머리에는 골드 드래곤의 상징인 나선형으로 회전하며 자란 뿔이 돋아나 있었다.

드래곤의 뿔은 드래곤의 나이를 나타내는 상징적인 것으로 퓨텔은 그로스 급임을 나타내는 네 개의 뿔을 가지고 있었다.

쉬아아아!

바람의 속성을 가진 골드 드래곤답게 브래스를 준비하는 퓨텔의 주위로 바람들이 몰려들기 시작했다. 그리고 풀 파워의 브래스를 토해내기 위해 마나를 갈무리하는 그의 스케일에서 눈부신 금빛이 쏟아지기 시작했다.

콰아아아!!

마침내 준비를 마친 퓨텔의 입에서 모든 것을 찢어 날려 버릴 듯한 거친 바람의 덩어리가 길게 뿜어져 나왔다. 그리고 퓨텔의 비늘을 금빛으로 물들이고 있던 빛의 입자들이 브래스에 휘말리며 마치 거대한 금빛의 기둥이 하늘을 꿰뚫을 것처럼 솟아오르는 장관이 펼쳐졌다.

CHAPTER 03
추락

드드드드!

파치치지직! 지직!

쿠콰카!

미확인 행성으로 추락하고 있는 애트란의 브릿지에는 공기와의 마찰에 진동하는 애트란의 신음 소리와 그 충격을 이기지 못한 컨트롤러들이 내뱉는 비명 소리로 가득하였다.

하지만 미확인 행성은 애트란의 신음과 비명에는 아랑곳하지 않고 중력이라는 유혹을 멈추지 않았다.

애트란은 그 유혹을 뿌리치기 위해 리프트 부스터를 최대 출력으로 가동하고 있었지만 무중력 상태에 사용하는 리프트 부스터로는 그 목적을 달성하기 힘들어 보였다.

—지면까지 3분 남았습니다.

"크, 크읏… 함장님… 착륙 속도에 도달하는 것은 불가능합니다. 어서 전투함으로 이동을……."

애트란은 리프트 부스터로 어느 정도 감속에는 성공하였지만 여전히 착륙 속도에는 한참 미치지 못하였다. 결국 지면에 추락하기까지 3분 남았다는 미기의 보고가 이어졌고, 온몸을 짓누르는 압력을 받고 있던 위즈는 신음성과 함께 전투함으로 이동하자는 의견을 제시하였다.

하지만 위즈가 예측하지 못한 것이 있었다.

그것은 바로 추락 속도에 의한 압력이었다.

애트란은 엄청난 속도로 추락하고 있었기 때문에 브릿지에 있는 모두는 체중의 열 배가 넘는 압력을 느끼고 있었다. 애트란은 행성에 착륙하는 것에 전혀 대비가 되어 있지 않았기 때문에 브릿지에는 이런 압력에서 탑승자를 보호해 줄 아무런 장비가 없었다.

특히 다른 이들과는 달리 노멀 휴먼인 위즈가 느끼고 있는 압력은 실제의 그것보다 훨씬 컸다.

그리고 마나 휴먼으로 뛰어난 신체 능력을 가지고 있는 다른 사람들도 이동은커녕 거우 팔을 들 수 있을 정도의 상태였다.

"지금… 상태로는… 이동이 어렵습니다."

위즈의 말에 대답하는 케니안의 목소리도 평소와는 달랐다. 마치 누가 가슴을 누르고 있는데 억지로 말을 하는 것 같았다.

"제, 제기랄……."

숨 쉬기도 어려운 압력 속에 어떻게든 움직여 보려던 벨쥬브는 몸을 일으켜 세울 수조차 없자 짧은 신음만 흘렸다.

그렇게 모두들 절망의 벼랑 끝에 겨우겨우 매달려 있을 때 비상 음이 또다시 브릿지를 울렸다.

삐잉! 삐잉!!

"또냐. 익숙해져서 비상 음 같지도 않군. 더 나빠질 것도 없다, 이젠."

공간의 틈새에 빠져서도 삶에 대한 집착을 버리지 못하였던 벨쥬브도 이제는 죽음을 피할 수 없다는 것을 깨달은 듯 체념 어린 한탄을 내뱉었다.

하지만 그런 벨쥬브의 한탄은 전혀 관심없는 듯, 브릿지를 내리누르고 있는 거대한 압력도 개의치 않는 듯 미기의 보고가 이어졌다.

—두시 방향에서 에너지 반응이 나타났습니다. 약 2기가 마나에 해당하는 에너지입니다. 회피 기동을 하지 않으면 25초 후에 본 함에 명중합니다.

2기가 마나의 에너지는 중형 전함의 주포에 해당하는 에너지였다.

　완전한 상태의 애트란이었다면 50%의 실드만으로도 충분
히 막아낼 수 있는 것이었지만 지금 애트란은 5%의 실드도
형성할 수 없는 상태였다.

　"2기가 마나?"

　"현… 상태로는 2기가 마나의 공격도… 치명적입니다."

　미기의 보고를 들은 키아스는 멍한 상태로 중얼거렸고, 위
즈는 그것이 얼마나 위험한 것인지 케니안에게 보고하였다.

　"위즈 작전관님, 부분적으로… 실드를 형성할 수 있습니
까?"

　이런 위급 상황에서도 케니안은 차분하게 되물었다.

　"가능… 합… 알겠습니다."

　위즈는 보통 때처럼 케니안의 물음에 대답하려다 그 의도
를 파악하고는 대답과 함께 바로 실행에 옮겼다. 평소라면 결
코 말을 줄이는 일은 없었을 테지만 시간도 없고 말하기도 힘
든 특수한 상황이었기 때문이다.

　대답을 한 위즈는 겨우 손가락을 움직여 컨트롤러를 조작
해 애트란의 모든 마나를 동원해 예상 명중 부분인 애트란의
하부에 실드를 형성하기 시작했다.

　─명중 10초 전입니다. 충격에 대비하십시오.

　언제나 일정한 미기의 목소리는 항상 승리를 의미했지만,
지금 들리는 미기의 목소리는 마치 사형선고를 내리는 재판
관의 목소리처럼 냉정하게만 들렸다.

─9… 8… 7… 6… 5…….

"실드… 20%로 가동… 됐습니다."

미기의 카운트가 명중까지 5초 남았음을 알릴 때 위즈가 조작을 마치고 보고하였다. 그는 애트란의 얼마 남지 않은 마나를 모두 사용해 좁은 면적에 20%의 실드를 형성할 수 있었다.

그리고 잠시 후, 거대한 손이 애트란을 칵테일 셰이커처럼 마구 흔드는 것 같은 충격이 덮쳐 왔다.

쿠콰쾅!!

"크윽……."

"으……."

켄타미움 성계 전쟁을 치르면서 수많은 전투 경험을 가진 케니안과 부관들은 강한 충격에도 약간의 신음성을 내는 데 그쳤다.

"아아아악!!"

하지만 전쟁 중 안전한 애트란에서 작전을 구상하고 전황을 파악하는 데 주력했던 위즈에게는 견디기 힘든 충격이었다. 더구나 노멀 휴먼으로서 마나를 이용해 자신의 신체를 보호하는 기술 같은 것이 없었기 때문에 뼈가 으스러질 것 같은 충격을 견디기 힘들었다.

결국 위즈는 그 고통을 이겨내지 못하고 비명을 지르며 정신을 잃었다.

만약 2기가 마나에 해당하는 공격을 20%의 실드로 맞았다면 애트란은 3차 장갑까지 관통당하고 두 동강이 났을 것이다.

그리고 정신뿐만 아니라 목숨까지도 잃었을 것이다.

그렇게 위즈의 의식을 세상과 분리시키고 애트란을 위험에 빠뜨린 그 에너지의 정체는 바로 퓨텔이 전력을 다해 뿜어낸 브래스였다.

골드 드래곤은 바람의 속성을 가지고 있어 공기와 바람의 마법을 능숙하게 다뤘다. 그리고 그들이 가진 최강의 무기인 브래스 또한 바람의 속성을 가진 것이었다. 한계까지 압축된 공기의 덩어리인 그들의 브래스는 폭발형으로 강력한 풍압으로 파괴력을 발하였다.

이런 특성 때문에 모든 드래곤 중에 그린 드래곤 다음의 광범위한 피해 범위와 레드와 실버 다음의 파괴력을 가지고 있었다.

이러한 골드 드래곤의 특징은 제어할 수 없는 속도로 추락하고 있던 애트란에게는 행운이 되었다.

퓨텔의 브래스에 직격당한 애트란은 세 개의 장갑 중 가장 높은 강도를 자랑하는 1차 장갑의 80%가 파괴되고 2차 장갑도 일부 파괴되는 피해를 입었다. 하지만 극도로 압축된 공기가 폭발하면서 쿠션 역할을 해주었고, 이 쿠션은 애트란의 추락 속도를 크게 줄여주었다.

뿐만 아니라 대기권을 통과하면서 고열에 녹아 있던 1차 장갑이 조각조각 부서지는 것이 아니라 그 충격에 밀려나며 넓게 퍼졌다. 이것이 날개 역할을 해주어 하염없이 추락하던 애트란의 균형을 잡아주었고, 추락으로 인한 완파를 막아주었다.

이런 사실을 알 리 없는 케니안과 그의 부관들은 공격으로 인한 충격에서 벗어나기 위해 노력하고 있었다. 하지만 그런 그들의 노력을 비웃기라도 하듯 브릿지를 메우고 있는 굉음 사이를 뚫고 미기의 경고가 연속으로 들렸다.

─하부 1차 장갑 완파. 하부 2차 장갑 40% 손상되었습니다.

"추락 시간을 예상할 수 없습니다."

애트란 하부의 1차 장갑이 파괴되면서 아래쪽에서 발생하는 외부 정보와 차단된 미기는 추락하는 속도와 지면까지의 거리를 측정할 수 없게 되었다.

결국 큰 피해를 입었다는 정보만 얻고 추락하는 속도가 현저히 줄어들었다는 정보는 얻지 못한 그들은 언제 찾아올지 모를 충격에 대비하며 긴장할 수밖에 없었다.

비록 짧은 순간이었지만 곧 찾아올 충격이 살아서 느끼는 마지막일 것이 될 수도 있다는 생각에 정신을 잃은 위즈가 부러워 보일 지경이었다.

그렇게 평생에 가장 긴 짧은 순간이 지나자 프리모 대륙과

애트란은 서로 원하지 않은 첫 키스를 하였다. 그리고 원치
않던 키스를 강제로 하게 된 둘은 격렬한 반응을 일으켰다.

콰아아아아앙!!

전력을 다한 브래스를 뿜은 퓨텔은 마나를 갈무리하고 있
었다.

난생처음 사용한 브래스를, 그것도 전력으로 뿜어낸 퓨텔
은 생각보다 많은 마나의 소모를 겪었기 때문이다. 그렇게 마
나를 갈무리해야 할 정도로 전력을 다했지만 저 높은 곳에서
떨어지고 있는 메테오를 막을 수 있을지는 의심스러워웠다.

마법서에 묘사되어 있는 메테오와는 크기가 너무나 달랐
기 때문이다.

그렇게 마나를 보충하고 있는 그 순간 하늘에서 대륙을 파
괴할 듯 쏘아져 내려오던 메테오와 자신의 브래스가 충돌하
며 거대한 충격파를 만들었다. 그 충격파는 지상에까지 영향
을 미쳐 데컴 숲의 나무들을 세차게 흔들었고, 모래의 호수에
파문이 일도록 하였다.

하지만 퓨텔이 기대했던 것은 그런 것이 아니었다.

자신의 브래스에 의해 산산이 부서진 메테오가 하늘에 붉
은 수를 놓는 것을 기대한 퓨텔은 실망할 수밖에 없었다. 산
산이 부서지기는커녕 오히려 크기가 더욱 커진 듯한 메테오
였다.

퓨텔은 브래스에도 끄떡없이 떨어지고 있는 메테오를 보며 급하게 자신을 보호할 마법을 시전했다.

"안티 피지컬 실드!"

"안티 매직 실드!"

"윈드 실드!"

프리모 대륙의 마법은 원래 드래곤의 것이었다.

그 마법이 드래곤의 유희를 통해 인간에게 전해졌고, 인간은 드래곤이 가지지 못한 창의력으로 다양한 마법을 개발하였다. 퓨텔이 마지막에 자신의 주위에 펼친 윈드 실드는 인간이 개발한 마법 중의 하나였다.

마법을 시전하고 그것을 유지하는 것에는 막대한 정신력이 필요했다.

따라서 보통의 인간은 마법을 동시에 네 개 이상 시전하는 것은 불가능에 가까웠다. 드래곤으로부터 마법을 전수받았지만 드래곤의 편의대로 만들어진 마법을 인간이 자유자재로 사용하는 것은 무리였다.

결국 인간은 그들 특유의 창의력과 마나 속성의 다양성을 활용하여 그들에게 맞는 효율적인 마법들을 개발해 내었다.

그런 마법들 중에는 마법의 시조인 드래곤에게 전해진 것도 있었다.

대표적인 것이 실드 마법류로, 퓨텔이 시전한 세 개의 실드 마법 중 가장 안쪽에 시전된 윈드 실드도 그중 하나였다.

최초에 인간에게 전해진 실드 마법은 안티 매직 실드와 안티 피지컬 실드뿐이었다.

안티 매직 실드는 마법 공격에 탁월한 방어력을 가지고 있지만 물리적인 공격, 즉 화살이나 검, 창 등 무기에 의한 공격에는 취약했고, 안티 피지컬 실드는 그 반대였다. 따라서 자신을 안전하게 보호하기 위해선 두 개의 실드를 모두 펼쳐야 하였다.

이는 공격 마법을 목표에 적중시키기 위해 타깃팅 마법을 기본으로 시전하고 공격 마법을 사용하는 것만으로도 벅찬 마법사에게 방어는 포기하도록 하는 것이었다.

이런 문제 때문에 수많은 마법사들이 전쟁에서 죽어 나가자 그들 스스로를 보호하기 위한 연구가 시작되었다. 그리고 오랜 연구 끝에 만들어진 것이 속성 실드였다.

속성 실드는 프리모 대륙의 여섯 가지 마나 속성, 불, 물, 바람, 번개, 땅, 냉기에 따라 실드의 종류가 나뉘어졌다. 또한 개인의 실력에 따라 안티 매직 실드와 안티 피지컬 실드의 방어력을 50~70%까지 가질 수 있었다.

마나의 속성을 이용한 실드이기 때문에 상극의 속성을 가진 공격에는 취약했지만, 마법 공격과 물리 공격을 모두 방어할 수 있다는 장점 때문에 대부분의 마법사는 속성 실드를 사용하였다. 이런 속성 실드의 효율성 때문에 드래곤들도 속성 실드를 애용하였다.

그렇게 퓨텔이 두 개의 실드를 시전해 놓고 윈드 실드까지 사용한 것은 마법서가 묘사한 메테오의 위력 때문이었다.

웜 급 드래곤의 주먹만 한 메테오가 지면에 떨어지면 그 충격으로 그 일대의 마나가 소리보다 빠르게 밀려나게 된다. 빠른 속도로 움직이는 마나는 그 자체로 7클래스 급의 마법과 맞먹는 것으로 광범위한 지역을 파괴한다. 그리고 충돌의 충격으로 인해 높게 치솟은 파편이 낙하하면서 만들어내는 위력은 제2의 메테오라 불러도 손색이 없을 정도라고 묘사되어 있었다.

그런데 지금 떨어지고 있는 메테오는 웜 급 드래곤의 주먹이 아니라 그 본체만 한 크기를 자랑하고 있었고, 그 위력은 상상조차 되지 않았다.

그렇기 때문에 퓨텔은 최대한의 마나를 이용하여 안티 매직 실드와 안티 피지컬 실드뿐만 아니라 윈드 실드까지 시전한 것이었다.

잔뜩 긴장하며 다가올 충격에 대한 대비를 마치자마자 메테오가 모래의 호수에 떨어졌다.

콰아아아아앙!!

푸화하학!!

모래의 호수에 떨어진 메테오는 엄청난 굉음을 만들어내었다. 뿐만 아니라 메테오가 떨어진 자리에서 2,000m 높이의 모래기둥이 치솟았고, 그 기둥을 중심으로 100m는 족히 넘는 높이의 모래파도가 일어나 사방으로 퍼져 나갔다.

그 모래의 파도는 거칠 것 없이 질주했고, 그중 일부는 데 컴 숲으로 향했다.

하지만 가로막는 모든 것을 파괴할 것처럼 밀려오던 모래 의 파도는 나무의 방파제에 부딪쳐 그 위력을 잃어갔고, 퓨텔 의 레어 근처까지 와서는 사그라져 버렸다.

실드를 세 개나 펼쳐 놓고 바짝 긴장해 있던 퓨텔은 어이가 없었다.

가장 먼저 도달할 것으로 생각한 마나의 공격은커녕 하늘 높이 솟아오르는 파편도 볼 수 없었기 때문이다.

자신의 근처까지 온 것이라곤 실드 주변에 날리고 있는 모 래먼지뿐이었다.

"이게… 뭐지?"

자신의 지식에서 크게 벗어난 상황에 큰 눈을 껌뻑이며 어 리둥절해하는 퓨텔의 모습에서 드래곤의 위엄 따위는 찾을 수 없었다.

"마법서가 잘못된 정보를 담고 있었단 말인가……. 이젠 정말 드래곤의 마법서를 무턱대고 믿을 수 없겠군."

퓨텔은 아펠의 마법을 알아내기 위해 드래곤에게 전해 내 려오는 수많은 마법서를 연구했었다.

오랜 시간 드래곤의 마법서를 연구하였지만 알 수 없었던 지식들을 아펠의 마법서를 통해 얻을 수 있었던 퓨텔은 드래

곤의 마법서에 대한 신뢰가 줄어들고 있었다. 그리고 이번 일
을 통해 그 신뢰는 확실히 작아졌다.

"안 그래도 브래스를 써서 조금 피곤했는데……."

퓨텔은 자기를 덮고 견고함을 뽐내고 있는 실드를 짜증 어
린 눈으로 둘러보았다.

그렇지 않아도 마나의 소모가 큰 브래스를 사용하고 조금
지쳐 있는 상태였는데 전력을 다한 실드가 헛수고였다는 생
각에 짜증이 밀려온 것이다.

사실 하늘에서 떨어지던 것이 애트란이 아닌 진짜 메테오
였다면 퓨텔의 실드로는 무사할 수 없었을 것이다.

애트란은 비록 착륙 속도에는 미치지 못했지만 리프트 부
스터로 어느 정도 감속에 성공하였다. 그리고 퓨텔의 브래스
덕분에 착륙 속도 근처까지 감속할 수 있었기에 퓨텔의 예상
과 다른 모습을 연출한 것이었다.

하지만 이런 사실을 알 리 없는 퓨텔은 치밀어 오르는 짜증
을 떨쳐 낼 수 없었다.

신경질적으로 실드를 해제하고 밀려오는 짜증을 풀기 위
해 데컴 숲의 몬스터들을 사냥하는 것을 심각하게 고민하는
그에게 모래의 호수로부터 마나의 기운이 느껴졌다.

"응? 생명의 기운이 사라진 지 1,000년이 된 모래의 호수에
서 왜 마나가 느껴지지?"

자신의 어머니와 아펠의 전투로 생명의 기운이 사라진 지

오래인 모래의 호수였다. 그런데 그곳에서 갑자기 마나의 기운이 느껴지자 퓨텔의 짜증은 씻은 듯이 사라졌다. 그리고 짜증이 씻겨 나간 자리를 강한 호기심이 채우기 시작했다.

"혹시… 메테오 때문인가? 메테오가 마나를 품고 있다는 설명은 없었는데……. 참, 마법서는 믿을 게 못 되었지."

나름대로 그 이유를 찾아내려던 퓨텔은 자신의 지식으로는 알 수 없다는 결론에 도달했다.

"흠, 가보면 알겠지."

모든 지적 생명체에게 호기심을 이기는 것은 무척이나 힘든 일이다.

특히 긴 시간을 살아가는 드래곤에게 호기심이란 것은 참으로 귀한 것이었다.

호기심은 때론 큰 위험을 가져오기도 하지만 드래곤에게 위험이란 것은 고려해 볼 가치가 전혀 없었다. 결국 퓨텔은 호기심을 풀기 위해 마나가 느껴지는 곳을 향해 날아오르기 시작했다.

원치 않던 키스로 몸부림치던 애트란이 겨우 진정되었다.

애트란은 진정되었지만 그 안에 탑승해 있던 인간들은 혼미해지는 정신을 붙잡기 위해 안간힘을 쓰고 있었다.

안전장치 덕분에 의자에서 튕겨 나가 브릿지를 뒹구는 일은 없었지만, 격렬한 애트란의 몸부림 속에 마나 휴먼이라도 온전한 정신을 유기하기는 힘들었다.

"모두… 괜찮으십니까?"

애트란의 진동이 완전히 멈추고 잠시의 시간이 흐르자 가장 먼저 안정을 찾은 케니안이 모두의 안부를 물었다.

"크… 젠장."

"예."

"네……. 으윽! 사령관님은… 괜찮으십니까?"

벨쥬브는 머리를 좌우로 흔들며 욕설을 하면서 의식이 있음을 나타냈다. 가레모는 짧게 대답했고, 위즈는 신음 소리와 함께 케니안의 안부까지 되물으며 케니안에게 대답하였다. 그렇게 각자의 성격에 맞게 케니안의 물음에 대답하였지만 위즈만은 대답이 없었다.

"위즈 작전관님?"

대답없는 위즈를 한차례 부른 케니안은 여전히 정신을 잃고 축 처져 있는 위즈에게서 시선을 거두었다. 그리고 몸을 추스르고 일어서려 하고 있는 키아스에게 말했다.

"키아스 부사령관님, 현재의 피해 상황과 공격의 정체를 파악해 보고하십시오."

"네, 알겠……."

키아스의 대답이 채 끝나기도 전에 케니안은 미기에게 명령을 내렸다.

"미기, 행성의 대기 성분을 파악해서 생명체 존재 가능성을……."

미기에게 명령을 내리던 케니안도 다시 울리는 경보음에 말을 끝내지 못했다.

삐잉! 삐잉!!

—2기가 마나를 가진 정체불명의 물체 접근 중입니다. 2기가 마나 공격이 행해졌던 방향과 동일합니다.

"아, 제기랄! 가지가지 하네. 정체불명의 행성에 정체불명의 적. 오늘 일진 참 좋다."

괴물체의 접근. 그것도 상당한 에너지를 가진 물체의 접근을 알리는 미기의 보고에 벨쥬브는 푸념하듯 중얼거렸다. 휴양지에서 잘 놀고 있던 그가 갑자기 불려와 여러 번 죽을 고비를 넘기고도 또 위험이 닥쳐오고 있으니 그의 입에서 쌍욕이 퍼부어지지 않은 것이 이상할 정도였다.

"지금부터 괴물체를 적으로 간주, 1급 경계령을 내립니다. 전투태세를 갖추십시오."

애트란을 공격한 에너지가 날아온 방향에서 접근하는 괴물체를 적으로 간주한 케니안은 바로 전투를 시작할 수 있는 1급 경계령을 내렸다.

케니안의 명령에 전투태세를 위해 분주히 컨트롤을 조작하던 키아스의 얼굴에 당황스러움이 묻어났다. 애트란의 무기들과 방어 시스템의 동작을 알려주는 콘솔에서 아무런 반응이 없었기 때문이다.

"사령관님!! 애트란의 피해가 너무 커서 방어 시스템 및 공격 시스템이 작동하지 않습니다!! 거기다 마나의 잔량이 부족해서 마나 캐논은커녕 실드도 작동되지 않습니다!!"

─적은 약 5분 후에 8km 반경에 도착합니다.

급박하게 소리치는 키아스가 무안할 정도로 미기는 차분하게 적의 접근을 알렸다.

"기가스 출격 준비를 하십시오."

적일 가능성이 무척 높은 물체의 접근과 대부분의 기능이 마비된 애트란에 대한 불안감이 없는지 케니안은 평소와 다름없는 말투로 명령을 내리고 곧바로 기가스 이동을 시작했다.

케니안의 명령에 키아스와 가레모는 곧바로 케니안의 뒤를 쫓아 기가스 격납고로 달리기 시작했다.

"쳇, 일단 살고 봐야지."

오든 안 오든 상관하지 않는다는 듯 자신에게 눈길 한 번 주지 않고 달려가는 그들을 보며 벨쥬브는 중얼거렸다. 그리고는 축 처진 채 기절해 있는 위즈를 슬쩍 쳐다보고는 먼저 달려간 이들을 따르기 시작했다.

탕탕탕탕!

기가스의 격납고로 향하는 통로에는 그 통로를 지나가고 있는 사람들의 급한 마음을 대변하듯 그들의 발소리가 요란하게 울리고 있었다.

푸! 쉭!

마침내 통로를 울리던 발소리가 멈추고 기가스 격납고의 출입문이 열렸다. 거기엔 강한 충격과 격렬한 진동에도 불구하고 별다른 피해 없이 고정 장치에 결속되어 있는 기가스들이 있었다.

인간은 오랜 시간 동안 병기에 관한 연구를 하였다.

특히 마나 휴먼의 등장으로 인해 그들의 전투력을 가장 극대화시킬 수 있는 연구가 활발하게 진행되었었다. 그리고 오랜 연구 끝에 마나 휴먼 개개인의 전투력을 극대화시킬 수 있는 병기는 사람의 행동을 보다 빠르고 보다 강력하게 구현할 수 있는 인간형 로봇이라는 결론에 도달하였다.

왜냐하면 그것이 인간이 그동안 축적해 온 전투 기술과 무기들을 가장 잘 활용할 수 있는 것이었기 때문이다.

그렇게 오랜 시간과 수많은 시행착오를 거쳐 탄생한 것이 단순한 인간형 로봇을 넘어선 마나슈트 기가스였다.

마나슈트 기가스는 탑승한 마나 휴먼이 뿜어내는 마나를 에너지원으로 할 뿐만 아니라 마나 휴먼의 의지로 컨트롤 되었다. 즉 따로 조작할 필요가 없는, 마나 휴먼이 전투를 위해 입는 거대한 전투복의 개념으로 발전한 인류 최강의 병기였다.

기가스는 각각의 임무에 따라 다양한 모델이 개발되었는데, 애트란에 적재되어 있는 기가스는 근접 전투에 특화된 모델, AD-10이었다.

기가스의 크기는 종류별로 다양했는데, 평균적으로 18m의 높이, 6m의 넓이, 3m의 두께를 가졌다. 그리고 마나 휴먼이 가진 마나를 에너지원으로 사용하였기에, 기가스에 탑승한 마나 휴먼의 능력에 따라 뿜어낼 수 있는 파워와 기동 시간이 결정되었다.

기가스는 몇 가지 기본 무장과 개인 성향 및 특수 상황에 따라 사용하는 추가 무장을 가지고 있었다. 기니어 실드와 핸드 캐논, 테블러 소드는 대표적인 기본 무장으로 모든 기가스에 장착되어 있는 주요 장비였다.

기니어 실드는 기가스 왼팔에 부착되어 있는, 탈착이 가능한 방어용 기본 장비였다.

이것은 정중앙에 뾰족한 뿔이 돋아 있고 위쪽은 넓고 아래쪽은 좁은 형태를 가진 방패였는데, 물리 공격 방어에 탁월한 성능을 보일 뿐만 아니라 차지를 사용할 때 뛰어난 공격력을 보여주는 공격 무기이기도 했다.

또한 방패 안쪽에 설치된 마나 코어에 마나를 불어넣어 마나 실드를 형성함으로써 마나를 이용한 공격도 효과적으로 방어할 수 있는 전천후 방어 수단이었다.

이런 특성 때문에 기니어 실드에 마나를 주입하여 적에게 돌진하는 차지는 많은 마나 휴먼이 즐겨 사용하는 공격 기술 중 하나였다.

두 번째 기본 장비는 핸드 캐논이었다.

이것은 마나 캐논을 소형화시켜 기가스의 손바닥에 장착한 것으로 기가스가 원거리 공격이 가능하도록 해주었다. 최대 공격력은 모두 같지만 탑승자의 능력에 따라 사용 횟수가 제한적이었다. 또한 최대 공격력이 제한되어 있기 때문에 그 위력은 그다지 강하지 않았다.

하지만 손에 장착되어 있어 그 활용이 자유로웠고 근접전에서 기습적인 공격이 가능하도록 해주어 매우 유용한 장비였다.

또 하나의 기본 장비인 테블러 소드는 기가스의 오른쪽 허벅지 안쪽에 수납되어 있었다. 테블러 소드는 손잡이만 있는 특이한 형태의 무기였다.

테블러 소드는 손잡이가 품고 있는 마나 코어에 마나를 주입하면 비로소 그 날카로움을 드러내는 마나 소드였다. 적은 마나로 오랫동안 유지할 수 있을 뿐만 아니라 그 파괴력도 투입되는 마나에 비해 매우 뛰어났다.

하지만 수용할 수 있는 마나의 양이 적기 때문에 대부분의 실드에 무력하였고, 마나 휴먼의 능력과는 상관없이 항상 똑같은 파괴력만 보였다.

이에 뛰어난 마나 휴먼들의 능력을 극대화시키기 위한 추가 장비들이 개발되었다.

이 장비들은 개개인의 취향과 전투 방식에 따라 달랐는데,

케니안은 기가스의 어깨 높이까지 오는 거대한 투 핸드 소드를 사용하였다.

벨쥬브는 그가 평소에 보여주는 성격에 걸맞게 양쪽에 날이 달린 배틀 액스를 사용하였고, 가레모는 창에 도끼를 달아 전투력을 높인 할버드를 사용하였다.

키아스는 그의 신중한 성격을 반영하듯 기니어 실드를 잘 활용할 수 있는 브로드 소드를 사용하였다.

이러한 개별 장비들은 사용자의 능력을 모두 끌어낼 수 있도록 설계되었고, 다양한 종류의 마나 코어가 장착되었다.

그렇게 각자의 개성과 취향대로 무장된 거대한 기가스들이 격납고를 가득 메우고 있는 모습은 징제불녕의 적이 다가오고 있는 이 순간에도 그들을 안심할 수 있게 하였다.

그만큼 기가스와 기가스가 가진 힘을 믿고 있는 그들이었다.

"휴, 다행히 기가스는 무사하네."

키아스가 안도의 한숨을 내쉬며 말했다. 하지만 그의 안도는 곧바로 이어진 미기의 보고에 의해 깨어졌다.

─적은 약 2분 후에 8km 반경에 도착합니다.

어떻게 된 것이 오늘 미기의 보고는 달가운 것이 하나도 없었다. 거기다 뭔가 여유를 찾을 만하면 어김없이 산통을 깨는 미기의 보고는 그들을 무척 짜증나게 만들었다.

"기가스 출격 준비를 할 시간이 필요합니다. 적의 도착을 늦출 방법은 전혀 없습니까?”

미기의 보고에 케니안이 키아스를 돌아보며 물었다.

기가스를 움직이기 위해서는 고정 장치를 제거하고 꽤 복잡한 탑승자 인증 절차를 거쳐야 했다. 이 준비에는 아무리 빨라도 3분의 시간이 소요되었다.

즉, 현재의 애트란은 약 1분 동안 적의 공격에 완전 무방비 상태로 노출되는 것이다.

“라스트 키퍼는 사용할 수 있습니다. 하지만 근접 요격용 미사일이라 위력은…….”

라스트 키퍼는 애트란이 보유한 근접 요격 미사일 시스템이다.

이것은 애트란의 주력인 마나 캐논과 기가스에 비해 그 위력이 한참이나 떨어지는 무기였다. 그래서 함 대 함 전투보다는 애트란에 근접한 소형 물체들을 요격하는 것에 목적을 둔 것이었다.

즉, 실드를 뚫고 들어오는 적이나 실드를 사용할 수 없을 때를 대비한 애트란 최후의 방어 체계였지만 애트란의 강력한 실드로 인해 라스트 키퍼가 사용된 적은 한 번도 없었다.

“지금 물불 가리게 생겼어? 뭐든 써야지. 이런 이름도 모를 행성에서 죽기는 싫어.”

아무 말 없이 잠자코 있던 벨쥬브가 오랜만에 입을 열었다. 하지만 그에게 신경 쓰는 이는 아무도 없었다.

"모두 기가스에 탑승해서 출격 준비를 서두르십시오. 미기, 위즈 작전관님은 아직 의식이 없습니까?"

─위즈 작전관님은 아직 의식 불명 상태이십니다.

원래라면 위즈가 애트란에서 전황을 보고하고 애트란의 무기 사용을 결정하여야 했다. 그러나 현재 위즈가 의식이 없어 케니안이 미기에게 명령을 내렸다.

"할 수 없군요. 미기, 기가스 출격 준비를 하는 동안 가능한 모든 수단을 이용하여 적의 접근을 지연시키십시오."

쿠쿠쿠궁! 쿠쿠쿠궁!

케니안의 명령이 떨어지자마자 미기는 라스트 키퍼를 작동시켰고, 애트란 상부에 장착되어 있던 미사일들이 발사되는 소리가 기가스 격납고까지 들렸다.

계속되는 위기 상황과 시간을 다투는 상황 속에 모두 정신이 없어 알지 못했지만 미기기 스스로 무기를 사용하는 것은 불가능했다. 그것은 인공 지능에 결정권을 부여하지 않는다는 인류의 대원칙을 지키고 인공 지능이 혹시라도 오류를 일으켰을 때 발생할 수 있는 사고를 방지하기 위한 것이었다.

위즈가 있었다면 이런 것을 상기시켜 주었겠지만, 위즈는 아직 자신만의 세계 속에서 빠져나오지 못하고 있었다.

그렇게 미기가 무기를 사용했다는 사실은 출격 준비를 위해 기가스에 탑승하고 있는 그들의 관심에서 벗어난 일이 되었다.

삐빅삐빅삑, 지잉!

푸슉, 기잉!

케니안은 기가스 탑승을 위해 암호를 입력하고 손바닥을 스캔하였다. 그러자 기가스는 자신의 심장이자 두뇌인 탑승자를 받아들이기 위해 고개를 숙이며 등 부분의 장갑을 열었다.

두터운 장갑이 열리며 나타난 기가스의 내부는 크게 복잡하지 않았다. 중앙에 각종 기기들이 불을 반짝이고 있는 의자가 비스듬히 눕혀져 있었고, 의자 주위의 벽에 몇 개의 콘솔이 기가스의 상태를 알리고 있었다.

오랜만에 탑승한 기가스지만 케니안은 익숙하게 의자에 몸을 기대었다.

—머슈벨 젤 주입 시작됩니다. 중력이 감지됐습니다. 중력권 운행에 맞추어 머슈벨 젤의 밀도가 조절됩니다. 탑승자 인증 절차가 진행됩니다.

케니안이 의자에 몸을 기대자 기가스의 통제를 도와주는 인공지능 컴퓨터가 말했고, 바닥에서부터 옅은 보라색을 띤 액체가 서서히 차오르기 시작했다.

그와 동시에 케니안의 목 뒤에서부터 컨택터가 솟아났다. 그것은 마치 자그마한 날개가 펼쳐지듯 케니안의 목 뒤에서 펼쳐져 살며시 케니안의 목을 감싸 안았다.

머슈벨 젤은 탑승자를 외부의 충격에서 보호하고 사람에

게 필요한 산소 및 영양을 제공하는 일종의 완충제 겸 필수제이다.

보통의 경우 중력이 없는 우주에서 전투를 벌이기에 상관없지만 중력이 있는 행성에서 기가스의 운행은 엄청난 충격을 탑승자에게 전달했다. 단순히 걷기만 해도 격심한 상하 운동에 탑승자는 멀미를 일으킬 수밖에 없었고, 전투를 수행하며 발생하는 충격도 우주 공간에서의 그것과는 비교도 안 될 정도였다.

이에 머슈벨 젤은 우주와 중력권에 따라 밀도를 조절하여 탑승자를 충격으로부터 안전하게 보호해 주는 장치였다.

또한 탑승자가 뿜어내는 마나를 기가스의 마나 코어에 전달하는 역할을 하였다.

즉, 탑승자의 전신에서 뿜어 나오는 마나를 흡수해 기가스의 심장인 마나 코어로 보내는 혈관의 역할노 하는 것이었다.

머슈벨 젤 외에 또 하나의 핵심 장치는 컨택터였다.

케니안이 탑승해 조종석에 앉자 목을 감싼 컨택터는 뇌에서 온몸으로 전달되는 신호들이 통과하는 경추에 위치해 그 신호들을 분석하여 기가스에 전달하고 외부의 정보를 탑승자에게 전달하였다. 이 컨택터로 인해 탑승자는 기가스를 마치 자신의 몸처럼 움직일 수 있었다.

이 과정에서 DNA의 정보와 뇌파 분석이 이루어지며 탑승자의 인증 작업이 실시되었다. 만약 이 인증 작업을 통과하지 못하면 기가스 내부를 가득 채우고 있는 머슈벨 젤이 굳으면서 구속력을 발휘하였다.

이 때문에 기가스 탈취 사건 같은 일은 아직까지 벌어진 적이 없었다.

—DNA 정보 일치. 뇌파 일치. 인증 작업이 완료되었습니다. 기가스 기동합니다.

인증 작업이 완료되었다는 메시지와 동시에 기가스가 기동하였다.

푸쉬식, 치잉!

기가스를 결속하고 있던 고정 장치들이 하나둘 제거되기 시작했다. 그리고 케니안의 마나를 흡수한 기가스가 고개를 들며 눈에서 파란 빛을 뿜어내었다.

쿠콰광!!

갑자기 폭발하는 소리와 격렬한 진동이 기가스 격납고를 훑고 지나갔다.

—적 격퇴에 실패하였습니다. 적은 애트란 상공 1㎞ 지점에서 공격을 시작하였습니다.

결국 라스트 키퍼는 적을 막지 못했다는 미기의 보고가 기가스에 탑승한 모두에게 전해졌다.

"미기, 게이트를 여십시오. 전원 적의 척살을 목표로 출격합니다. 출격."

정체불명의 적으로부터 공격을 받고 있는 상황에서도 케

니안의 말투는 담담하기 그지없었다. 그렇게 담담한 말투는 긴장해 있던 키아스와 가레모, 그리고 벨쥬브까지도 안정을 되찾게 해주었다.

키이잉!!

정상적이라면 부드럽고 조용하게 열려야 할 게이트가 쇠 긁는 소리를 냈다.

대기권을 돌파하며 외부 장갑이 녹고 추락의 충격까지 받았기에 어딘가 이상이 생긴 것이었다. 요란한 소리를 내며 힘겹게 게이트가 열리며 기가스 격납고로 빛이 새어들어 왔고, 곧 격납고가 빛으로 가득 찼다.

그리고 마침내 켄타민 종족을 공포에 떨게 만들었던 케니안과 그의 부관들은 낯선 행성에서의 첫 전투를 위해 출격했다.

CHAPTER 04
첫 전투

이모션
디피션트

잔잔하던 모래의 호수는 생겨난 이래 처음으로 커다란 상처를 입었다.

그 상처는 말로는 표현하기 어려운 고통을 낳았고 그 고통을 견디지 못한 모래의 호수는 몸속 깊숙이 품고 있던 모래를 하늘로 뱉어냈다.

모래의 호수 속에 묻혀 있다 처음으로 하늘과 빛을 보고 바람을 느끼며 날리고 있는 모래의 유희를 무참히 깨뜨리는 존재가 있었다.

그것은 거대한 날개를 펄럭이며 모래의 유희 따위는 안중에도 없다는 모래 사이를 날아가고 있는 퓨텔이었다.

"응? 저게 뭐지?"

퓨텔은 메테오가 떨어져 만들어진 거대한 구멍에서 무엇인가 조그마한 것들이 자신에게 빠르게 다가오는 것을 보았다.

아직도 먼 거리였지만 뛰어난 시력을 자랑하는 드래곤이기에 그것들을 볼 수 있었다. 그것들은 둥근 기둥처럼 생겼는데, 그 둘레에 뾰족한 돌기 같은 것이 네 개가 돋아나 있었다.

퓨텔은 자기에게 다가오고 있는 물체들에게 별다른 위험을 감지하지 못했다. 왜냐하면 그 물체들에게서 조금의 마나도 느껴지지 않았고 마나가 깃들지 않은 물체가 자신의 피부에 상처를 낼 수 있다고는 상상도 못했기 때문이다.

잠시 미지의 물체들에 대한 궁금증을 해소하려고 빠르게 머릿속 지식을 찾아보던 퓨텔에게 그것들은 순식간에 다가왔다.

쿠콰광!!

"아얏!!"

퓨텔은 그것들이 자신의 앞에 멈춰 서거나 비늘에 튕겨 나갈 거라고 생각했었다.

그런데 자신에게 충돌한 그것들은 마치 화염계 마법이 폭발하듯 강한 충격과 열을 만들어냈다. 그것은 퓨텔이 헤츨링 시절 연금술 실험실에서 마법으로 장난치다 실험실을 난장판으로 만들어 어머니에게 맞은 이후 처음 느껴보는 아픔을 선사했다.

"크아아!! 어떤 놈이 감히!!"

퓨텔의 머릿속을 채우고 있던 호기심은 갑작스런 충격에 의해 사려졌다. 대신 감히 자신을 공격한 대상에 대한 분노가 차오르기 시작했다.

그때 또다시 그 이상한 물체들이 날아오는 것이 보였다.

"윈드 실드!"

퓨텔은 물리 공격과 마법 공격을 모두 막을 수 있는 윈드 실드를 펼쳤다. 그와 동시에 그 이상한 물체들은 무시하고 그것들이 솟아나고 있는 구멍으로 빠르게 날아가기 시작했다.

콰쾅! 콰앙!

윈드 실드에 가로막힌 그것들은 실드 위에서 폭발하였다. 하지만 윈드 실드에 막힌 그것들은 목표를 달성하기는커녕 퓨텔의 분노만 키웠다.

"도대체 뭐지?"

자신을 향해 달려드는 것들은 윈드 실드에 맡겨둔 채 모래의 호수에 뚫린 구멍 상공에 도착한 퓨텔의 눈에 괴상하게 생긴 물체가 보였다.

어떻게 보면 납작한 물고기 등에 뿔이 솟아나 있는 것처럼 보이는 그것은 자신보다 훨씬 큰 크기를 가졌고 거무튀튀한 색을 띤 채 군데군데 하얀 연기를 뿜어내고 있었다.

이상한 것은 분명 생명의 기운은 느껴지지 않는데 마나가 느껴지고 있다는 것이다.

"저게 날 공격한 것인가. 생명이나 의지가 있는 것 같지 않은데……."

퓨텔의 머릿속에 차오르던 분노는 또다시 그 한자리를 호기심에 내주었다.

그때 괴상한 물체의 한곳이 갑자기 하얗게 변했다. 하얗게 변한 곳에서 연기가 치솟더니 자신을 향해 날아온 이상한 것들을 뱉어내기 시작했다.

"아무튼 저게 날 공격한 것이군."

그것이 생명체든 아니든 자신을 공격한다는 사실에는 변함이 없었다. 퓨텔은 감히 자신을 공격한 대상을 용서할 만큼 관대한 드래곤이 아니었다.

물론 프리모 대륙의 다른 어떤 드래곤도 그런 관대함을 가지진 못한 건 마찬가지였지만.

"윈드 프레스!"

퓨텔은 색이 변하며 이상한 것이 튀어 나온 곳을 향해 6서클 마법인 윈드 프레스를 사용했다. 윈드 프레스는 바람으로 만들어진 벽이 특정 지점을 강력한 힘으로 짓이겨 버리는 마법이었다.

드래곤은 성장 단계에 따라 자연스럽게 마법의 수준이 올라갔다. 보통 헤츨링 때 마법을 배우기 시작해 5서클을 마스터하고 유스 급에서 7서클까지, 그로스 급에서 8서클까지의 마법을 마스터하였다. 그리고 웜 급에 들어서면 최고 수준인 9서클의 마법들을 사용할 수 있게 되었다.

하지만 퓨텔은 특이하게도 그의 생애 대부분을 마법을 연구하는 데 바친 드래곤이었다. 이에 그로스 급임에도 불구하고 9서클 유저에 도달한 상태였고, 6서클 마법쯤은 시동어만으로도 구사할 수 있는 수준이었다.

콰쾅!! 콰지직!!

윈드 프레스는 퓨텔을 향해 날아오는 그것들을 공중에서 모두 폭파시켰다. 그러고도 전혀 줄어들지 않은 파괴력으로 색이 변한 부분에 부딪쳤다.

하지만 퓨텔의 기대와는 달리 조금 눌린 자국이 생겼을 뿐이다.

"음, 제법 단단한가 보군."

6서클 마법에도 별다른 피해를 입지 않는 물체를 보며 퓨텔은 약간 긴장하였다. 자신이 아는 한 6서클 마법을 실드 없이 직격당해도 피해를 입지 않는 것은 드래곤뿐이었기 때문이다.

그때 퓨텔의 눈에 괴물체의 한 부분이 또다시 변하는 모습이 보였다.

아까와 다른 것은 마치 천천히 입을 벌리는 것처럼 점점 구멍이 커지고 있다는 것이었다.

"어디 이것도 견뎌내나 보자. 에어 크레셔!"

퓨텔은 그 구멍에 7서클 마법인 에어 크레셔를 쏘아 넣었다. 에어 크레셔는 지름이 3미터는 되어 보이는 큰 공처럼 생겼는데, 그 내부에는 한계까지 압축된 공기가 들어 있었다.

이 마법은 목표에 도달한 순간 압축된 공기가 폭발하며 주위를 초토화시키는데, 퓨텔이 시전한 에어 크레셔는 웬만한 마을 하나는 흔적도 없이 날려 버릴 수 있는 위력을 가지고 있었다.

그런 강력한 마법을 쓴 퓨텔이기에 이번에는 만족할 만한 반응을 기대하고 있었다.

푸콰아앙!

하지만 그의 기대는 또다시 깨졌다.

구멍 속으로 들어가 내부를 헤집어놓을 거라 생각했던 에어 크레셔가 구멍에 도달하기도 전에 반으로 깨끗이 나누어지더니 엉뚱한 곳에서 폭발한 것이다.

마법이 저렇게 두 동강 나는 모습은 그의 상식에서 벗어난 일이었다.

퓨텔에게 오늘은 상식 밖의 일이 이상하게도 많이 일어나고, 되는 것도 없는 일진 사나운 날이었다.

"이게 무슨… 저건 또 뭐야."

그렇게 되는 것이 없는 하루라고 한숨을 쉬고 있는 그의 눈에 2족 보행 몬스터 중 가장 크다는 사이클롭스보다도 큰 물체 네 개가 보였다. 그것들은 에어 크레셔가 폭발하며 발생한 모래폭풍을 뚫고 빠르게 날아오고 있었다.

케니안과 그의 부관들은 서서히 열리고 있는 게이트를 바라보며 미기로부터 행성에 관한 정보를 보고받고 있었다.

—이 행성의 중력은 표준 중력의 1.5배입니다. 대기 성분은 질소 69%, 산소 26%, 아르곤 2.5%, 이산화탄소 1.5%, 수소 0.2%입니다. 습도는 15%로 생명체 존재 가능성 98% 이상입니다. 대기 밀도는 표준 대기 밀도의 3.2배 입니다. 기가스 부스터의 출력 및 최고 속도가 조정됩니다.

기가스 등에 부착된 부스터는 한 번 충전에 우주에서 천만 킬로미터를 비행할 수 있는 고성능 비행 추진체였다. 중력과 마찰 지수에 따라 비행 가능 거리와 그 속력이 차이가 났는데, 기가스의 주 활동 무대였던 우주 공간에서는 초속 1킬로미터의 속노로 움식일 수 있었다.

하지만 대기가 존재하는 곳에서 최고 속도로 부스터를 가동한다면 그 마찰에 의해 기가스가 피해를 입을 수 있었기에 출력과 최고 속도를 조정할 필요가 있었다.

이 부스터는 탈착이 가능했는데, 부스터 분리 시 기가스의 발에 장착된 보조 부스터로 이동이 가능하였다. 그러나 이 보조 부스터는 출력이 낮아 중력이 있는 공간에서는 큰 효용이 없었다.

게이트가 완전히 열림과 동시에 출력 조정을 마친 기가스의 부스터가 가동되었다. 네 개의 분사구에서 파란 불꽃을 일제히 뿜어내면서 기가스를 애트란 밖으로 밀어내었다.

그 순간 기가스가 축구를 할 수도 있을 만한 크기의 원형체가 빠르게 날아오는 것이 보였다.

기가스 탑승자는 기가스와의 일체화를 통해 기가스의 시야를 공유하였고, 기가스의 IMS(Information Management System:정보 통합 관리 체계)는 그 시야에 포착된 물체들에 관한 정보를 탑승자가 직관적으로 알 수 있게 나타내 주었다.

즉, IMS는 기가스의 시야에 포착된 물체를 스크린 왼쪽 부분에 확대 배치한 후 그에 대한 정보를 나열하였고, 그것이 기가스에 위협이 될 수 있다면 스크린 가장자리에 붉은 빛을 깜박여 경고하였다.

그런데 지금 IMS는 애트란을 향해 다가오고 있는 공 형태의 물체가 단순한 공이 아니고 700메가의 마나가 응축된 위험 물체라는 것을 붉은 빛과 함께 알려주었다.

“피해!!”

“헉!”

700메가의 마나는 중급 전함이 장비하고 있는 마나 캐논의 위력에 맞먹었다. 그렇기 때문에 직격을 당한다면 기가스라도 무사할 수 없었다.

드러난 것보다 감추어둔 실력이 더 많은 벨쥬브는 그 물체의 정보를 파악하자마자 소리를 지르며 회피 기동에 들어갔고, 전쟁이 끝난 후에도 훈련을 게을리 하지 않은 가레모도 벨쥬브의 반대 방향으로 튀어나갔다.

하지만 이번 전쟁을 끝으로 은퇴를 생각하고 있던 키아스는 순간적으로 몸이 굳어 양옆으로 튀어나가는 두 기가스와 자신을 향해 날아오고 있는 구체를 바라만 보고 있었다.

"어, 어!!"

그때 키아스의 시야를 가리며 익숙한 뒷모습이 구체를 향해 돌진했다.

그 뒷모습의 주인은 바로 케니안이었다.

"타핫!"

케니안은 기가스의 양손으로 굳게 쥔 투 핸드 소드에 마나를 가득 담아내었다. 마나를 품은 투 핸드 소드가 시커먼 빛을 뿜어냈고, 머리 위쪽에서부터 크게 휘둘러지며 정면의 구체를 베었다.

스칵!

콰콰광!

케니안이 휘두른 투 핸드 소드는 구체를 반으로 갈랐고, 두 동강이 난 구체는 애트란에 부딪치며 폭발하였다.

얌전히 애트란 주위에 둘러앉아 있던 모래는 강제로 휴식이 깨어진 것에 항의하듯 날아올라 기가스의 시야를 어지럽혔다.

"감사합……."

“적을 시야에 확보하십시오.”

자신의 위험을 막아준 케니안에게 감사의 말을 전하려던 키아스는 곧바로 들려오는 케니안의 명령에 말을 마치지 못하였다. 케니안의 명령에 따라 애트란을 빠져나온 기가스들은 케니안의 명령에 따라 부스터의 출력을 높였다.

그리고 곧바로 모래폭풍을 뚫고 미지의 적을 향해 날아가기 시작했다.

모래폭풍을 뚫고 나온 그들의 눈앞에 거대한 황금색 생명체가 나타났다. 그것은 거대한 한 쌍의 날개를 천천히 펄럭이며 떠 있었고, 머리로 추정되는 부분에 뾰족한 네 개의 뿔이 솟아 있었다.

“몸에 금칠을 하고 있네. 내다 팔면 돈 좀 되겠는걸?”

프리모 대륙의 골드 드래곤을 처음 대면한 벨쥬브는 금빛 찬란한 퓨텔을 보며 돈 욕심을 부렸다. 그에게 좀 전의 공격은 이미 태양계 몇 개 건너의 이야기가 되어 있었다.

“켄타민보다 훨씬 크군요. 거기다 마나를 이용한 강력한 공격까지. 제법 까다로울 것 같습니다.”

침착함을 되찾은 키아스는 긴장을 유지한 채 퓨텔을 보며 말했다.

그 순간에도 기가스의 IMS는 데이터 베이스에서 비슷한 생명체의 정보를 찾고 있었다. 하지만 검색을 마친 IMS는 일치하는 정보를 찾지 못하고 데이터 부족이라는 결과만 보여주었다.

"현 시점부터 전투 상황 B로 전환합니다. 전투 교범 B-D-12에 따라 행동하십시오."

은하연합은 다양한 상황을 시뮬레이션하여 그에 맞는 전투 교범을 일선 지휘관들에게 교육시켰다.

케니안은 그 교범에 따라 미지의 적과 조우했을 때를 대비한 B 플랜 중 방어적으로 적에 대한 정보를 수집하는 세부 행동 지침을 설정하였다.

"키아스는 정면에서 저와 함께 적의 시선을 끌고 애트란을 보호합니다. 벨쥬브와 가레모는 적을 선회하면서 정보를 수집하십시오."

케니안은 전투 중에는 효율을 위해 직함을 제외한 이름만을 불렀고, 모두들 그것에 익숙해 있었다.

케니안의 명령에 벨쥬브와 가레모는 기가스를 움직여 적을 향해 빠르게 날아갔다.

케니안과 함께 적의 정면에서 공격을 대비하게 된 키아스는 바짝 긴장한 채 기니어 실드에 마나를 주입하며 대비했다. 기니어 실드를 끌어올리는 기가스의 왼팔이 미세하게 떨리고 있었다. 오랜만에 치르는 전투를 미지의 적과 하게 된 키아스의 긴장감이 그대로 전달되고 있는 것이다.

퓨텔은 모래폭풍을 뚫고 자신에게 날아오는 네 개의 물체를 경계하면서도 자꾸 솟아나는 호기심을 억누를 수 없었다.

"가장 큰 사이클롭스도 15m 정도라 알았는데… 그것보다도 크군. 상당한 마나도 가지고 있고… 날개도 없이 비행하는 몬스터라……."

퓨텔이 알기론 2족 보행 몬스터 중 가장 큰 것이 사이클롭스였다. 거기다 마나를 가지고 날개도 없이 하늘을 누비는 몬스터는 듣도 보도 못하였다.

"상당히 빠른데?"

퓨텔은 빠르게 자신의 머릿속을 뒤지며 정보를 찾으면서도 빠르게 접근하는 그것들에 타깃팅 마법을 걸었다.

타깃팅 마법은 마법을 목표에 적중시키기 위한 보조 마법의 일종이었다.

만약 타깃팅 마법을 걸지 않는다면 움직이는 목표에 마법을 적중시키는 것은 불가능하였다. 바보가 아닌 이상 마법이 날아오는 것을 보고 회피 행동을 할 것이기 때문이다. 그리고 마법을 회피한 목표의 반격에 노출될 것은 뻔한 일이었다.

그래서 마법을 사용하기 전 목표를 추적하는 타깃팅 마법을 거는 것은 기본 중의 기본이었다. 물론 고정된 목표나 마법보다 느린 움직임을 가진 목표에게는 시전할 필요가 없었고 회피할 수 없을 정도로 광범위한 피해를 입히는 범위형 마법도 타깃팅 마법은 필요없었다.

타깃팅 마법은 시전자의 능력에 따라 유효 거리가 달랐는데 퓨텔의 경우 직선거리로 5㎞까지 유지할 수 있었다.

타깃팅 마법에 걸린 대상이 이를 제거하고자 한다면 해제 마법을 사용하거나 시전자의 시야에서 벗어나야 했다.

그렇게 퓨텔이 자신의 할 일을 하고 있을 때 퓨텔의 주위를 맴돌던 기가스들도 자신들의 임무를 수행하느라 여념이 없었다.

―영상 정보 수집 완료. 영상 재구성을 시작합니다.

적의 주위를 맴돌며 영상 정보를 수집하던 기가스에 미기의 보고가 들려왔다.

미기의 보고와 동시에 기가스의 스크린에 적의 완전한 모습과 간략한 정보가 표시되었다.

"사령관님, 적은 150m의 본체 길이를 가졌고 날개 길이는 210m, 높이는 40m에 달합니다. 또한 2기가 마나를 가진 생명체로 판단됩니다."

그리고 정신을 잃었던 위즈의 목소리가 기가스에 전달되었다.

"위즈, 괜찮은 거야?"

"어. 미안."

갑자기 들려온 위즈의 목소리에 키아스는 반색하며 안부를 묻자 위즈는 짧게 대답하였다. 적의 주위를 선회하며 경계만 하고 있던 그들에게 위즈의 목소리는 한줄기 빛이었다. 어떤 상황이라도 타계할 수 있는 작전을 제시해 준 위즈였기 때문이다.

비록 그 작전이 큰 위험을 품고 있어도 말이다.

"위즈 작전관, 적을 격퇴할 수 있는 방법이 있습니까?"

켄타민 종족과의 전쟁에서 위즈의 능력을 수없이 경험한 케니안은 위즈의 의식이 돌아온 것이 확인되자마자 물었다.

"아직 적의 정보가 너무 부족합니다. 2기가 마나가 측정되고 있지만 어떤 형태의 공격을 할지 알 수 없습니다. 특히 실드로 보이는 저 막의 방어력도 알 수 없습니다."

아무리 위즈라도 부족한 정보로는 뾰족한 방법이 없었다.

"저흰 외부로부터 어떤 지원도 기대할 수 없습니다. 그리고 애트란의 대부분의 기능도 마비된 상태입니다. 따라서 위험을 최소화해야 하고……."

"그 대단한 위즈도 별수 없구먼."

"이잇……."

정보 부족으로 일반론을 말하던 위즈는 벨쥬브의 비꼬임에 분한 신음성을 냈다. 아니, 비꼬임보다 벨쥬브의 말이 틀리지 않다는 것이 더 분한 것 같았다.

"알겠습니다. 현 시점부터 적의 코드를 UHO-12(Unidentified Huge Object)로 지정합니다. 벨쥬브, 가레모, 핸드 캐논을 이용해 견제를 시작하십시오. 적의 반응에 따라 대처하도록 하겠습니다."

케니안은 위즈에게서 특별한 작전이 나오지 않자 벨쥬브와 가레모에게 공격 명령을 내렸다.

"좋아, 오늘 쌓인 스트레스를 이제야 풀 수 있겠군."

케니안의 명령이 떨어지기가 무섭게 벨쥬브가 기다렸다는 듯 마나를 뿜어내며 핸드 캐논을 발사했고, 뒤이어 가레모의 기가스에서도 핸드 캐논이 발사됐다.

츄앗! 츄앗!

실드에 튕겨져 나가거나 어느 정도 중화되어 별다른 위력을 보이지 못할 거라 예상했던 핸드 캐논은 너무도 수월하게 실드를 뚫고 들어가 적의 옆구리 부근에 명중하였다.

퍼퍼펑!

"아얏!"

마법과 물리 공격 모두를 막을 수 있는 윈드 실드를 철석같이 믿고 생각에 잠겨 있던 퓨텔은 갑자기 느껴지는 양 옆구리의 고통에 깜짝 놀라 소리를 질렀다.

퓨텔이 펼쳐 놓은 윈드 실드는 9서클 유저에 달한 마법 실력 덕분에 상극의 마법이 아닌 이상 6서클 마법까지는 우습게 막아낼 수 있었다.

그런데 그런 윈드 실드가 너무나 쉽게 뚫린 것이다.

"이것들이… 실험을 위해선 한 마리만 있으면 되겠지!"

처음 보는 물체에 대한 호기심에 사로잡혀 있던 퓨텔은 기가스의 공격에 정신을 차렸다. 그리고 이것저것 고민할 것 없이 한 마리만 사로잡고 다 잡아 죽이기로 결정한 그는 곧바로 분노에 찬 드래곤 피어를 발했다.

크아아오오오!!

드래곤에 대한 두려움이 전혀 없는지 자신의 주위를 빙빙 맴돌던 그것들은 드래곤 피어에 전혀 반응을 보이지 않았다.

"그래, 드래곤에 맞설 힘은 가지고 있다 이건가?"

드래곤 피어에 응당 겁을 먹고 경직되거나 최소한 뒤로 물러날 것이라고 생각한 퓨텔은 아무 반응이 없는 그것들을 보며 은근히 자존심이 상했다.

"멀티플 윈드 블레이드!"

이미 타깃팅 마법을 걸어둔 퓨텔이었기에 곧바로 단단한 바위도 두부처럼 갈라 버리는 윈드 블레이드를 시전하였다.

거기다 단순한 윈드 블레이드가 아닌 멀티플이라는 마법 조사를 덧붙여 수십 개의 윈드 블레이드를 구현하였다.

프리모 대륙의 마법은 다양한 마법 조사가 존재하였는데, 같은 마법이라도 마법 조사를 이용하면 그 위력과 형태가 크게 달라졌다. 이러한 마법 조사를 사용하기 위해선 해당 마법의 2서클 이상을 마스터해야만 했다. 뿐만 아니라 마법 조사를 사용하는 대가로 훨씬 큰 마나의 소모를 감수해야 했다.

하지만 드래곤인 퓨텔에게 그 정도의 마나 소모는 충분히 감수할 만하였다.

퓨텔이 윈드 블레이드에 사용한 멀티플이란 마법 조사는 같은 마법을 동시에 여러 개가 발현되도록 하는 것이었다. 이 멀티플이란 마법 조사를 사용하여 늘릴 수 있는 마법의 숫자는 시전자의 의지와 마나에 따라 결정되었다.

그렇게 멀티플 윈드 블레이드를 시전한 퓨텔은 이 마법이라면 날파리처럼 앵앵거리면서 자신을 공격한 건방진 몬스터를 도륙할 수 있을 것이라고 믿었다.

그런 퓨텔의 믿음을 담은 채 바람 속성 계열 마법 중 가장 빠르고 매우 빠르고 눈에 잘 보이지도 않는 5서클 바람의 마법 윈드 블레이드 수십 개가 몬스터들을 갈라 버리기 위해 날아갔다.

핸드 캐논이 실드를 뚫고 들어가 폭발하자 UHO-12로 명명된 적, 즉 퓨텔이 몸을 움찔거렸다. 예상외로 쉽게 실드를 뚫고 공격에 성공했지만 큰 피해를 준 것 같지는 않았다.

벨쥬브와 가레모가 퓨텔의 주위를 날며 반응을 살피고 있을 때 잠시 몸을 부르르 떤 퓨텔은 천천히 펄럭이고 있던 날개를 활짝 펼치며 목을 길게 뺐다.

"킥킥. 저게 뭐 하는 거지?"

퓨텔이 드래곤 피어를 사용하는 모습을 본 벨쥬브가 비웃음을 날렸다.

퓨텔이 2기가의 마나를 가졌고 조금 전 무시하지 못할 공격을 퍼부은 적이라는 사실을 잊어버린 것 같았다.

그럴 만한 것이, 우주 병기로 개발된 기가스는 기본적으로 마나의 파동에 대한 방어와 완벽한 방음 장치를 가지고 있었다. 그래서 퓨텔이 지른 드래곤 피어는 케니안들에게 아무런 영향을 미칠 수 없었다.

"긴장을 늦추지 마! 공격 준비일 수도 있어!"

하지만 퓨텔이 시전한 에어 크레셔에 혼쭐이 났던 키아스는 긴장을 풀지 않으며 주의를 줬다.

"목표에 마나 변화!!"

그 순간 위즈가 다급한 목소리로 경고했다. 그리고 곧장 무엇인가가 기가스를 때렸다.

파카캉!!

미처 회피 행동을 하기도 전에 기가스들은 퓨텔이 시전한 윈드 블레이드를 정통으로 맞았다. 너무 순간적으로 일어난 일이라 마나의 변화가 일어나는 것만 감지했을 뿐 어느 정도의 위력인지, 무슨 형태인지 전혀 알 수 없었다.

그것은 가까운 거리 탓도 있었지만 그들이 마나를 이용하는 방식과는 전혀 달랐기 때문이다. 특히 윈드 블레이드는 눈에 보이지도 않고 매우 빠른 속도를 자랑하는 마법이었기에 그들은 어떤 방어 행동도 할 수 없었다.

"뭐~야~ 이런 것도 공격이라고 한 거야?"

킬킬대던 벨쥬브는 자신이 전혀 반응하지 못한 상태로 공격당했다는 사실에 당황하긴 했지만 아무런 피해를 입지 않았기 때문에 퓨텔을 얕잡아보는 마음이 더욱 커졌다.

"별다른 피해는 없습니다."

긴장을 유지하고 방어 태세를 갖추고 있던 키아스는 위즈의 경고를 듣자마자 기니어 실드를 가슴까지 들며 마나를 주입하였고, 여유있게 공격을 막을 수 있었다.

비록 퓨텔이 비교적 낮은 5서클의 윈드 블레이드를 시전하였지만 그 위력이 결코 약하진 않았다. 그런 마법을 직격당하고도 별다른 피해를 입지 않은 것은 언브레이커블 메탈로 만들어진 기가스의 장갑 때문이었다.

언브레이커블 메탈은 인류가 우주 개발을 하며 발견한 금속으로 이것은 다이아몬드보다 일곱 배나 높은 강도와 경도를 자랑하였다. 뿐만 아니라 충격을 견디는 능력인 인성까지 뛰어나 기가스의 장갑으로 채택되었다.

다만 2,500도 이상의 고온에서 쉽게 녹아내리는 단점을 가졌지만 이 단점을 안티 마나 코팅으로 어느 정도 감쇠할 수 있었다. 안티 마나 코팅은 마나의 파동이나 마나를 이용한 공격에 대한 저항력을 높이는 것으로 부수적으로 단열 효과도 가지고 있었기 때문이다.

"애트란을 빠져나올 때 당했던 공격을 잊지 마십시오."

케니안은 애트란에서 빠져나올 때 퓨텔이 시전했던 에어 크레셔를 상기시키며 느슨해진 긴장을 다시 조였다.

"적은 중형 크기이고 2기가 마나와 단단한 외피를 가진 것
으로 파악됩니다."

케니안의 말이 끝나자마자 위즈의 보고가 이어졌다.

"알 수 없는 형태로 마나를 사용하여 공격을 하고 실드를 유
지하고 있습니다. 날개를 이용한 비행 형태를 띠고 있습니다."

부족하지만 지금까지 파악된 정보를 요약한 위즈는 빠르
게 보고를 마치고 자신이 구상한 작전을 설명하기 시작했다.

"기본적인 공격 형식은 B-A-7에 따르겠습니다."

이것은 미지의 적 중에서도 중형의 적을 공격하는 전투 교
본이었다.

"1차 파괴 목표는 날개로 설정하겠습니다."

위즈는 퓨텔이 공중에 떠 있으며 날개를 펄럭이는 것에 주
목하였다. 이것은 적이 날개를 이용해 비행을 유지한다는 의
미였기 때문이다. 그래서 위즈는 비행이 가능한 적의 비행 능
력을 빼앗는다면 전투력을 절반 이상 감소시킬 수 있을 것이
라고 예상하였다.

"2차 목표는 적의 생포입니다. 가능하다면 생포하여 이 행
성과 생명체들의 정보를 알아내야 합니다."

2차 목표에 대한 위즈의 말이 이어졌다.

그는 가능하면 이 행성에서 최초로 조우한 생명체를 생포
하여 최대한 많은 정보를 파악하고자 하였다. 의사소통의 문
제는 제쳐 두고라도 핸드 캐논에 끄떡없는 표피와 2기가의

마나 원천, DNA 구조, 바이러스와 세균 등 조사해야 할 것이 많았기 때문이다.

"만약 생포가 어렵다면 2차 목표를 척살로 수정합니다. 적의 약점은 목으로 예상됩니다. 목을 공격하여 적을 척살하십시오."

위즈의 작전 계획이 설명됨과 동시에 기가스의 스크린에 퓨텔의 모습이 나타났다. 그리고 위즈가 설정한 목표인 날개와 목에 붉은색 원으로 표시되었다.

위즈는 네 개의 다리와 한 쌍의 날개, 긴 꼬리, 두터운 목과 머리를 가지고 있는 퓨텔의 형태를 보고 목이 약점일 것이라고 예상하였다.

"그렇군. 날개를 파괴해서 비행 능력을 빼앗는다면 보다 수월한 전투를 벌일 수 있을 것입니다. 거기다 목이 비교적 길어 머리 부분보단 공격이 수월해 보입니다."

키아스가 위즈의 작전에 동의하였다.

"날개는 제가 공격하겠습니다. 벨쥬브와 가레모는 적의 공격을 조심하면서 견제해 주십시오. 키아스는 적의 정면에서 애트란의 방어에 주력하십시오."

케니안은 일말의 망설임 없이 가장 위험한 역할을 자처하였다.

적에 관한 정보 부족 때문에 어떤 형태의 공격을 해올지, 자신의 공격이 효과가 있을지 아무런 확신이 없는 상태에서 근접 공격을 한다는 것은 매우 위험한 것이었다.

　하지만 케니안은 그런 무지에 대한 두려움이 전혀 없는 듯 곧바로 공격 위치를 잡기 위해 상승하기 시작했다.

　그렇게 케니안과 부관들이 작전을 짜고 실행에 옮기려 하고 있을 때 퓨텔은 윈드 블레이드를 맞고도 꿈쩍 않는 몬스터들에게 놀라고 있었다.

　"5서클의 윈드 블레이드를 그냥 튕겨내다니……."

　윈드 블레이드를 튕겨낸 몬스터 중 두 마리는 아무 일 없었다는 듯이 여전히 자신의 주위를 돌며 이상한 공격을 하고 있었다.

　"아얏! 저건 도대체… 마법도 아니고……. 어떻게 윈드 실드를 그냥 통과하는 것이지?"

　케니안들에게 퓨텔의 마법도 생소한 공격이었지만, 퓨텔에겐 순수한 마나를 응집해 파괴력을 발휘하는 기가스의 핸드 캐논도 알 수 없는 공격이긴 마찬가지였다.

　처음 공격당했을 때는 분노와 당황스러움에 윈드 실드가 뚫렸다는 것을 인식 못했지만 지금은 아니었다.

　하지만 그것에 대한 생각은 잠시 접어두어야 했다.

　천천히 자신의 주위를 맴돌던 몬스터들이 속도를 높이기 시작하였기 때문이다. 그리고 한 마리는 위로 솟아오르더니 자기보다 높은 곳에서 퓨텔을 내려다보고 있었다.

"고작 5서클인 윈드 블레이드를 견뎌냈다고 기고만장이라니……."

퓨텔은 자신의 주위를 돌면서 이상한 공격을 해대고 있는 두 마리의 몬스터보다는 자기보다 높은 곳에서 내려다보고 있는 몬스터가 더욱 짜증스러웠다.

기가스의 얼굴에 표정이 있을 리 만무했지만, 퓨텔의 뛰어난 시력에 포착된 케니안의 기가스 얼굴은 왠지 모를 비웃음이 걸려 있는 것 같았기 때문이다.

"그 건방진 얼굴을 짓밟아주지!"

CHAPTER 05
9서클 마법, 그리고…….

퓨텔은 건방지게 자신을 내려다보고 있는 케니안을 향해 자신이 시전할 수 있는 최강의 단일 대상 마법을 준비했다.

마법 시전을 위한 주문을 외우며 서클 어레인지를 하고 있는 퓨텔의 이마 앞쪽에 마나의 서클이 하나둘 생겨났다. 그 서클들은 룬 문자가 빼곡히 적혀 있었고, 순식간에 일곱 개의 서클이 나타나 서로 겹쳤다. 바람의 마나로 생성된 서클들은 황금빛에 가까운 노란색을 띠고 있었고, 바깥쪽 서클이 안쪽의 서클들을 둘러싸고 있었다.

완전한 형태를 취한 일곱 개의 서클은 곧 서로 반응하며 각각의 방향과 속도로 회전하기 시작했다. 서클 어레인지가 완료되어 마법을 구현하기 직전의 상태가 된 것이다.

9서클 유저인 퓨텔은 7서클 마법부터는 주문과 서클 어레인지를 완료한 뒤 시동어로 마법을 시전해야 했다. 만약 퓨텔이 9서클 마스터였다면 서클 어레인지를 생략할 수 있었을 것이다.

서클 어레인지는 프리모 대륙에서 마법을 사용하기 위한 필수적인 일종의 준비 동작이다. 마법은 마나로 이루어진 서클들이 서로 반응해서 시전되는데, 이 서클의 개수에 따라 마법의 위력이 천차만별로 달라졌다.

당연한 것이지만 서클의 숫자가 많을수록 그 위력이 커졌고, 서클들을 제대로 배치하고 조율해야만 마법을 시전할 수 있었다.

보통의 인간들은 하나의 마나 서클을 연성하는 것도 어려웠다. 더구나 몇 개의 마나 서클을 연성하여 그것들을 배치하고 조율하는 것은 어지간한 천재라 해도 쉽게 할 수 없는 것이었다.

그렇기에 인간이 9서클에 도달하는 것은 불가능하다는 것이 일반적인 견해였다. 아직까지 프리모 대륙에 9서클에 도달한 인간은 한 명도 없었다는 것이 이것을 증명했다.

대륙 역사상 가장 뛰어난 마법사라고 기록된 코롬과 베나티 이 둘만이 7서클 마스터였다. 호사가들과 코롬과 베나티를 숭배하는 자들은 그들이 8서클 유저에 도달했었다고 주장하였지만 그와 관련된 기록이 없어 그저 소문으로만 떠돌 뿐이었다.

그렇게 인간으로서는 무척이나 달성하기 어려운 7서클 경지의 마법을 드래곤인 퓨텔은 간단히 사용할 수 있었다. 거기다 퓨텔이 9서클 마스터였다면 피어스라는 마법 조사를 사용해 훨씬 강력한 마법을 시전하였겠지만 아직은 불가능하였다.

그렇게 퓨텔이 마법을 준비하자 기가스의 IMS가 경보음을 발했다.

그리고 점점 올리가는 마나 수치를 표시하였고, 붉은 빛을 깜빡이며 위험을 경고했다.

삐잇!!

"UHO -12에 마나 변화 발생!! 500메가 마나에 해당합니다. 계속 증가 중!!"

애트란에서 퓨텔을 관찰하던 위즈가 급격하게 변화하는 마나를 보며 말했다.

애트란에서 빠져나올 때 당했던 공격을 떠올린 키아스는 급히 기니어 실드에 마나를 불어 넣으며 방어를 준비했고, 가레모와 벨쥬브는 속도를 높이며 공격에 대비했다.

그때 위즈의 보고가 있기 전부터 퓨텔의 상공에서 공격의 기회를 엿보고 있던 케니안이 부스터를 급가속하며 퓨텔의 날개로 쏘아져 내려왔다. 케니안은 적의 공격이 시작되기 직전의 틈을 노린 것이다.

케니안의 기가스에 들려진 거대한 투 핸드 소드는 머리 위로 크게 올려져 있었고, 마나를 한껏 품어 모든 것을 삼켜 버릴 듯한 시커먼 빛을 뿜어내고 있었다. 그것이 휘둘러지면 그 앞에 있는 것이 무엇이든 갈라 버릴 것 같은 무시무시한 기세였다.

"윈드 스피어!!"

그때 서클 어레인지를 마친 퓨텔이 시동어를 외치며 자신에게 쏘아져 오고 있는 케니안의 기가스를 향해 윈드 스피어를 시전했다.

7서클 마법인 윈드 스피어는 바람 속성의 고위 마법 중 가장 강력한 단일 대상 마법의 하나였다.

윈드 블레이드가 넓은 범위를 베어버리는 마법이라면 윈드 스피어는 막대한 마나를 집중시켜 한 점을 꿰뚫어 버리는 마법이었다. 그렇기에 단일 대상에 대한 위력은 5서클의 윈드 블레이드는 물론 같은 서클의 에어 크레서와도 비할 바가 아니었다.

퓨텔이 시전한 윈드 스피어는 그 뾰족한 끝을 케니안의 기가스로 향한 채 타깃팅 마법에 이끌려 쏘아져 나갔다.

케니안은 적의 공격이 아직 준비 단계인 것으로 판단하고 공격을 시도했지만 퓨텔은 케니안이 자신의 머리 위로 날아올랐을 때부터 마법을 준비했었다.

한마디로 케니안은 큰 오산을 한 것이다.

콰앙!!!

공격을 위해 수직으로 떨어져 내리던 케니안에게 IMS는 700메가 마나의 접근을 알렸지만 이미 공격을 피하기에는 너무도 늦었다. 700메가 마나가 한 점에 집중된 윈드 스피어는 마나 수치의 몇 배에 해당하는 위력을 가지고 있었다.

퓨텔이 시전한 윈드 스피어를 피할 생각도 못하고 정통으로 맞은 케니안의 기가스는 엄청난 폭발음과 함께 날아들던 속도와 맞먹는 속도로 튕겨져 나갔다.

비행을 유지하기 위해 가동되고 있는 부스터도 소용없는 것 같았다.

벽에 딘져진 테니스공처럼 튕겨져 모래의 호수로 추락한 케니안의 기가스는 분수처럼 솟구치는 모래기둥을 만들었다.

"사령관님!!"

모래기둥 속에 파묻혀 순식간에 시야에서 사라진 케니안의 기가스를 보며 키아스와 위즈가 동시에 소리쳤다. 하지만 케니안의 대답은 들려오지 않고 통신 방해를 받을 때 나타나는 잡음만 들려왔다.

키아스와 위즈는 통신이 두절된 채 시야에서 사라진 케니안에 대한 걱정에 휩싸였지만 수많은 전투로 다져진 가레모와 벨쥬브는 아니었다.

그들은 공격하기 직전과 직후가 가장 빈틈이 많은 순간이라는 것을 경험으로 알고 있었기에 퓨텔의 마법이 케니안으로 향하는 그 순간 퓨텔의 날개로 돌진했다.

퓨텔은 자신의 주위를 빙빙 돌며 광선을 쏘아대는 둘에는 전혀 신경 쓰지 않았다. 그것들의 공격은 조금 신경 쓰일 뿐, 자신에게 별다른 피해를 주지 못했기 때문에 이미 실드도 해제한 상태였다.

더구나 자신의 머리 위에서 내려다보는 놈이 그의 화를 돋웠기에 그놈의 처리가 우선이었다.

"엇?"

그런데 멀리서 빙빙 돌기만 하던 그놈들이 무시무시한 기세로 빠르게 자신의 날개를 향해 날아오는 것이 보였다. 그리고 미처 어떤 방비를 하기도 전에 커다란 할버드가 그의 날개를 찍었다.

콰직!

비록 그로스 급이라 드래곤 스케일이 완벽한 방어력을 가진 것은 아니었지만, 그래도 웬만한 마법이나 물리적 충격은 무시할 수 있는 드래곤 스케일이었다. 그런데 그것이 몬스터의 일격에 깨어져 나갔다.

"크아악! 이놈이!!"

드래곤 스케일 아래에 있는 드래곤 레더와 드래곤 본 덕분에 날개가 찢어지거나 부러지지는 않았지만 고통이 밀려오는 것은 어쩔 수 없었다. 퓨텔은 고통을 참으며 다른 마법을 준비하기보다는 본능적으로 머리를 돌려 뿔로 그놈을 들이받으려 했다.

드래곤의 뿔은 드래곤이 가진 가장 강력한 무기였다.

같은 드래곤끼리의 싸움에서는 뿔이 브래스나 마법보다 훨씬 효과적인 공격 방법이었다. 별다른 준비도 필요없고 드래곤 스케일과 드래곤 레더를 손쉽게 파괴할 정도로 날카롭고 단단했기 때문이다. 특히 나선형으로 회전하며 자라는 골드 드래곤의 뿔은 같은 드래곤에게도 매우 위협적인 무기였다.

퓨텔의 날개를 공격한 몬스터, 즉 가레모는 전력을 다한 공격에도 별다른 타격이 없는 적을 보며 충격에 빠져 있었다.

그때 IMS가 급속도로 다가오는 퓨텔의 뿔을 경고했다.

잠시 넋을 놓고 있던 가레모는 본능적으로 회피 기동을 실시했고, 스치는 정도로 퓨텔의 공격을 피할 수 있었다. 가까스로 퓨텔의 공격을 피해낸 가레모는 IMS가 나타내는 기가스의 피해 정보를 보며 또 한 번 놀랐다.

녹아내릴지언정 부서지지 않는다는 언브레이커블 메탈로 이루어진 장갑에 길게 긁힌 손상이 생겼기 때문이다.

퓨텔이 고개를 돌려 가레모를 공격하고 가레모가 그것을 피해내는 틈을 타 반대쪽에서 돌진해 오던 벨쥬브가 거대한 배틀 액스를 휘둘렀다. 그가 휘두른 배틀 액스는 케니안의 그것에 비하면 많이 부족하지만 까만 빛을 뿜어내고 있었다.

숨겨놓았던 실력을 모두 드러낸 것이다.

"이거나 먹어라!!"

전력을 다한 벨쥬브의 공격은 가레모에게 시선을 빼앗긴 퓨텔의 날개를 강타했다. 별다른 피해를 주지 못했던 가레모의 공격과 달리 벨쥬브의 공격은 퓨텔에게 제법 큰 피해를 주었다.

드래곤 스케일을 깨고 드래곤 레더까지 찢어버린 것이다.

하지만 날개를 부수어 떨어뜨리는 것에 실패한 벨쥬브는 가레모와 같은 꼴을 당하지 않게 재빨리 퓨텔에게서 떨어졌다.

"크악!"

비록 비행을 유지하는 데 커다란 지장을 주는 것은 아니었지만 퓨텔이 정상적인 사고를 하는 것에는 지장을 주었다. 죽을 때까지 이런 고통을 느껴볼 것이라 상상도 못했던 퓨텔이었기에 너무나 당황하고 놀란 것이다.

항상 최강의 생명체라고 자부하였던 그였기에 벨쥬브의 공격은 퓨텔의 비늘과 가죽만 찢은 것이 아니라 그의 자존심도 찢어놓은 것이었다. 거기다 벨쥬브와 가레모가 마치 비웃는 듯이 자신을 빙빙 돌며 교대로 공격해 왔기에 더욱 정신을 차릴 수 없었다.

사실 퓨텔이 전투 경험이 풍부하거나 웜 급에 도달한 드래곤이었다면 드래곤 스케일에 마나를 주입해 보다 뛰어난 방어력을 가질 수 있었을 것이다. 하지만 레어에서 마법 연구만 하던 퓨텔은 그런 전투 요령은 습득할 수 없었고 아직 어린 드래곤에 불과했다.

결국 가레모와 벨쥬브의 공격에 몸과 마음에 모두 상처를 입은 퓨텔은 이성을 잃은 채 그의 머리와 기다란 꼬리를 미친 듯이 휘두르며 자신의 주위를 빙빙 돌며 치고 빠지는 그들을 때려잡으려 했다.

하지만 IMS의 도움을 받아 빠르게 움직이는 그들을 뻔히 보이는 머리와 꼬리의 공격으로 어찌해 보기는 처음부터 불가능한 것이었다.

그리고 줄기차게 할버드와 배틀 액스를 휘두르고 있는 가레모와 벨쥬브에게도 그런 퓨텔을 어찌하는 것이 불가능하긴 마찬가지였다.

"제기랄!! 뭐 이리 단단해!!"

미친 듯이 머리와 꼬리를 휘두르는 퓨텔에게 처음과 같은 전력을 다한 공격을 하는 것이 어려워지자 스쳐 지나가며 공격을 하던 벨쥬브가 소리쳤다. 아무리 배틀 액스로 찍어도 비늘 몇 장 깨뜨리는 것이 전부였기에 터져 나온 불평 아닌 불평이었다.

"헉!"

그 순간 자신의 머리 위로 지나가는 퓨텔의 꼬리를 보고 헛

바람을 삼켰다. 가까스로 피해내긴 했지만 정통으로 맞았다간 케니안 꼴이 날 수도 있다는 두려움이 밀려왔다.

"야!! 키아스!! 멍하니 있지 말고 뭐라도 해봐!!"

벨쥬브는 자신과 가레모가 퓨텔을 공격하고 있는 이 순간까지 멍하니 케니안이 사라진 방향을 바라보고 있는 키아스에게 짜증이 가득한 목소리로 말했다.

"네… 네!"

넋을 놓고 있던 키아스는 무의식적으로 말을 높여 대답했다.

온전한 정신 상태였다면 절대로 벨쥬브에게 말을 높이지 않았을 키아스였다. 절대적인 믿음을 주던 케니안이 무력하게 적에게 당한 것이 그만큼 큰 충격이었던 것이다.

"정신 차리고 이 빌어먹게 단단한 놈을 처리할 방법을 생각해 보라고!!"

"어… 어."

귀청을 울리는 벨쥬브의 목소리에 간신히 정신을 차린 듯 대답하는 키아스였지만 여전히 전투에 큰 도움이 될 수 있는 상태는 아닌 것 같았다.

"UHO-12는 매우 견고한 장갑을 가진 것 같다. 그것을 깨뜨리고 타격을 주기 위해서는 대 전함 무기가 필요해. 하지만 중력이 있는 행성에서 사용하기가……."

벨쥬브의 외침에 대답한 것은 키아스가 아닌 위즈였다.

위즈 역시 케니안의 안위가 걱정되기는 마찬가지였지만 키아스처럼 넋을 잃지는 않았다. 그는 작전관으로서 가레모와 벨쥬브의 공격 데이터와 퓨텔의 반응 데이터를 분석하였고, 기가스 전용 대 전함 무기라면 퓨텔의 비늘을 뚫고 피해를 줄 수 있을 것이라 판단하였다.

애트란에는 플러파이 켈리건이란 기가스 전용 대 전함 무기가 적재되어 있었다.

이것은 길이만 35m에 무게가 120톤에 달하는 거대한 라이플이었다. 거기다 플러파이 켈리건은 직경 5m에 30톤짜리 탄환을 사용하였다. 탄환에는 마나 코어가 삽입되어 있어 마나를 응축시킬 수 있었고, 마나를 머금은 탄환의 파괴력은 웬만한 소행성의 충돌보다 더 컸다.

하지만 기가스보다도 크고 무거운 스팩을 자랑하였기에 무중력 공간인 우주가 아니라면 사용이 거의 불가능하였다. 기가스의 어깨에 걸쳐서 사용하는 무기였기에 중력이 있는 곳에서 기가스의 어깨까지 들어 올리는 것도 큰 문제였기 때문이다.

사실 플러파이 켈리건은 우주 공간에서 적 전함을 파괴하기 위해 개발된 무기였기 때문에 중력이 존재하는 공간에서의 사용은 전혀 고려되지 않았고 실험도 실시된 적이 없었다.

이런 이유들 때문에 위즈는 그것을 선뜻 사용하라고 할 수 없었다.

큰 크기는 퓨텔의 눈에 띌 것이 분명하고 무거운 무게 때문에 신속한 반응이 불가능할 것이라고 예상되었기 때문이다. 엎친 데 덮친 격으로 이 행성은 표준 중력의 1.5배의 중력을 가지고 있었다.

"지금 그런 것 따질 때야! 큭!!"

벨쥬브는 자신들의 공격이 통하지 않는 적을 눈앞에 두고도 이것저것 따지는 위즈가 마음에 들지 않았다. 그런 위즈에게 한마디 쏘아붙이기 위해 잠시 퓨텔에게 집중하지 못했고, 그 순간 퓨텔의 뿔이 그의 가슴을 훑고 지나갔다.

크카각!

벨쥬브는 기가스를 조종해 재빨리 뒤로 물러나 큰 피해는 입지 않았지만 가슴의 1차 장갑에 커다란 흉터가 생기는 것은 어찌할 수 없었다.

그 모습을 본 위즈는 더 이상 이것저것 따질 겨를 없이 플러파이 켈리건의 사출 장치를 작동시켰다.

―사출 장치의 게이트가 정상 작동하지 않습니다. 게이트 레일에 이물질이 있습니다.

그런데 사출 장치의 작동을 알리는 메시지 대신 사출 장치의 게이트가 작동하지 않는다는 미기의 보고가 이어졌다. 애트란의 장갑이 녹아내려 사출 장치를 막아버린 것이다.

"젠장, 사출 장치가 고장이야! 키아스, 네가 와서 직접 가져가!"

정신없이 퓨텔과 전투를 치르고 있는 가레모와 벨쥬브는 도저히 전투에서 빠져나올 수 있는 상황이 아니었다. 그래서 위즈는 멍하니 떠 있는 키아스에게 플러파이 켈리건을 직접 가져가도록 명령했다.

"어? 뭘 가져가?"

"야, 사령관님은 무사하실 거야. 충격으로 기가스 시스템에 장애가 발생했을 뿐일 테니 너무 걱정하지 말고 플러파이 켈리건을 가져가."

위즈는 벨쥬브의 외침에도 정신을 차리지 못하고 있는 키아스가 안심할 수 있도록 차분하게 말했다. 비록 자신은 자신이 뱉은 말을 믿지 못했지만.

사실 700메가 마나를 정통으로 맞고 튕겨져 나간 케니안의 모습에서 그 피해가 단순히 기가스의 시스템 장애만으로 그쳤다고 생각하기는 어려웠다.

하지만 위즈의 말은 한동안 외출해 있던 키아스의 정신을 돌아오게 하는 데에는 성공하였다.

"그렇지? 무사하시겠지?"

"그래. 그러니까 빨리 적을 처치하고 구출하러 가야지!"

케니안을 구출하러 가야 된다는 위즈의 말에 마침내 정신을 차린 키아스가 애트란 쪽으로 이동했다. 그때 기가스의 IMS가 위험을 경고하는 붉은 빛을 깜박였다.

"저게 또 뭐 하는 거야!"

갑자기 사라져 1km 밖으로 벗어나 있는 적을 쫓으려던 벨쥬브는 황급히 뒤로 물러나며 소리쳤다. 퓨텔의 마나 수치가 급격하게 증가하기 시작했기 때문이다.

"크아아!!"

퓨텔은 고통과 분노에 가득 찬 외침을 부르짖었다. 아무리 머리와 꼬리를 휘둘러도 자신의 몸에 상처를 낸 저 건방진 것들을 처치할 수 없었기 때문이다. 설상가상으로 자신의 커다란 몸집 때문에 자신의 주위를 빠르게 돌며 치고 빠지는 몬스터들을 시야에서 놓치기 일쑤였다.

시야를 벗어난 몬스터들은 타깃팅 마법이 무효화되어 시동어만으로 구사할 수 있는 마법도 맞출 수 없었다. 한동안 머리와 꼬리를 미친 듯이 휘두르던 퓨텔이 갑자기 움직임을 딱 멈췄다.

"이게 아니잖아. 그렇다면… 타깃팅이 필요없는 마법으로 끝장내 주지."

퓨텔은 더 이상 타깃팅을 유지하거나 잘 맞지도 않는 꼬리와 머리의 공격은 그만두고 대규모 마법을 사용하기로 마음먹었다. 한동안 분노에 휘둘리던 그가 이성을 되찾은 것이다.

그런 마법을 시전하기 위해서는 주문을 외우고 서클 어레인지를 하기 위한 시간이 필요했다. 이 시간을 벌어주는 것이 실드였는데 이 몬스터들에게는 실드가 소용이 없었다.

비록 몬스터들의 공격이 치명적인 피해를 주는 것은 아니었지만 높은 서클의 마법을 시전하기 위한 정신 집중을 방해했다. 그래서 퓨텔은 고 서클 마법을 시전하기 위한 시간을 벌기 위해 단거리 공간 이동 마법인 블링크로 거리를 벌렸다.

블링크는 용언 마법의 일종으로, 자신의 시야가 미치는 범위에서 1㎞ 이내의 장소까지 공간 이동할 수 있는 마법이었다.

퓨텔이 블링크로 거리를 벌리자 무슨 꿍꿍이인지 몬스터 중 한 마리는 등을 보이고 도망치고 있었고, 나머지 두 마리도 그를 쫓아오지 않고 멀찍이 떨어져 있었다.

퓨텔은 이 틈을 타 마나를 끌어 모으며 주문을 외웠다. 마법에서 주문은 일종의 공식 같은 것으로, 이것은 서클 어레인지가 정확하게 이루어지도록 도와주었다.

프리모 대륙에서 마법을 시용하는 존재들은 자기가 마스터한 서클의 한 단계 아래 마법은 주문을 생략할 수 있었다. 마치 수학의 공식을 완벽히 외운다면 따로 계산할 필요가 없는 것과 같은 것이었다.

그렇기 때문에 9서클을 마스터하지 못한 퓨텔이 주문을 외운다는 것은 9서클, 또는 8서클 마법을 시전한다는 의미였다.

그것을 증명하듯 주문을 외우고 있는 퓨텔의 전면에 여덟 개의 마나 서클이 생겨났다. 그리고 곧바로 서클 어레인지가 이루어지며 따로따로 회전하던 마나 서클들이 퓨텔의 주문이 끝남과 동시에 딱 멈추었다.

"토네이도 배쉬!"

주문을 외워 서클 어레인지를 마친 퓨텔의 입에서 8서클 마법 토네이도 배쉬의 시동어가 튀어나왔다. 그러자 여덟 개의 마나 서클에 응축되어 있던 막대한 양의 마나가 연쇄 반응을 일으키며 지름 40m, 길이가 600m에 달하는 거대한 토네이도를 만들어냈다.

토네이도 배쉬는 자연적으로는 수직으로 일어나는 토네이도를 마법으로 형성해 마치 채찍처럼 자유롭게 휘두르는 마법이었다.

"크하하하! 버러지 같은 것들!! 죽어라!!"

토네이도로 이루어진 광포한 바람의 채찍이 퓨텔의 의지에 따라 무시무시한 파공성을 내며 가레모와 벨쥬브, 그리고 애트란으로 향하던 키아스를 휩쓸었다.

피할 틈도 없이 휘둘러진 퓨텔의 토네이도 배쉬에 휩쓸린 그들은 정신없이 토네이도를 따라 돌았다. 토네이도 배쉬의 어마어마한 압력 속에서 부스터를 이용한 탈출과 균형을 잡기 위한 노력은 무용지물이었다.

거기다 압력을 버티고 있는 기가스의 관절 부위가 쇠 긁는 소리를 내며 부들부들 떨리고 있었다. 언브레이커블 메탈로 만들어진 것은 기가스의 장갑과 골격뿐이었기에 조금의 시간이 지나면 기가스의 팔다리가 다 뽑혀 나갈 것 같았다.

정신없이 회전하고 있는 기가스의 컨트롤 룸은 관절 부위
가 받는 압력이 위험 수준에 도달했다는 경고의 메시지로 번
쩍이고 있었다. 그 속에서 벨쥬브와 가레모, 키아스는 어떻게
든 토네이도를 빠져나가려 하고 있었다.

하지만 기가스의 부스터로는 기가스를 옭아매고 있는 토
네이도의 손길을 뿌리치고 빠져나갈 수 없었고, 그들은 절망
에 빠졌다.

그 순간 퓨텔 아래쪽의 모래가 폭발하듯이 일어나더니 시
커먼 빛 덩이를 뱉어냈다.

그 빛 덩이는 쏘아진 화살처럼 곧장 퓨텔의 오른쪽 날개를
향해 날아갔다. 퓨텔은 아래쪽에서 다가오는 마나의 기운을
느꼈지만 무시했다. 지금 그에게 중요한 것은 토네이도 배쉬
를 내려쳐서 그것에 휘말린 몬스터들을 처리하는 것이었다.

하지만 그것이 퓨텔의 운명을 결정하는 커다란 실수가 되
고 말았다.

그 빛 덩이는 순식간에 퓨텔의 날개와 몸통이 연결되어 있
는 부위를 뚫으며 지나갔고, 곧이어 가죽이 찢어지고 뼈가 부
러지는 소리가 났다.

쿠아악!

그 소리와 함께 퓨텔의 오른쪽 날개의 앞쪽이 힘을 잃고 아
래로 처졌다. 신나게 토네이도 배쉬를 휘두르며 자신에게 도
전한 몬스터들을 죽음으로 몰아가던 퓨텔은 갑자기 몸이 오

른쪽으로 기우는 것을 느꼈다.

'응?'

몸이 오른쪽으로 기울어지는 것을 느낀 퓨텔은 무의식적으로 오른쪽으로 고개를 돌렸다. 그리고 반쯤 떨어져 나가 부들부들 떨고 있는 자신의 날개를 발견했다.

너무나 순간적으로 일어난 일이기에 퓨텔은 자신에게 무슨 일이 일어났는지 눈으로 확인한 뒤에야 알 수 있었던 것이다. 그렇게 눈으로 날개의 상태를 확인하자 뒤늦게 고통이 밀려왔다.

"크아아아악!!"

날개를 꿰뚫린 퓨텔은 드래곤 피어인지 단순한 비명인지 구분이 안 되는 괴성을 지르며 추락했다. 비늘이 깨지고 가죽이 찢어진 것은 물론 날개의 뼈마저 부러진 것은 말로 표현할 수 있을 만큼 단순한 고통이 아니었다.

그런 고통 속에서 온전한 정신을 유지하기도 힘겨운 퓨텔은 토네이도 배쉬를 유지할 수 없었다.

결국 토네이도 배쉬에 휘말려 사지가 뽑혀 나갈 뻔했던 기가스들은 갑작스레 사라진 토네이도의 압력에 비로소 자유로워졌다.

기가스를 구속하던 압력으로부터 벗어나 균형을 잡은 그들은 맥없이 땅으로 떨어지고 있는 퓨텔에게 쏘아지고 있는 검은 빛줄기를 볼 수 있었다.

그 빛줄기는 그들에게 매우 익숙한 것이었다.

"저건?"

토네이도 배쉬에서 벗어나 가장 먼저 정신을 차린 벨쥬브가 그 빛을 보고 중얼거렸다. 그것은 켄타미움 성계 전쟁에서 수많은 켄타민의 목숨을 빼앗은 S급 마나 휴먼인 케니안의 기술 마나 블레이드였다.

콰쾅!

"사령관님!"

케니안의 마나 블레이드는 날개를 잃은 채 추락하고 있는 퓨텔의 옆구리를 강타하며 폭발했다. 그 폭발음과 동시에 케니인의 생환을 확인한 키아스의 들뜬 목소리가 기가스의 통신기를 통해 울려 퍼졌다.

"후."

키아스의 들뜬 목소리에도 불구하고 들려오는 것은 호흡을 가다듬는 케니안의 숨소리뿐이었다. 단순히 검에 마나를 싣는 것과는 다르게 마나 블레이드는 상당한 양의 마나를 소모하였기에 케니안은 호흡을 가다듬을 필요가 있었던 것이다.

"흥. 죽은 줄 알았더니 살아 있었네."

벨쥬브는 자기가 아무리 발버둥 쳐도 어쩔 수 없던 적을 순식간에 처리해 버리는 케니안을 보고 적잖이 놀랐다. 하지만 그 놀람을 그대로 드러낼 만큼 어수룩하지 않은 그이기에 살아 돌아온 케니안을 환영하는 대신 콧방귀와 함께 비꼬았다.

사실 퓨텔의 윈드 스피어를 아무런 방어 행동 없이 맞았다면 아무리 언브레이커블 장갑으로 무장한 기가스라도 무사하지 못했을 것이다.

하지만 케니안은 퓨텔이 윈드 스피어를 시전한 순간 그 공격이 자신을 향한다는 것을 본능적으로 알 수 있었다. 그래서 공격을 위해 마나를 모아놓았던 투 핸드 소드를 가슴으로 끌어내려 윈드 스피어를 방어한 것이다.

비록 예상했던 것보다 훨씬 큰 충격 때문에 형편없이 튕겨져 나갔지만 기가스와 케니안은 멀쩡할 수 있었다. 다만 마나의 후폭풍에 의해 통신 기능이 일시적으로 마비되고 모래 속에 파묻힘으로써 적뿐만 아니라 아군의 시야에서도 벗어나게 된 것이다.

케니안은 그것을 기회로 삼아 모래 속으로 이동하여 치명적인 공격을 가할 기회를 노렸고, 그 기회를 살려 퓨텔의 날개를 부러뜨릴 수 있었다.

"적은 단지 비행 능력을 상실했을 뿐 아직 건재합니다. 그리고 우리가 전혀 알지 못하는 형태로 마나를 활용합니다. 모두 긴장을 풀지 마십시오."

케니안은 통신기를 통해 들려오는 키아스와 벨쥬브의 목소리는 무시한 채 자신이 할 말만 하였다. 그리고는 몸부림치며 추락하고 있는 퓨텔을 향해 곧장 돌진했다.

케니안의 공격에 날개를 잃어버린 퓨텔은 모래의 호수와 데컴 숲이 맞닿은 지점에 추락했다.

모래의 파도에 휩쓸려 반쯤 쓰러져 있는 나무들을 온몸으로 짓밟으며 추락한 퓨텔은 정신을 차릴 수가 없었다. 부러진 날개에서 전해져 오는 고통과 추락에 의한 충격이 그가 올바른 사고를 못하도록 방해했기 때문이다.

하지만 그렇게 정신없는 상태에서도 그의 생존 본능은 다가오는 위험에 대해 즉각적으로 반응했다.

생존 본능에 따라 무의식적으로 고개를 돌린 퓨텔은 모든 것을 빨아들이는 것 같은 검은빛을 뿜어내며 자신의 목을 노리고 돌진해 오는 케니안을 볼 수 있었다.

무시무시한 기세로 자신을 향해 돌진해 오는 케니안을 본 순간부터 부상을 치료하기 위한 용언 마법의 사용은 퓨텔에게 사치였다. 당장 저 공격을 피하지 못하면 더 이상 부상 따위를 걱정할 필요가 없게 될 것 같았기 때문이다.

퓨텔은 급하게 머리를 틀어 지척에 도달해 있는 케니안의 공격을 피하고 오히려 뿔을 이용해 반격하려고 했다.

하지만 IMS의 도움을 받은 케니안은 기가스를 뒤집어 방향을 틀었고, 퓨텔의 공격을 스치듯 피해 버렸다. 그리고는 퓨텔의 목을 따라 미끄러져 내려가며 다시 기가스를 뒤집었고, 그 회전력과 돌진력을 그대로 살려 퓨텔의 가슴을 베어

버렸다.

푸아악!!

케니안의 검이 베고 지나간 퓨텔의 가슴은 드래곤의 비늘과 가죽이라는 것이 무색하게 생선살이 벌어지듯이 쫙 벌어지며 폭포처럼 피를 쏟기 시작했다.

하지만 퓨텔의 고난은 그게 끝이 아니었다.

케니안의 뒤를 이어 벨쥬브와 가레모, 그리고 키아스의 공격이 차례로 퓨텔의 등을 강타한 것이다.

마치 죽어가는 동물을 공격하는 까마귀 떼처럼 차례대로 공격을 퍼붓고 멀어지는 것을 반복하는 그들이었다.

퓨텔은 머리와 꼬리를 휘두르며 어떻게든 그들의 공격을 떨쳐 내보려고 했지만 멀쩡한 상태에서도 어찌할 수 없었던 그들을 날개가 부러진 상태로 어떻게 한다는 것은 불가능했다.

엎친 데 덮친 격으로, 평소에 그의 마음을 정화시켜 주던 울창한 데컴 숲의 나무들이 그의 시야를 가리고 있었고, 그 너머에서 공격해 오는 기가스들은 타깃팅 마법에서 너무도 쉽게 벗어났다.

기가스가 한 번 스쳐 지날 때마다 크든 작든 하나씩 상처가 늘어났고, 퓨텔은 그 상처로부터 고통과 분노가 아니라 죽음이라는 단어가 머리에 떠올랐다. 그것은 또다시 스쳐 지나가며 자신의 등에 상처를 만드는 기가스에 의해 실체화되었고,

곧 죽음의 공포로 다가왔다.

"아, 안 돼. 이, 이대로 죽을 수는 없어."

엄습하는 죽음의 공포는 퓨텔이 삶을 포기하게 하는 것이 아니라 오히려 퓨텔의 의식을 정상으로 되돌려 놓았다.

1,500년이란 세월을 살았지만 그 대부분을 레어에서 보낸 그다. 거기다 드래곤에게 1,500년은 5분의 1도 안 되는 짧은 삶이었기에 남은 삶에 대한 집착이 그를 붙잡은 것이다.

퓨텔은 현재 자신의 상태를 빠르게 점검하였다.

드래곤 브래스는 사용할 수 없고 사방을 가로막고 있는 나무 때문에 블링크로 도망칠 수도 없다. 거기다 날개는 부러져 끊임없이 고통을 만들어내고 정체를 알 수 없는 몬스터들이 자신을 비웃듯 쉴 새 없이 공격을 퍼붓고 있다.

도망을 칠 수도, 그렇다고 제대로 공격을 할 수도 없는, 아무리 생각해 봐도 도저히 이 상황을 빠져나갈 방법이 없는 것 같았다.

그 순간 타깃팅이 필요없고 생명체들에게 절대적인 죽음을 선사하는 대규모 마법이 떠올랐다. 그 마법은 드래곤일지라도 죽음에 이르게 할 수 있는, 자신이 알고, 시전할 수 있는 최강의 마법이었다.

그것은 퓨텔을 9서클 유저의 경지에 이르게 한, 퓨텔이 아는 단 한 가지 9 서클 마법, 베큐어스 존이었다.

베큐어스 존은 일정 지역을 진공 상태로 만들어 그 안에 속한 모든 생명체의 목숨을 앗아가는 잔인한 마법이었다. 베큐어스 존에 빠진 모든 생명체는 일차적으로 숨을 못 쉴 뿐만 아니라 기압 차이에 의해 몸속의 피가 끓어올라 결코 죽음을 피할 수 없다. 그렇기 때문에 베큐어스 존이 형성되기 전에 빠져나가지 못한다면 드래곤일지라도 죽음을 피할 수 없었다.

베큐어스 존을 익힌 지 얼마 되지 않은 퓨텔은 아직까지 한 번도 사용해 본 적이 없었다.

아니, 사용할 이유가 없었다.

하지만 이제 그에게 남은 방법은 베큐어스 존을 시전해 한시라도 빨리 몬스터들을 처치하고 치료를 하는 것뿐이었다.

지금 이 순간에도 몬스터들의 공격은 계속되고 있었고, 점점 죽음의 그림자가 짙어져 가고 있었다.

태어나 처음으로 시전하는 9서클 마법, 어쩌면 처음이자 마지막일지도 모르는 9서클 마법을 시전하기 위해 퓨텔은 모든 마나와 정신력을 베큐어스 존의 서클 어레인지에 집중하였다. 그러자 어마어마한 마나가 모여들어 퓨텔의 주위를 감싸기 시작했다.

"가만히 맞고만 있으니 영 재미없네. 쩝."

갑자기 모든 움직임을 멈추어 버린 퓨텔을 보고 벨쥬브가 중얼거렸다. 공격하려고 접근할 때마다 날아오는 뿔과 꼬리를 피하는 재미를 만끽했었기 때문이다.

"기가스 가슴에 긁힌 자국을 벌써 잊었냐? 아무튼 아직 죽은 것 같진 않으니 방심하지 마."

케니안의 귀환과 퓨텔의 침묵으로 평소의 모습으로 돌아온 키아스가 주의를 줬다.

"사령관님, 이제 거의 무력화된 것 같으니 생포에 목적을 두는 것이 어떻겠습니까?"

애트란에서 상황을 지켜보던 위즈가 퓨텔의 상태를 관찰한 뒤 케니안에게 말했다.

"……."

하지만 케니안은 위즈의 제안에 아무런 대답을 하지 않고 퓨텔을 주시했다.

그때 IMS가 붉은 빛을 점등하며 위험을 경고했다.

아무런 행동을 하지 않던 퓨텔의 마나 수치가 급격하게 증가하기 시작했고, 그의 정면에 링 같은 것들이 차례로 생겨났기 때문이다.

이미 호되게 당한 경험이 있는 케니안과 부관들은 당황하지 않고 침착하게 대응했다. 그들은 경험을 살려 공격이 시작되기 전에 공격하는 것이 아니라 멀리 떨어져 상황에 따라 대처하기 위해 거리를 벌렸다.

그런데 퓨텔의 마나 수치가 이전과는 차원이 다른 수준으로 폭발적으로 증가하기 시작했다. 1기가를 넘어서나 싶더니 순식간에 2기가를 넘어섰고, 곧 3기가도 넘어설 것 같았다.

　3기가의 마나는 중형 전함의 주포를 풀 파워로 사용할 때
의 마나 수준이었다. 거기다 그들을 더욱 두렵게 만든 것은
3기가의 마나가 어떤 형태로 공격해 올지 예측할 수 없다는
것이었다.

　모두가 두려움에 움츠러들고 있을 때 케니안은 그런 것을
느끼지 못하는지 곧장 퓨텔에게 달려들었다.

　"으윽!"

　하지만 케니안 휘두른 투 핸드 소드는 무엇인가에 가로막
혀 퓨텔의 목 근처에서 튕겨 나갔다. 예상하지 못한 곳에서
충돌한 투 핸드 소드는 강한 충격을 기가스에 전달했고, 케니
안은 짧은 신음성을 내고는 급하게 뒤로 물러났다.

　어떤 종류의 실드로도 막아내지 못했던 기가스의 공격으
로부터 퓨텔을 보호해 준 것은 9서클 마법을 시전할 때 자연
적으로 발생하는 마나 베리어였다.

　이것은 9서클 마법을 시전하려고 끌어 모으는 마나로 인해
시전자 주변 마나의 밀도가 급격하게 높아짐으로써 일시적으
로 생성되는 보호 장치였다. 9서클 마법은 고도의 집중이 필
요했기 때문에 따로 실드 마법을 유지할 여유를 가질 수 없었
다.

　하지만 9서클 마법의 서클 어레인지 중에 자연스럽게 형성
되는 고밀도의 마나 층이 다른 어떤 실드보다 확실하게 시전
자를 보호해 주었다.

이 마나 베리어를 깨뜨리기 위해서는 마나 베리어의 밀도보다 높은 마나 밀도를 가진 공격을 해야 했다.

하지만 최상위 마법인 9서클 마법을 시전할 때 형성되는 마나 베리어보다 마나 밀도가 높은 공격은 없다시피 했다. 그래서 이미 형성된 마나 베리어를 깨드리기 위해서는 상극의 속성을 이용해 마나의 밀도 차이를 어느 정도 상쇄해야만 했다.

순수하게 마나의 밀도만으로 이루어진 마나 베리어이기에 이것은 드래곤의 브래스라 할지라도 쉽사리 깨뜨릴 수 없었다. 마나 베리어를 깨뜨리기 위해서는 최소 에이션트 급 드래곤의 브래스 수준이 되어야 했다.

이런 사실을 알 리 없는 케니안은 다시 한 번 자신의 모든 마나를 기가스에 쏟아 부으며 거대한 마나 블레이드를 만들어 재차 퓨텔을 공격하려고 했다.

그 순간 퓨텔의 정면에 떠 있던 아홉 개의 마나 서클이 움직임을 멈추었고, 퓨텔의 시동어와 함께 황금 빛을 뿜어냈다.

"베큐어스 존!!"

퓨텔의 시동어와 함께 퓨텔의 주변에 있던 데컴 숲의 나무들이 급속도로 말라가기 시작했다. 곧이어 나무들의 내부에서부터 폭발이 시작되어 산산이 부서져 나갔다.

뿐만 아니라, 별안간 떨어져 내린 드래곤에 놀라 사방으로 도망치고 있던 데컴 숲의 수많은 몬스터들에게도 재앙이 닥

쳐왔다.

정신없이 드래곤을 피해 달리고 있던 오우거는 갑자기 호흡에 문제가 생겼는지 목을 붙잡고 입에서 거품을 쏟아내며 쓰러졌다. 그리고 쓰러져 버둥거리던 오우거의 눈, 코, 귀 등 온몸의 구멍에서 부글부글 끓어오르는 피가 쏟아지기 시작했고, 오우거는 곧 움직임을 멈추었다.

비단 오우거만이 아니었다.

특유의 재생력으로 질긴 생명을 가진 트롤, 무리 생활을 하며 자신들보다 강한 몬스터도 사냥하는 하이엔, 제법 뛰어난 두뇌로 사냥을 하고 위험을 피해내는 야사바르, 그 밖에 퓨텔의 반경 5km 이내에 있던 데컴 숲의 모든 생명이 숨을 쉬지 못해 거품을 물고 쓰러졌고, 곧 온몸의 구멍으로부터 기포가 끓고 있는 피를 쏟아냈다.

퓨텔이 시전한 9서클 바람의 마법 베큐어스 존.

일정 지역을 일정 시간 동안 진공 상태로 만들어 그 지역에 있는 모든 생명에게 죽음을 선사하는 잔인하고도 절대적인 마법이 지금 퓨텔에 의해 시전되었다 사라졌다.

그러자 베큐어스 존에 의해 사라졌던 공기가 다시 빠른 속도로 밀려들어 왔다.

부서진 나뭇조각들이 세찬 바람에 휩쓸려 날아오르며 드러난 광경은 참으로 참혹했다.

처음 시전하는 9서클 마법에 집중하기 위해 눈을 감았던 퓨텔은 그런 광경을 볼 수는 없었지만 자신을 중심으로 넓게 퍼져 있던 생명들이 빠르게 꺼져 가는 것을 느낄 수 있었다. 그리고 자신을 죽음의 공포로 내몰았던 그 몬스터들도 꺼져 가는 생명 중의 하나가 되었을 거라 믿고 감았던 눈을 떴다.

그 순간 그의 눈앞에서 검은 빛이 번쩍였다. 그리고 여전히 공중에 떠 자신을 오만하게 내려다보고 있는 몬스터들이 보였다.

'어?

죽었을 것이라 믿었던 몬스터들이 멀쩡히 떠 있는 것에 대한 의문이 생겨나는 그 순간 자신을 향해 다가오던 검은 빛이 사라졌고, 그와 동시에 그의 의식도 함께 사라졌다.

9서클 마법을 사용하고 몬스터들이 죽었을 거라고 믿은 퓨텔이 잠시 무방비 상태가 되었을 때 케니안이 날려보낸 마나 블레이드가 퓨텔의 목을 잘라 버린 것이다.

그렇게 드래곤 역사상 어머니와 아들이 인간에 의해 목숨을 잃는, 그런 다시없을 비극이 벌어졌다.

하지만 그런 드래곤의 비극 따위야 관심도 없고 알지도 못하는 케니안과 그의 부관들은 마침내 목이 잘려 쓰러진 퓨텔의 주위로 내려왔다.

"급격하게 증가하던 마나는 왜 갑자기 사라졌지? 그 정도 마나면 이 일대는 완전히 박살 낼 수 있었을 텐데……."

퓨텔의 옆에 내려선 채 키아스가 중얼거렸다. 사실 2기가를 넘어 3기가에 육박하는 마나가 폭발했다면 아무도 안전을 장담할 수 없었다.

"그러고 보니 갑자기 나무들이 산산조각 났네. 거기다 저건… 음……."

키아스는 시선을 돌려 주위를 보며 말을 이었다.

울창했던 데컴 숲의 나무들이 산산이 부서지며 드러난 주위의 광경은 처참하기 그지없었다. 이 행성의 생명체들로 판단되는 수많은 물체들이 피를 흘리며 쓰러져 있었고, 벌레 같은 것들이 군데군데 시커멓게 무리지어 죽어 있었다.

그렇게 주위의 모든 생명들이 일시에 사그라진 모습은 무척이나 괴기스러웠다.

"순간적으로 이 일대에 진공 상태가 발생했습니다. 그 때문에 주변의 생명이 모두 죽은 것 같습니다."

애트란에서 전투 상황을 지켜보며 정보를 수집하던 위즈가 말했다.

"진공?"

"아무래도 이 별의 생명체는 마나를 이용해 특수한 능력을 발휘하는 것 같습니다. UHO-12의 마나가 급격히 증가한 것은 이 진공 상태를 만들기 위해 그랬던 것 같습니다."

위즈의 추측은 거의 들어맞았다.

프리모 대륙에서는 마법이라는, 그들이 접해보지 못한 특이한 형태로 마나를 이용하는 것이 보편화되어 있었다.

물론 마법 말고도 다양한 형태의 마나 활용법이 존재했지만 위즈가 그런 것까지 추측할 수는 없었다.

"크크, 우리가 항상 진공 상태에서 싸워왔다는 것을 몰랐나 보군. 뭐, 그게 우리로서는 다행이지만."

그들을 단순히 비행 몬스터 정도로 여겼던 퓨텔은 기가스가 우주 전투를 위해 개발된 병기라는 것을 알지 못했다.

기가스는 기본적으로 외부의 환경에 완벽히 차단되어 있다. 진공 상태인데다 극저온, 극고온을 넘나들며 우주 방사선까지 넘쳐 나는 우주에서 생명을 유지하면서 전투를 수행하기 위해서는 외부와의 완벽한 차단이 기본 조건이었기 때문이다.

그렇기 때문에 베큐어스 존의 영향권에 있던 프리모 대륙의 생명체들은 진공 상태에서 목숨을 잃을 수밖에 없었지만 기가스에 탑승한 케니안과 그의 부관들은 아무런 영향도 받지 않은 것이다.

"어? 그런데… 이거 마나 수치가 다시 증가하기 시작하는데……."

기가스의 커다란 발로 떨어져 나간 퓨텔의 머리를 툭툭 차던 벨쥬브가 중얼거렸다.

벨쥬브의 중얼거림에 화들짝 놀란 키아스와 가레모는 급히 기가스를 뒤로 물리며 방어 태세를 갖추었다.

전투 교본에 따르면 목이 잘려도 전투를 할 수 있는 생명체들이 보고되어 있기 때문이다.

"그런데 확실히 죽긴 죽은 것 같은데… 도대체 뭐지?"

급히 뒤로 물러난 키아스와 가레모가 무안해지게 벨쥬브가 심드렁한 말투로 말을 이었다. 그들과 달리 케니안과 벨쥬브는 차분하게 시체를 살펴보고 있었기 때문이다.

하지만 케니안과 벨쥬브의 IMS에도 쓰러져 있는 시체의 마나 수치가 느리지만 점점 증가하는 것이 나타났기에 방심하지는 않았다.

"사령관님, 조심하십시오. 머리가 잘려도 전투력은 그대로인 생명체도 많습니다."

지레 겁먹고 뒤로 물러난 것에 무안해진 키아스가 그것을 감추려는 듯 케니안에게 경고했다.

"뭐, 그렇긴 한데… 이건 그런 종이 아닌 것 같다."

키아스의 경고에도 퓨텔의 머리를 발로 툭툭 건드리던 벨쥬브는 그것을 축구공 차듯이 차버렸다. 빙글빙글 돌며 날아간 퓨텔의 머리는 널브러져 있는 거대한 몸뚱이에 맞고 튕겨져 나와 키아스의 발치로 데굴데굴 굴러갔다.

의도한 것인지 우연인지 알 수 없었지만 그 모습은 심각해져 있는 키아스를 비웃는 듯했다.

"확실히… 이것은 더 이상 활동하지 않을 것 같습니다. 마나가 증가하는 이유는 시체를 옮겨 조사하십시오."

가만히 그 모습을 지켜보던 케니안이 말했다. 그가 생각하기에도 저 상태로 아무런 움직임이 없는 생명체는 죽었다고 여길 수밖에 없었다.

키아스의 경고처럼 머리가 잘려도 전투력을 유지하는 생명체가 있긴 있었다. 하지만 그런 것들은 머리가 잘린 뒤에 오히려 더 격렬한 반응을 보이는 것이 일반적이었다.

"음, 마나 소모가 가동 시간에 비해 심한데… 중력권이라 그런가. 사령관님, 사령관님의 마나 수치가 20% 이하로 나타나는데 괜찮으십니까?"

전투 후 그들의 상태를 점검하던 위즈가 중얼거렸다. 이 행성의 중력은 표준 중력의 1.5배에 달했기에 무중력인 우주에서 전투에 특화된 기가스의 마나 소모가 심했던 것이다.

그런데 그것을 감안하더라도 다른 이들과 달리 유난히 케니안의 마나 수치가 낮게 측정되었다.

"조금 피곤할 뿐입니다. 휴식을 취하면 곧 괜찮아집니다."

퓨텔을 공격하기 위해 많은 마나를 소모한 케니안이었지만 기가스의 IMS는 S급 마나 휴먼인 그의 마나를 정확하게 측정하지는 못했다. 기가스의 탑재된 IMS는 최대 A급 마나 휴먼의 능력에 맞추어져 개발된 것이기 때문이다.

그리고 기가스의 IMS는 탑승자의 안전을 위해 남아 있는 마나량이 아니라 사용한 마나량을 측정해서 마나의 잔량을 알려주었다.

왜냐하면 기가스에 탑승한 마나 휴먼의 마나량이 어느 순간 급격하게 줄기 때문이다. 정확한 이유는 밝혀지지 않았지만 탑승자의 체력과 정신력 등의 문제인 것으로 추측되었다.

"죄송하지만 휴식을 가지기에는 아직 이릅니다. 애트란이 대기권을 통과할 때 공격이 있었던 곳의 좌표와 UHO-12가 접근해 온 좌표가 일치합니다. 그곳에 또 다른 적이 있을지도 모릅니다."

적을 물리쳤다고 안심하고 있던 그들에게 위즈는 또 다른 위험이 남아 있을 수 있다고 경고한 것이다.

"뭐? 그럼 이럴 때가 아니잖아!"

"만약 UHO-12와 같은 전투력을 가진 적이 또 존재한다면 지금 상태로는 물리칠 수 없습니다."

위즈의 경고에 아까와는 다르게 벨쥬브는 깜짝 놀라 소리쳤지만 키아스는 차분하게 대답했다.

"제가 가보겠습니다. 좌표를 전송하십시오."

"사령관님은 마나를 너무 많이 소모하셨습니다!!"

키아스는 케니안이 너무 많은 마나를 소모하였기에 만약 적과 마주친다면 무사할 수 없을 것이라고 확신했다. 뻔히 케니안의 상태를 아는데 그를 적지로 향하게 하는 것은 죽음으로 내모는 것이라고 생각했다.

"그것은 IMS의 측정치일 뿐 전 괜찮습니다. 곧 회복될 것입니다."

하지만 케니안은 그런 키아스의 걱정에 아랑곳하지 않았

다. 그는 자신의 상태를 잘 알고 있었고, 실제로 IMS의 측정치보다 두 배 이상 여유가 있었다.

"안 됩니다. 차라리 제가 가겠습니다."

그런 사실을 알 리 없는 키아스는 케니안 대신 자기가 가겠다고 나섰다. 퓨텔과의 전투에서 그다지 마나를 소모하지 않았기 때문에 자신이 가장 온전한 상태를 유지하고 있다고 믿었기 때문이다.

"그 의견은 기각하겠습니다."

"사령관님!!"

"만약 같은 종의 생명체가 있다면 저 말고 피해를 줄 수 있는 분 계십니까?"

자신의 의견을 기각한다는 케니안의 말에 키아스가 뭐라고 반박하려 했지만 이어진 케니안의 질문 아닌 질문에 입을 다물었다.

사실 케니안 말고는 퓨텔에게 큰 피해를 입힐 수 있었던 사람은 없기 때문이었다. 벨쥬브가 제법 큰 피해를 입히긴 했지만 치명상을 입혔다고 할 수는 없었다.

"하지만……."

키아스는 케니안의 말에 반박할 수는 없었지만 케니안만 적지로 보낸다는 것이 무척이나 불안했다. 퓨텔의 공격에 맥없이 땅에 처박히던 케니안의 기가스가 아직도 뇌리에 생생했기 때문이다.

"만약 같은 종의 적이 나타나면 이곳으로 유인해 오겠습니다. 대 전함 무기를 준비하고 요격할 태세를 갖추어놓으십시오. 그리고 시체를 애트란에 옮겨 분석을 시작하십시오. 한시라도 빨리 약점을 알아낸다면 전투에 도움이 될 것입니다. 이것은 명령입니다."

키아스의 걱정을 아는지 모르는지 케니안은 자신의 말을 이어갔다.

그의 말투는 방금 전 목숨이 왔다 갔다 하는 전투를 치른 사람 같지 않게 매우 차분했다. 약간은 흥분이 되거나 긴장이 될 법도 한데 케니안의 목소리는 평소와 조금도 다르지 않았다.

"알겠습니다. 다만 이번에는 반드시 통신을 지속해 주십시오. 이번에도 통신이 두절된다면 그땐……."

위즈가 말을 잇지 못했다. 사실 키아스를 달래기 위해 태연을 가장했지만 위즈의 마음도 키아스보다 더하면 더했지 덜하진 않았기 때문이다.

"알겠습니다. 이번에는 가능한 통신을 유지하도록 하겠습니다."

케니안은 그런 위즈의 걱정이 느껴지지 않는지 위즈의 떨리는 말투에도 무덤덤하게 대답했다. 그리고는 위즈로부터 전송받은 좌표를 확인하고 부스터를 가동해 목표 지점으로 빠르게 날아갔다.

"야, 레이더에도 잘 잡히는데 그만 정신 차리고 시켜놓은
거나 빨리 해치우자."

한동안 케니안이 사라진 방향을 멍하니 바라보고 있는 키
아스를 향해 벨쥬브가 소리쳤다.

"그래……."

키아스는 벨쥬브가 하는 말에 힘없이 대답했다. 이번 전투
에서 자신이 아무런 도움이 되지 못했다는 무력감이 몰려왔
기 때문이다.

"아! 내가 제일 멀쩡하니 애트란에 가서 플러파이 켈리건
을 준비하고 있을게."

하지만 곧바로 케니안의 명령을 떠올린 키아스는 벨쥬브
가 뭐라고 말릴 틈도 없이 한마디 말과 부스터가 흩어놓은 먼
지만 남기고 애트란으로 날아갔다.

'이번엔 반드시.'

만약 케니안이 적을 유인해 온다면 꼭 도움이 되겠다고 다
짐하는 키아스였다.

CHAPTER 06
만남

　"언니~!"
　어린 여자 아이의 밝은 목소리가 조용한 마을 광장에 울려
퍼졌다.
　그녀의 부름에 고개를 돌리는 여인은 나이를 가늠할 수 없
는 신비함을 가지고 있었다. 어떻게 보면 이제 꽃이 피기 시
작하는 숙녀 같았고, 또 다른 면으로는 막 꽃망울이 맺히려고
하는 소녀 같았다.
　그것만이 아니었다.
　마치 얼굴에서 성스러운 빛이 쏟아져 내려 그녀를 바라보
는 사람들은 자신도 모르는 수치심에 저절로 고개가 숙여지

게 하는 그런 힘이 있었다. 하지만 그녀를 부르고 그녀를 향해 달음박질치는 소녀에게 보여주고 있는 미소 띤 얼굴에는 너무나 자애로운 기운이 뿜어져 나왔다.

"페이린~"

폴짝 뛰어 자신의 품에 안기는 소녀를 부르는 목소리는 너무나 부드러워 산들바람이 속삭이는 것 같았다. 그녀에게 안겨 있는 소녀의 머리를 쓰다듬는 손길은 부드럽게 흐르는 강물이 툭 하니 삐져 나와 있는 뾰족한 바위를 달래는 듯했다.

"언니~ 난 세상에서 언니가 제일 좋아!!"

그녀의 품에서 고개를 들어 눈 맞춤을 하는 소녀의 얼굴은 그녀와 똑 닮아 있었다. 다만 커다란 눈에서 반짝이는 호기심과 천진난만함이 그녀와 소녀를 구분해 주었다.

"그래. 나도 페이린을 세상에서 가장 사랑한단다."

그렇게 오늘도 그녀의 사랑을 확인받은 소녀는 행복에 겨운 미소를 지었다.

어느새 언니의 품에 안겨 애교를 부리던 소녀는 옅은 보라색의 찰랑거리는 생머리를 허리까지 기른 아가씨가 되어 있었다. 멀리서 보면 누구라도 시선을 쉽게 떼지 못할 만큼 아름다운 아가씨였지만 가까이에서 보면 아직도 얼굴에 젖살과 귀여움이 가득해 소녀티를 벗어내지 못한 소녀였다. 그래도 그녀에게 소녀라는 단어보다는 아가씨라는 단어가 훨씬 잘 어울렸다.

하지만 그녀의 눈에는 어릴 적 가득하던 호기심과 천진난만함 대신 질투와 시기가 가득했다. 그런 그녀의 눈에 담겨 있는 사람은 그녀가 가장 좋아한다고 매일 소리치고 사랑을 확인받던 언니였다.

언니는 가지각색의 꽃으로 치장된 화려한 가마에 앉아 있었다.

가마의 양옆엔 가마 못지않은 화려함을 뽐내는 새가 들어 있는 새장이 걸려 있었고, 그 새들은 아름다운 소리로 가마에 앉아 있는 언니의 귀를 즐겁게 해주고 있었다.

언니를 태운 가마는 마을을 한 바퀴 돌아 마을 중앙으로 향했고, 높이 솟아 있는 제단 앞에 멈추었다. 가마가 멈추자 언니는 우아한 발걸음으로 천천히 제단 위로 향했고, 제단 꼭대기에서 마을 사람들을 지그시 바라보았다. 그리고는 거기에 준비되어 있는 화려한 의자에 앉았다.

그녀가 의자에 앉자 마을 사람들은 기다렸다는 듯이 일제히 무릎을 꿇고 그녀에게 경의를 표하기 시작했다. 그리고 한 사람씩 손에 든 물건을 제단 앞에 바치면서 크게 소리쳤다.

“신녀님의 생신을 축하드립니다!”

“신녀님의 탄생일을 경하드립니다!”

마을 사람들로부터 성대한 축하를 받는 그녀의 언니는 마을의 안녕을 위해 드래곤을 섬기기로 예정되어 있는 드래곤의 신녀였다.

그리고 오늘은 신녀인 언니의 생일이었던 것이다.

언니는 높은 제단에 앉아 마을 사람들이 전하는 축하의 말과 선물을 받기 시작했다. 그리고 자신을 바라보는 마을 사람들에게 미소로 화답했다.

그러나 마을 사람들에게 보여주는 언니의 미소에는 약간의 쓸쓸함이 느껴졌다.

페이린은 언니의 그런 미소에 더욱 화가 났다. 저렇게 많은 사람의 축하와 쌓여만 가는 선물들에도 불만을 가지고 있다고 생각한 것이다.

하지만 페이린이 화가 나든 말든 그녀에게는 조그만 관심도 주어지지 않았다. 오늘의 주인공은 그녀가 아닌 그녀의 언니였다.

모든 마을 사람들이 선물과 함께 축하의 말을 언니에게 건네고 나자 어느새 어둠이 스며들기 시작했다. 그러자 제단 앞 광장에 높게 쌓여 있던 나무들에서 불길이 일기 시작하였고, 그 불길은 거침없이 어둠을 쫓아냈다.

높이 치솟은 불길이 어둠을 쫓고 다시 광장이 밝아지자 악기를 든 사람들이 몰려 나와 제단 앞에서 흥겨운 음악을 연주하기 시작했다. 그리고 온몸을 화려하게 색칠한 사람들이 음악 소리에 맞춰 춤을 추며 제단 위에 앉아 있는 신녀가 기뻐하도록 노력했다.

이제 1년 후면 그녀는 몬스터로부터 마을을 지킬 수 있는 드래곤의 가호를 얻기 위해 마을을 떠나야 했다.

그것은 말이 신녀이지 드래곤의 제물로 바쳐지는 것이었다. 드래곤에게 갔던 신녀가 되돌아온 적이 한 번도 없었기에 드래곤에게 간 신녀가 어떻게 되는지 아무도 알지 못했기 때문이다.

만약 그녀가 자신을 제물로 바친 마을에 앙심을 품고 드래곤에게 마을의 가호를 부탁하지 않는다면 그들은 데컴 숲의 몬스터들에게 끊임없이 목숨의 위협을 받아야 했다.

그래서 마을 사람들은 처음이자 마지막으로 그녀가 성대한 생일을 보낼 수 있도록 노력하고 있었다.

하지만 그런 언니의 운명을 알 리 없는 페이린은 질투와 시기가 가득한 눈으로 그녀의 언니를 노려보았다.

오늘은 언니뿐만 아니라 자신의 생일이기도 했기 때문이다.

페이린은 어릴 때부터 누구보다 언니가 좋았다.

언니에게서 뿜어져 나오는 따뜻한 기운이 좋았고, 그녀가 풍기는 향기도 좋았고, 그녀의 부드러운 손길과 목소리까지도 좋았다.

하지만 어느 순간부터 다른 모든 이의 사랑을 언니만 받는 다고 느꼈고, 그 후로는 언니를 점점 미워하기 시작했다.

그러나 언니를 미워하면 미워할수록 자기만 외로워졌다.

마을 사람들, 아니, 부모님까지도 언니에게만 관심과 사랑을 쏟고 그녀에게는 무관심했기에 자신이 아무리 언니를 미워해도 바꿀 수 있는 것은 없었다.

그리고 오늘, 전에 없이 성대하게 치러지는 언니의 생일 속에서 아무도 자신의 생일을 축하해 주지 않는 외로움과 설움을 느끼며 마을 밖을 향해 달렸다.

자기가 사라져도 슬퍼해 줄 사람은 한 명도 없을 것이라 생각하며.

그렇게 축제 분위기에 취해 있는 마을을 누구의 제지도 받지 않고 빠져나와 한참을 달리던 그녀는 갑자기 땅이 꺼지는 것을 느끼며 정신을 잃었다.

얼마나 정신을 잃고 있었을까?

정신을 차린 그녀가 몸을 일으키려 하자 발목에서부터 극심한 고통이 밀려왔다.

"아악!"

처음 느껴보는 고통에 비명을 지르며 발목을 바라보니 퉁퉁 부어오른 발목이 종아리보다 굵어져서 발등이 안 보일 정도였다. 겨우겨우 고통을 참으며 몸을 뒤집자 하늘이 너무나 작아져 있었다.

자신이 알던 하늘은 어디를 봐도 그 끝을 알 수 없었는데 지금 보이는 하늘은 고개를 약간만 돌려도 그 끝이 보였다. 거기다 어둠을 밝혀주던 달님조차 거대한 늑대가 한입 물어 뜯어 버린 것처럼 반쯤 사라져 있었다.

자신이 알던 하늘이 아닌 것에 놀란 그녀는 퍼뜩 정신이 들어 주위를 살펴보았다.

하지만 조그만 하늘을 통해 들어오는 반쯤 파 먹힌 달님이 보내는 빛으로 볼 수 있는 것은 없었다. 발목에서부터 올라오는 고통 때문에 몸을 일으킬 수도 없어 더듬더듬 사방으로 손을 뻗어보았지만 만져지는 것은 단단하고 차가운 바위뿐이었다.

그녀를 감싸고 있는 어둠, 그리고 손으로 전해져 오는 바위의 차가움과 거친 촉감이 그녀를 공포에 질리게 했다.

"아무도 없어요!!"

아무도 없어요… 요… 요!!

그녀는 커져 가는 공포를 떨쳐 내려는 듯 있는 힘껏 소리쳐 보았지만 돌아오는 것은 다른 사람의 대답이 아닌 자신의 목소리뿐이었다.

"살려주세요!!"

살려주세요… 요… 요……!!

아무리 목청을 높여 소리를 질러도 들리는 것은 메아리치는 그녀의 목소리뿐. 그것은 마치 자신을 비웃는 유령의 목소리처럼 느껴졌다.

휘이이잉~

거기다 머리 위를 지나는 바람 소리마저도 스산한 분위기를 연출했다. 결국 밀려오는 고통과 공포를 이기지 못한 그녀는 흐느껴 울며 자기도 모르게 언니를 찾았다.

질투심에 언니를 미워하게 됐지만 항상 자신을 걱정하고 사랑해 준 사람은 언니였기에 무의식적으로 언니를 찾은 것이다.

"흐흑… 흑흑… 언니… 흑……."

그렇게 추위와 공포, 그리고 고통 속에서 한참을 울다 지친 페이린은 스르륵 잠이 들었다.

키이이잉!

별안간 들려오는 굉음에 페이린은 번뜩 잠에서 깼다.

그리고는 주위를 둘러보며 안도의 한숨을 쉬었다. 지금 자신이 있는 곳은 춥고 어두운 우물 속이 아니라 드래곤 레어의 입구라는 사실에 안심한 것이다. 하지만 자신이 깜빡 잠든 드래곤 레어가 어떤 장소인지 깨달은 그녀는 벌떡 일어났다.

언니 대신 드래곤의 신녀가 되어 마을을 떠나온 페이린은 드래곤 레어로 향하는 중에 숲의 거울에서 잠시 휴식을 취했었다. 처음 보는 아름다운 풍경이 그녀의 시선을 붙잡았고, 호위대장인 레이븐이 그런 그녀를 배려했기 때문이다. 레이븐은 비록 겁이 많고 비겁하긴 했지만 눈치는 빠른 자였다.

그렇게 잠시 숲의 거울에 비친 아름다운 풍경을 감상하고 있을 때 퓨텔의 드래곤 피어와 드래곤 브래스가 숲의 평화를 박살 냈다.

드래곤 피어와 브래스를 처음 경험한 페이린의 호위대는 주체할 할 수 없는 공포에 자신들의 임무를 망각하고 뿔뿔이 흩어졌고, 그렇게 그녀는 모두가 도망친 자리에 혼자 남겨졌다. 얼마의 시간이 흐르고 정신을 치린 그녀는 한참을 기다려도 아무도 돌아오지 않자 용기를 내어 드래곤이 보였던 곳으로 걸어 올라갔다.

가마에 몸을 실은 채 마을을 떠나왔기에 돌아가는 길도 몰랐을뿐더러, 자신은 드래곤의 신녀로 선택되어 여기까지 왔으니 드래곤에게 가야 한다고 생각한 것이다.

그렇게 산을 오르는 동안 멀리서 땅을 울리는 소리가 들려왔다.

그것이 마치 드래곤 레어로 향하는 그녀에게 경고하는 것 같아 그때마다 몸을 움찔거리면서도 그녀는 발을 멈추지 않았다.

겨우 드래곤의 레어로 보이는 동굴의 입구에 도착한 그녀는 조용히 드래곤이 나오기를 기다렸다. 마을 장로들이 알려준 대로 드래곤님이 나타나실 때까지 다소곳이 앉아서.

하지만 한참을 기다려도 드래곤님은 나타나지 않았고, 바짝 긴장한 채로 산을 올라온 그녀는 자기도 모르게 잠들었다 꿈을 꾼 것이다.

잠에서 깬 페이린은 재빨리 몸가짐을 단정히 정리했다. 툭툭 엉덩이에 묻은 먼지를 털어내고 흐트러진 머리를 흔들어 정리한 그녀는 굉음이 들려온 밖으로 조심스럽게 걸어나갔다.

위즈가 전송한 좌표를 따라 목표 지점에 도착한 케니안은 혹시 모를 공격에 대비해 높은 고도를 유지하며 주위를 선회하고 있었다.

그 지역은 조금 특이한 모습을 하고 있었다.

우뚝 솟은 산을 중심으로 한쪽은 모래에 반쯤 파묻힌 나무들이 머리를 내밀고 힘겹게 숨을 쉬고 있었고, 반대쪽은 햇빛에 반짝이는 호수를 키 큰 나무들이 호위하듯 솟아 있었다.

"특별한 마나 수치는 측정되지 않습니다."

크게 그 지역을 선회하며 정보를 수집한 케니안이 말했다.

사실 대부분의 드래곤 레어에는 유희를 위해 레어를 비워야 할 때를 대비해 침입자를 막기 위한 여러 마법진이 설치되어 있었다. 그것은 새로운 레어를 만들지 않고 어머니의 레어에서 생활한 퓨텔의 경우에도 마찬가지였다.

하지만 레어 앞에 잠시 마실 나가는 정도로 생각한 퓨텔은 굳이 마법진을 발동시키지 않았다.

그것이 마지막 외출이 될 것이라고는 상상도 못했기에.

"제가 보기에도 적이 있는 것 같지는 않습니다. 대기권을 돌파할 때 받은 공격은 아무래도 UHO-12의 공격이었던 것 같습니다."

케니안의 기가스에서 전송되어 오는 영상과 정보를 확인하던 위즈가 대답했다.

기가스는 주변의 영상과 정보, 탑승자의 신체 변화 등 많은 자료를 실시간으로 모함으로 진송하였다.

위즈는 이런 정보를 분석해서 적의 위치와 정체를 알아내려 했지만 별다른 적의 낌새가 느껴지지 않았다.

"이 위치에는 적은 없는 것 같습니다. 애트란으로 귀환하……."

정찰을 마친 케니안이 애트란으로 귀환하려고 하는 순간 천천히 움직이는 물체가 포착되었다. 그것은 모래에 반쯤 묻힌 나무들이 있는 방향의 산중턱에 뚫려 있는 구멍에서 매우 느리게 움직이고 있었다.

"이 행성의 생명체로 보이는 물체가 확인되었습니다."

케니안은 움직이는 물체를 확인하자마자 영상을 확대했다. 먼 거리에서 정확한 모습을 파악하기 어려웠기 때문이다.

그와 동시에 기가스의 IMS는 물체의 크기와 이동 속도, 그리고 마나 수치를 측정해 화면에 표시하였는데 그것은 딱 인간 정도의 크기에 인간의 보행 속도로 움직이고 있었다.

"인간의 형태를 가지고 있고 마나 수치는 100킬로 이하로 일반인 수준입니다. 가능하다면 사로잡아 이 행성에 관한 정보를 얻어야 합니다."

기가스로부터 전송된 정보를 확인한 위즈가 긴장을 풀고 말했다.

우주 개발을 하면서 아직까지 인간과 똑같은 생명체를 발견한 적이 없었다. 지능과 문명을 가진 생명체들도 있었지만 인간과 같은 DNA 구조나 외형을 가진 것은 없었다.

만약 지금 발견한 생명체가 인간이라면 매우 가치있는 행성을 발견한 것이라 할 수 있었다.

케니안은 위즈의 보고에 조금 더 그 물체를 확대했다. 그러자 인간으로 추정되는 그 물체의 형상과 얼굴이 또렷하게 나타났다.

그것은 화려하게 치장된 옷 같은 것을 걸치고 있었고, 그 위로 나타나는 굴곡은 인간 여자의 형태를 가지고 있었다. 살짝 숙이고 있는 얼굴은 마치 조각처럼 뚜렷한 이목구비가 잘 조화되어 있었다.

"호오!"

기가스끼리 연동되어 있는 IMS를 통해 얼굴과 몸을 확인한 벨쥬브가 그의 속내를 드러내는 감탄사를 내뱉었다. 제 버릇

남 못 준다고, 여자로 추정되는 물체를 보자 색욕이 동한 것이다.

케니안은 확대된 그 물체를 마주한 순간 갑자기 심박 수가 올라가는 것을 느꼈다.

어떤 위기 상황에서도 정상 심박 수를 유지하였던 케니안이었기에 갑작스런 변화에 당황했다.

그리고 그런 변화에 대처하기도 전에 머리가 깨지는 것 같은 통증이 찾아왔다.

"큭… 으윽……."

"사령관님?"

별안간 들려오는 케니안의 신음에 키아스가 케니안을 불렀다.

"으으윽… 아윽……!"

"사령관님!! 심박 수가 정상을 벗어났습니다! 무슨 일입니까?"

케니안의 상황을 모니터하고 있던 위즈가 소리쳤지만 케니안의 신음성은 그치지 않았다.

"설마… 정신계 공격? 아냐. 그렇다 하더라도……."

"위즈! 사령관님께 무슨 일이 일어난 거야?"

혼잣말을 중얼거리는 위즈를 향해 키아스가 물었다. 하지만 위즈는 키아스에게 대답하는 대신 케니안에게 말했다.

"사령관님! 핸드 캐논으로 적을 공격하십시오!!"

우주의 수많은 생명체 중에는 인간의 뇌에 직접적인 공격을 가하는 정신계 공격 능력을 가진 생명체도 있었다. 위즈는 케니안 앞에 있는 물체가 그런 능력을 가진 적이라고 판단한 것이다.

"안 돼!"

그때 기차 화통을 삶아 먹은 듯한 벨쥬브의 외침이 스피커를 울렸다.

"무, 무슨 소리야!! 뭐가 안 된다는 거야!"

"냉정하게 생각해. 정신계 공격이 어떻게 기가스 탑승자에게 영향을 미쳐!!"

벨쥬브의 지적은 정확했다. 기가스는 외부의 마나 파동에 대한 방어가 확실했기 때문에 그 공격이 기가스 탑승자에 영향을 주기는 어려웠다.

"그렇긴 하지만 만약 기가스의 방어를 뚫는 정신계 공격이라면……."

"말도 안 되는 소리 하지 마. 공간의 틈에서 탈출할 때도 봤잖아. 저건 케니안 자체의 문제야."

뭐라고 반박하려던 위즈는 이어진 벨쥬브의 말에 입을 다물었다. 사실 위즈도 기가스의 방어 시스템을 뚫고 정신계 공격이 침투할 수 있다고는 생각하지 않았기 때문이다.

"그리고, 이 행성에 대한 정보를 얻을 수 있는 기회를 그냥 날려 버리자고?"

이 행성에 추락한 뒤 처음 만난 생명체는 너무나 거대하고 적대적이었다.

하지만 지금 케니안 앞에 있는 것은 마나 수치가 매우 낮았다. 거기다 인간의 형태를 띠고 있어 생포한 뒤 정보를 얻어낼 수 있는 확률도 매우 높았다.

하지만 이런 타당해 보이는 이유들은 벨쥬브 자신의 음흉한 속셈을 감추기 위한 것일 뿐, 그의 진정한 목적은 정보 획득이 아니었다.

"전… 괜찮습니다. 이건 정신계 공격이 아닌 것 같습니다."

위즈가 벨쥬브의 의견을 반박하고 답을 찾고 있는 와중에 케니안의 목소리가 들려왔다. 괜찮다고 말하는 케니안의 목소리는 어느새 평정을 되찾아 있었다.

그때 동굴 앞을 걸어나오던 그 물체가 천천히 앉아 고개를 숙였다.

그 모습에서는 도저히 공격적인 성향이 보이지 않았다. 오히려 복종의 뜻이 강해 보였다.

"적이 공격적인 행동을 보이지 않습니다. 가까이 접근하겠습니다."

케니안은 여전히 두근대는 가슴을 진정시키기 위해 노력했지만 쉽지 않았다. 그나마 자신을 괴롭히던 지독한 두통은 사라졌기에 기가스를 조종해 조심스럽게 착륙했다.

케니안은 돌발 상황을 대비해 기가스에 탑승한 채 한동안 인간으로 추정되는 물체를 관찰했다. 하지만 그 물체는 미동도 하지 않고 조용히 앉아 있었다.

그렇게 대치 아닌 대치가 한동안 이루어졌다.

"기가스에서 내려 접근해 보겠습니다."

"너무 위험합니다. 폭발형 생명체일 수도 있습니다."

답답한 대치가 지속되자 케니안이 기가스에서 내려 접근하려 했고, 위즈는 그를 말렸다. 어쩐지 이 행성에 추락한 후로 역할이 바뀐 두 사람이었다.

"마나 수치가 100킬로 이하로 미약합니다. 이 정도라면 돌발 상황이 발생해도 충분히 대처할 수 있습니다."

"그래도 안 됩니다, 사령관님!!"

치이익!

위즈가 다급하게 케니안을 말리려 했지만 위즈의 음성에 대답하는 것은 케니안이 아닌 기가스 해치가 열리는 소리였다.

기가스에서 훌쩍 뛰어내린 케니안의 왼쪽 귀와 눈에는 HUDC(Head Up Display Communicator)가 걸려 있었다. HUDC는 기가스 탑승자가 작전 중 기가스에서 이탈할 때 착용하는 일종의 통신기로 모함으로 다양한 데이터를 송수신할 수 있는 장비였다.

"휴, 조심하십시오."

HUDC에서 흘러나오는 위즈의 당부는 케니안에게 들리지 않았다. 그는 가슴이 두근거리는 이유가 무척 궁금했다. 이렇게 궁금증이 생긴다는 것 자체도 처음 느껴보는 이상한 기분이었다.

케니안은 이런 생소한 기분의 원인을 밝히기 위해 다소곳이 앉아 있는 물체, 페이린을 향해 걸어가기 시작했다.

쿠우우우!

퓨텔의 레어 앞에서 고개를 숙이고 앉아 있던 페이린은 주위가 어두워진다 싶더니 갑자기 몰아치는 바람에 밀려나지 않기 위해 온 힘을 다혔다. 그리고 곧 바람이 그치자 살며시 고개를 들어 무슨 일이 일어났는지 확인하려 했다.

고개를 들던 페이린은 하마터면 뒤로 엉덩방아를 찧을 뻔했다.

페이린의 커다란 눈에도 한 번에 들어오지 않는 거대한 거인이 자신의 앞에 서 있었기 때문이다.

황급히 자세를 바로 하고 고개를 숙인 페이린은 생각했다.

'저, 저것이 드래곤님? 아까 본 것과는 다른데……. 아! 드래곤님은 모습을 마음대로 바꾸실 수 있다고 했지?

그렇게 스스로를 납득시키며 그녀는 드래곤의 명령을 기다렸다. 하지만 한참을 기다려도 드래곤님으로부터는 아무런 말씀이 없었다.

드래곤님의 침묵은 페이린을 긴장하게 만들었고, 그녀는
온몸이 떨리는 긴장감 속에 침착하려 애썼다. 그리고 하얘지
는 머릿속을 뒤져 찾아낸 마을에서 배운 한마디 말을 했다.

"드, 드래곤님을 뵙습니다."

마을 장로님들은 이 한마디만 하면 드래곤님이 따로 명령
을 내릴 것이라고 했다. 그 후에는 명령을 목숨처럼 잘 따르
면 된다고 했다.

치이익!

그때 드래곤님의 명령 대신 끓는 솥에서 물이 넘쳐흐를 때
나는 소리가 들렸다.

저벅저벅!

그리고 곧바로 심장을 두근거리게 하는 발소리가 들려왔
다.

페이린은 자신을 향해 점점 가까워지는 발소리를 들으며
긴장했다. 드디어 프리모 대륙의 절대자이자 사바도르 마을
의 수호자인 드래곤을 대면하는 것이다.

점점 커지던 발소리가 딱 멈추었다.

하지만 드래곤님으로부터 아무런 말이 없었다.

페이린은 아차 싶었다. 너무 긴장해서 마을 장로님들이 알
려준 것을 틀리게 말한 것이다. 그녀는 드래곤님이 관대하기
를 기도하며 다시 한 번 말했다.

"사바도르 마을의 페이린이 드래곤님을 뵙습니다."

파팍!

그러나 페이린은 드래곤으로부터 대답을 얻을 수 없었다. 그리고 그것에 대한 의문을 가지기도 전에 돌이 튀는 소리와 함께 정신을 잃었다.

"후."

옆으로 힘없이 쓰러지는 페이린을 바라보던 케니안이 짧은 한숨을 내쉬었다.

기가스에서 내려 페이린으로 향하던 케니안도 페이린 못지않게 긴장하고 있었다. 페이린에 가까워질수록 가슴의 두근거림은 자꾸 커져만 갔기 때문이다.

그러다 갑자기 페이린이 알 수 없는 소리를 질렀고, 그것을 공격으로 생각한 케니안이 재빨리 페이린의 뒤로 돌아가 목을 쳐 기절시킨 것이다.

기절한 페이린의 손발을 간단한 구속구로 묶은 후, 쓰러져 있는 페이린을 지그시 바라보던 케니안은 페이린이 걸어나온 동굴로 눈을 돌렸다.

페이린은 정신을 잃고 쓰러졌지만 그녀를 바라보고 있으면 가슴의 고동이 더 심해지는 것 같았기 때문이다.

"목표를 생포했습니다. 수송기를 보내십시오."

"알겠습니다. 그리고 사령관님, 복귀하시는 대로 정밀 검진을 받으실 수 있도록 준비해 놓겠습니다."

"음."

위즈는 HUDC를 통해 케니안의 높은 심박 수와 두통이 어떤 공격에 의한 것이 아니란 것을 확인한 뒤 신체적인 문제일 것이라고 추측했다. 그래서 케니안이 복귀하는 대로 정밀 검진을 실시해 원인을 밝히고자 한 것이다.

하지만 케니안은 그런 위즈의 조치가 썩 내키지 않는 것 같았다.

위즈와의 통신을 마친 케니안은 페이린이 걸어나온 동굴을 바라보았다. 산 중턱에 뻥 하니 뚫려 있는 그 동굴은 여러 가지 의미로 의심스러웠다.

케니안은 시커먼 어둠이 도사리고 있는 그 동굴로 조심스럽게 접근했다. 거기에 혹시나 이 두근거림의 정체를 밝힐 수 있는 무엇인가가 있을지도 몰랐기 때문이다.

팟!

HUDC의 라이트가 빛을 발하며 동굴의 어둠을 밀어냈다.

어둠이 밀려나며 드러나는 동굴의 모습은 그것이 자연적으로 생긴 동굴이 아님을 알 수 있게 했다. 벽면이 너무나 매끄럽게 다듬어져 있었기 때문이다.

케니안은 HUDC의 라이트를 끄고 벽면에 등을 대었다. 그리고 발소리를 죽이며 천천히 걸어 들어갔다. 이렇게 만들어진 동굴에는 반드시 주인이 있을 것이고 혹시나 그 주인이 튀어나오면 대비하기 위해서였다.

팟! 팟! 팟!

천천히 발을 옮기던 케니안이 벽면의 끝에 도착했다고 느끼는 그 순간 갑자기 사방에서 빛이 쏟아지기 시작했다.

HUDC는 사방에서 나타나는 마나 반응을 표시하면서 경보를 울려댔고, 갑작스런 변화에 케니안은 제자리에 멈춰 주위를 경계했다.

"무슨 일이십니까, 사령관님?"

HUDC를 통해 정보를 전송받던 위즈가 갑자기 바뀌는 주위 경관과 시끄럽게 울리는 경보에 놀라 물었다.

하지만 케니안은 위즈에게 대답하지 않고 침착하게 주위를 살폈다.

퓨텔이 레어이 침입자를 막는 마법진을 작동시키지 않고 나갔었기에 케니안이 들어서자 레어 생활의 편의를 위해 만들어놓은 마법진들이 작동한 것이었다.

그런 사실을 알 리 없는 케니안이기에 갑자기 변화하는 주위의 모습에 경계를 풀지 않았다.

불이 밝혀지면서 드러난 공간은 거대한 공동이었다.

그 공동은 중형 전함도 충분히 수용할 수 있을 만큼 넓고 높았다. 공동의 윗부분에는 수많은 구슬이 빛을 뿜어내고 있었다.

케니안은 HUDC에 나타나는 마나의 반응이 공동 벽에 박힌 구슬들에서 나오는 것을 확인하고는 다시 천천히 안으로 걸어 들어갔다.

공동은 대리석으로 마감한 것 같은 매끈한 벽면이 둘러싸고 있었고, 천장부터 공동 벽의 위 부분의 표면에는 화려한 문양이 수놓아져 있었다.

"아마 누군가 들어서면 빛이 나도록 설정되어 있는 것 같습니다."

구슬들에서 나오는 빛을 받아 모습을 드러낸 문양들을 살펴보며 케니안이 말했다.

문양들은 이 행성의 생명체들을 묘사한 것 같았다. 거기엔 인간으로 보이는 생명체도 있었고 인간보다 훨씬 크거나 작은 가지각색의 수많은 생명체들이 있었다.

그렇게 다양한 생명체들이 묘사되어 있었지만 한 가지 공통점을 가지고 있었다.

모두 공동의 천장을 향해 복종의 뜻을 표현하듯 엎드려 있었던 것이다.

공동의 가장 높은 곳에서 그것들의 복종을 받고 있는 것은 이 행성에 도착하자마자 치열한 전투를 치렀던 UHO-12와 비슷하게 생긴 물체였다. 그것은 자신을 향해 엎드려 있는 수많은 생명체들을 오시하며 거대한 날개를 활짝 펼치고 있었다.

아마 UHO-12, 또는 그것과 같은 종의 생명체는 이 행성의 모든 생명체들이 복종하는 그런 강력한 존재인 것으로 추측되었다.

그 문양들 아래에는 또 다른 모양의 문양 네 개가 새겨져 있었다. 위쪽에 있는 것이 거대한 한 폭의 그림이라면 그 네 개의 문양은 각기 다른 주제를 가지고 있었다.

가장 왼쪽에 있는 것은 반짝이는 돌들이 작은 언덕을 이루고 있었다.

그 옆으로는 일곱 개의 선이 차례대로 그려져 있었다. 그 선들은 가운데 것이 가장 길었고 양옆에 있는 것들이 차례로 조금씩 짧았다. 특이한 것은 그 선들이 단순한 직선이 아니라 드릴처럼 각기 꼬여 있다는 것이었다.

그 옆에는 빨강, 파랑, 노랑, 보라, 녹색, 회색의 여섯 가지 돌이 하나의 원을 그리며 둥글게 박혀 있었다.

가장 오른쪽에는 긴 머리를 바람에 날리고 있는 듯한 두 개의 얼굴이 서로 마주보고 있는 문양이 새겨져 있었다. 남자인지 여자인지 구별이 안 되는 두 개의 얼굴은 불어오는 바람이 너무나 부드러운 듯 편안한 표정을 짓고 있었다.

"음, 천장의 문양이나 벽면의 네 개의 문양은 각기 다른 뜻을 함축하고 있는 것 같습니다."

HUDC를 통해 케니안의 시선을 공유하고 있던 위즈가 그 문양을 분석해 보려고 미기의 데이터베이스를 검색했지만 쉽지 않았다. 비록 정확한 의미를 찾아내지는 못했지만 무언가 의미가 있다고 생각해 케니안에게 보고한 것이다.

케니안은 제일 왼쪽에 있는 언덕 문양 앞으로 다가갔다. 단순히 그쪽이 가장 가까웠기 때문이다.

그가 다가서자 문양 중앙에서부터 옅은 빛이 새어 나왔다.

그 빛은 아래위로 천천히 늘어나더니 위와 아래의 끝에서 양쪽으로 뻗어 나갔다. 그리고 다시 위아래로 움직이더니 커다란 사각형 두 개를 만들었다. 그렇게 두 개의 사각형이 완성되자 그것은 마치 문처럼 보였다.

그리고 그것이 문임을 증명하듯 두 개의 사각형은 안쪽으로 부드럽게 움직여 놀라운 광경을 보여주었다.

기가스를 열 대는 수용하고도 남을 커다란 공간이 눈부신 황금빛으로 가득했고 그 사이사이로 갖가지 보석이 자신들만의 빛깔을 뽐내고 있었다.

그 방은 문양이 묘사한 것처럼 황금과 다양한 보석들이 작은 언덕을 이루고 쌓여 있었던 것이다.

"우와! 이 행성이 말로만 듣던 보물성이었나?"

기가스의 IMS로 케니안의 시선을 공유하고 있던 벨쥬브가 감탄했다. 커다란 방에 쌓여 있는 보물의 10분의 1만 가져다 팔아도 평생을 호화롭게 보낼 수 있을 것 같았다.

그곳은 퓨텔의 어머니가 때론 유희를 즐기며, 때론 인간이나 드워프 등을 약탈하며 평생 동안 모아온 보물이 쌓여 있는 창고였던 것이다.

"사령관님, 소형 수송기는 애트란에 탑재되어 있지 않습니다."

케니안이 기절시킨 페이린을 데려오기 위해 애트란에 탑재된 소형 수송선을 찾던 위즈가 보고했다.

애트란이 정기 점검을 받을 때 애트란에 탑재되어 있던 수송기와 전투기, 소형 병기 등은 모두 제외된 상태였다. 이러한 음모나 전투가 있을 것이라 전혀 예상 못한 위즈였기에 따로 점검을 해놓지 않았다.

그래서 케니안이 명령을 내린 후 수송선에 관한 정보를 검색하느라 잠시 케니안의 시선에서 눈을 뗀 위즈였다. 벨쥬브의 감탄에 보물이 있다는 것은 인지했지만 별로 신경 쓰지는 않았다.

"거기다 애트란에 탑재된 두 내의 상습 전투함 중 한 대는 대기권 돌파 시 받은 공격으로 완파되어 한 대의 강습 전투함만이 정상 작동이 가능합니다."

미기의 프로그램으로 컨트롤할 수 있는 소형 수송선과 달리 강습 전투함은 반드시 인간이 탑승해 컨트롤을 해야 했다. 강습 전투함은 중소형 전함으로 무장을 갖추고 있었기 때문이다.

"더 이상 강력한 적은 탐지되지 않으니 키아스를 통해… 어차피 소형 수송선은 쓸모가 없었겠군요."

강습 전투함이 상태를 점검하고 키아스를 통해 케니안에게 보내려던 위즈가 고개를 돌렸다. 그리고 화면 가득히 쌓여 있는 보물의 언덕을 보고 중얼거렸다.

삐잇!

그때 HUDC가 300메가의 마나를 감지하고 경고음을 울렸다.

긴장을 풀지 않고 있던 케니안은 곧바로 HUDC가 표시하는 반대 방향으로 점프하면서 상대를 확인했다. 하지만 케니안의 눈에는 어떤 적도 보이지 않았다.

케니안은 알고 있었다. 우주의 수많은 생명체 중에는 인간의 눈으로 볼 수 없는 존재도 있다는 것을.

케니안은 즉각 마나를 끌어 모으며 HUDC를 마나 탐지 모드로 변환시켜 적의 존재를 확인하려 했다.

기가스의 조종사들은 특별한 개인 화기를 장비하지 않았다. 왜냐하면 우주에서 전투 중에 기가스가 파괴되면 더 이상 전투를 지속할 수 없었고, 기가스를 파괴할 정도의 적은 개인 화기로 어찌할 수 없었기 때문이다.

그리고 개인 화기가 필요한 상황에 처하더라도 딱히 그것이 필요하지는 않았다. 그들은 기가스를 조종해 전투를 치르기 위한 체술을 익히고 있었는데, B급 이상의 마나 휴먼이 마나를 뿜어내며 펼치는 체술은 그것만으로도 무척 강력한 파괴력을 가지고 있었기 때문이다.

거리를 벌려 시간을 번 케니안은 어디서 적이 덮쳐 오든 반격할 준비를 마쳤다. 하지만 그런 케니안을 놀리듯 HUDC에 표시되는 300메가의 마나는 꼼짝도 하지 않고 있었다.

아무런 움직임을 보이지 않는 적에게 의아함을 느껴 HUDC에 표시된 정보를 확인하던 케니안은 조금 놀랐다.

거기에는 하나가 아닌 수십 개의 각기 다른 마나량을 가진 물체들이 있었기 때문이다.

케니안은 경계를 풀지 않고 조심스럽게 그 물체들을 향해 접근했다.

그것들은 몇 가지 색을 가진 돌이었다. 어른 머리만 한 것부터 어린아이 주먹만 한 것까지, 둥근 것, 각진 것, 울퉁불퉁한 것까지 그 크기와 모양이 다 달랐다. 뿐만 아니라 측정되는 마나도 300메가에서 50메가까지 다양했다.

"일종의 마나 코어 같은데… 특이한 것은 색이 매우 다양하다는 것입니다."

하나씩 손에 들어 살펴보는 케니안에게 위즈가 말했다. 위즈의 분석은 거기서 그치지 않고 계속되었다.

"이것들이 보물이 쌓여 있는 방에 있는 것으로 보아 이 동굴의 주인은 마나의 가치를 알고 활용할 수 있을 것으로 추측됩니다."

위즈의 설명을 듣고 케니안은 손에 들려 있던 돌을 내려놓고 다시 주위를 살폈다. 처음 방에 들어와서는 쌓여 있는 보석 때문에, 그리고 곧장 이어진 경고에 방 전체를 다 살펴보지 못했기 때문이다.

고개를 돌려 반대쪽을 바라보자 거기에는 다양한 무기들

이 벽면 가득 걸려 있었다.

그 무기들은 기가스가 사용하는 무기를 축소시켜 놓은 것처럼 검과 창, 도끼 등 다양했고, 종류별로 10~20개씩 걸려 있었다. 대부분의 무기가 무척이나 화려한 보석과 문양들로 치장되어 있어 도저히 전투용으로는 보이지 않았고, 너무나 수수해 오히려 눈에 띄던 무기도 사이사이에 걸려 있었다.

케니안은 그런 무기들을 일별하고 보물이 쌓여 있는 언덕 뒤로 한 바퀴 빙 돌아보았다. 그렇게 커다란 방을 다 둘러보았지만 더 이상 특별한 것이 없자 방을 나왔다.

스스로 닫히는 문을 뒤로하고 케니안은 바로 옆에 있는 일곱 개의 선으로 이루어진 문양 앞으로 가 섰다. 조금 전의 경험을 바탕으로 이것도 스스로 그 속을 보여줄 것이라 예상한 것이다.

케니안의 예상은 틀리지 않았다.

케니안이 문양 앞에 서자 옆방과 마찬가지로 문양 중심으로부터 빛이 솟아나와 문 모양을 만들며 부드럽게 열렸다.

"꿀꺽."

부드럽게 열리는 문을 바라보고 있는 케니안에게 누군가의 침 삼키는 소리가 들려왔다. 앞선 보물의 방을 본 벨쥬브의 기대가 담긴 소리였던 것이다.

그런 벨쥬브의 기대를 받으며 열린 방은 무참히 그의 기대를 짓밟았다. 앞선 방과는 달리 칙칙한 빛깔의 커다란 벽이 나타난 것이다.

케니안은 천천히 걸어 벽 앞으로 다가갔다.

그 벽은 촘촘한 무늬 같은 것을 가지고 있었는데, 가까이 다가가자 그 무늬는 책으로 변했다. 그것은 높이가 10m에 달하는 거대한 책장이었던 것이다.

그곳은 퓨텔의 서재 같은 곳이었는데, 그의 어머니가 모아 놓은 다양한 종류의 인간들의 책부터 드래곤의 역사와 마법, 예의 등을 담은 책, 그리고 아펠의 던전에서 가져온 많은 마법서들이 빼곡히 정리되어 있었다.

케니안은 그중 하나를 꺼내어 펼쳐 보았다.

당연하게노 각 페이지에는 알 수 없는 문자가 빼곡히 차 있었고, 간간이 그림과 도식 같은 것도 그려져 있었다.

"글이 있고 보존할 지식이 있는 것으로 보아 이 행성에 문명이 존재하는 것이 확실합니다."

책을 덮고 제자리에 꽂아두는 케니안에게 위즈가 말했다. 케니안이 무언가 새로운 것을 접할 때마다 궁금증이나 의문을 느껴보기도 전에 들려오는 위즈의 보고였다.

그런 위즈의 보고를 뒤로하고 케니안은 그 방을 빙 둘러보았다.

앞에서 볼 때는 하나의 책장뿐이었지만 방 안쪽에는 그런 책장이 여덟 개가 더 있었다.

하지만 그뿐, 더 이상 특별한 것이 없었고, 케니안은 방에서 나와 여섯 가지 색의 보석이 둥글게 박혀 있는 문양 앞으로 갔다.

거기에서 가장 눈에 띄는 것은 커다란 테이블이었다. 방 한가운데 떡하니 자리를 잡고 있는 그 테이블은 열 명의 사람이 일렬로 누워도 남을 정도로 컸다.

테이블 위에는 갖가지 색을 가진 액체가 들어 있는 플라스크부터 드라이아이스처럼 바닥에 깔리는 연기를 스멀스멀 뿜어내고 있는 솥, 아무렇게나 펼쳐져 있는 책 등 수많은 물건이 정리되지 않은 채 널려 있었다.

왼쪽 벽면에는 무언가를 담아놓은 듯한 용기들이 빼곡히 들어차 있었다. 그리고 오른쪽 벽에는 조금 불투명하지만 그 안의 내용물을 확인하기에는 충분히 투명한 용기들이 정리되어 있었다.

그 용기 안에는 조그마한 벌레부터 식물의 줄기들, 정체를 알 수 없는 생물의 내장 기관 등, 보기에 약간은 혐오스러운 것들이 들어 있었다.

"이곳은 일종의 실험실 같습니다. 실험 기구들이나 재료의 상태를 봤을 때 과학 문명은 그다지 발달하지 못한 것 같습니다."

위즈는 케니안이 보내오는 영상을 분석해 영상의 구성물들을 하나씩 분리해 내었고, 그것들을 미기의 데이터베이스에서 검색했다.

　그 결과 아주 오래전, 그러니까 인간이 지구를 벗어나지도 못하고 지구에서 우주를 관찰만 하던 시절에 사용했던 실험 기구와 비슷하다는 것을 알 수 있었다.

　위즈의 보고를 듣는지 마는지 케니안은 아무런 대답이 없었다.

　사실 케니안은 정보만 습득해 전달하면 항상 위즈가 분석해 주었기에 새로운 것을 접하더라도 딱히 궁금증이 생기지 않았다. 잠시만 기다리면 위즈가 알아서 말해주니 궁금해할 필요가 없었기 때문이다.

　그 방을 모두 둘러본 케니안이 밖으로 나와 마지막 문양 앞으로 걸음을 옮길 때 동굴 밖에서 중형 전투함이 착륙하는 소리가 들렸다. 키아스가 정상적인 운행이 가능한 중형 전투함을 끌고 도착한 것이다.

　키아스가 도착한 것을 알았지만 케니안은 발을 멈추지 않고 가장 오른쪽의 문양 앞으로 다가섰다. 그 문양은 너무나 편안한 표정을 짓고 있어서 그것을 보는 사람의 마음까지도 편안하게 만들어주었다.

　위즈가 잠깐이지만 이것이 과연 벽면에 새겨진 문양이 맞는지 의심을 품을 정도였다.

　"다른 건 몰라도 이 행성의 생물들이 인간보다 훨씬 우월한 예술적 감각과 그것을 표현할 수 있는 능력을 가진 것은 확실하군요."

위즈가 감탄 어린 목소리로 말했다. 그다지 많은 예술적 안목과 지식을 가지지는 못한 그였지만, 그런 그가 보기에도 너무나 생동감 넘치는 문양이었다.

하지만 케니안은 위즈가 느낀 그런 감응을 전혀 느끼지 못하는 듯 말없이 문양 앞으로 가 섰다.

"사령관님!"

문이 열리고 있는 새로운 공간으로 들어서려는 케니안을 키아스가 불렀다. 어느새 착륙을 마치고 동굴까지 도착한 그였다.

케니안은 반갑게 자신을 부르는 키아스를 쳐다보면서 명령을 내렸다.

"왼쪽 끝 방에 금과 보석들이 쌓여 있습니다. 그 방의 물건들부터 차례로 옮기십시오."

그리고는 문이 열린 공간으로 쑥 들어갔다.

키아스는 내심 서운했지만 그러려니 하고 전투함으로 돌아가 수송 머신들에게 명령을 입력했다. 그러자 10여 대의 머신이 일제히 동굴로 향했다. 그것들은 원래 전투함에 필요한 보급 물자를 옮기거나 전투함의 보수 작업을 위한 것들이었다.

키아스에게 명령을 내린 뒤 케니안이 들어선 마지막 공간은 그곳이 동굴이 아니라 마치 커다란 정원에 서 있는 것 같은 착각이 들게 하는 곳이었다. 잎이 넓은 나무들과 화려하진 않지만 충분히 아름다운 꽃들, 그리고 거기서 느껴지는 향기와 생기가 가득한 곳이었다.

그런 향기와 생기가 방 안을 맴돌고 있는 한가운데에는 성인 다섯 명이 한 번에 누어도 남을 만큼 커다란 침대가 놓여 있었다. 아마도 여기는 이 동굴 주인의 침실인 것 같았다.

그 옆으로는 일종의 장식장과 서랍 같은 것이 놓여 있었다. 몇 개의 층을 이루고 있는 장식장과 서랍에는 반지와 귀고리, 목걸이, 팔찌 등 각종 장신구들이 정리되어 있었다.

그것들은 장신구를 좋아하는 남자나 여자라면 절대 눈을 뗄 수 없을 만큼 다양한 종류를 자랑했다. 거기다 아무리 까다로운 취향을 가졌다 하더라도 반할 수밖에 없는 아름다움과 개성을 가진 것들이 즐비했다.

그뿐만이 아니었다. 그리 높진 않지만 마나가 측정되는 장신구들도 있었다. 마나를 포함하고 있다는 것은 그것들이 단순히 치장을 위한 것만은 아니라는 뜻이었다.

그렇게 그 방을 둘러보고 있을 때 어디선가 불어온 부드러운 손을 가진 바람이 그곳을 둘러보고 있는 케니안을 쓰다듬고 지나갔다. 그것은 무척이나 기분 좋은 느낌으로 누구든 미소 짓게 만들 수 있는 힘을 가지고 있었지만 케니안은 묵묵히 몸을 돌려 그곳을 나왔다.

그리고 분주히 보석을 나르고 있는 머신들과 그것을 감독

하고 있는 키아스를 지나 동굴 밖으로 나왔다.

정보를 습득하는 자신의 임무는 모두 마쳤고, 더 이상 적도 없었기에 애트란으로 돌아가기 위해서였다.

그때였다, 동굴 밖으로 나와 막 기가스로 발을 옮기던 케니안의 눈이 번득인 것은.

그의 눈에 한 머신이 쓰러져 있는 페이린을 거칠게 들어 올리는 것이 보인 것이다.

파팍!

케니안은 뭐가 뭔지 알 수 없었다. 정신을 차리고 보니 어느새 머신의 팔 부위를 부러뜨리고 페이린을 안고 있는 자신을 보았기 때문이다.

그런 혼란스러운 머릿속을 정리하기도 전에 위즈의 말이 들려왔다.

"왜 그러십니까?"

"……"

위즈의 물음에 케니안은 대답할 수 없었다.

자기도 자신이 왜 이런 행동을 한 것인지 알 수 없었기 때문이다.

"사령관님?"

"이 생명체는 중요한 정보원이니 제가 직접 옮기겠습니다."

계속되는 위즈의 물음에 대답을 찾던 케니안은 가까스로

할 말을 찾아냈다.

　위즈에게 짤막하게 대답한 그는 자신의 양팔에 안겨 있는 페이린을 조심스럽게 전투함으로 옮겼다.

CHAPTER 07
심문

이모션
디피션트

키우웅!

케니안의 기가스가 요란한 부스터 음을 내며 애트란의 격납고로 귀환했다.

격납고의 리프트가 기가스를 제자리로 이동시키자 양옆과 위쪽에서 스캐너가 가동되면서 기가스를 정비하기 시작했다.

그와 동시에 기가스의 해치가 열리며 케니안이 뛰어내렸다.

"사령관님, 정밀 검진 준비를 마쳐 놓았습니다. 수송되는 물건들의 정리는 저희에게 맡겨놓으시고 검진을 받으십시오."

기가스에서 내려 브릿지로 향하는 케니안에게 위즈가 말했다.

"음… 그 검진이 꼭 필요한 것입니까?"

케니안은 잠시 말을 끌며 되물었다.

그는 어릴 때부터 수많은 검사와 실험을 받아왔다.

특별히 좋아하거나 싫어하는 것이 없는 그였지만 검사나 실험이 진행되는 동안 꼼짝도 못하고 누워 있는 자신을 내려다보는 시선들만은 달갑지 않았다.

그 때문에 그는 사령관으로 취임한 이후로는 가끔씩 실시되는 간단한 검진을 제외하고는 단 한 번도 정밀 검진을 받은 적이 없었다.

"꼭!! 반드시!! 받으셔야 됩니다."

두 번이나 강조하는 위즈의 말에 케니안이 무어라 대꾸하려고 할 때 바닥으로부터 약한 진동이 느껴졌다.

─전투함이 귀환했습니다.

미기가 그 진동의 정체를 밝혀주었다.

진동은 퓨텔의 레어에 있던 물건들을 싣고 온 전투함이 애트란으로 귀환하면서 만든 것이었다. 그것은 케니안에게 검진을 미룰 좋은 핑계를 만들어주었다.

"지금 당장은 몸에 아무런 이상이 느껴지지 않습니다. 우선 사로잡은 생물을 먼저 검사하고 심문한 뒤에 검진을 받겠습니다."

"알겠습니다. 그럼 우선 사로잡은 생물의 검사를 진행하겠습니다."

자꾸 검진을 피하려 드는 케니안이 이상했지만 위즈는 케니안의 명령을 따랐다.

어쨌든 그는 자신의 상관이었고, 검진을 안 받는 것이 아닌 조금 후에 받겠다고 했기 때문이다.

애트란의 브릿지로 향하는 계단을 오르던 케니안은 이제 막 물건들을 하역하기 시작한 전투함으로 눈을 돌렸다. 분주히 하역 작업을 하고 있는 머신들 사이로 빠져나오는 무인 선빈이 눈에 띄었다.

무인 선반은 애트란에 필요한 보급품이나 사람들을 애트란 곳곳으로 이동시킬 때 사용되는 것으로 미기의 컨트롤로 움직이는 것이었다.

그것이 케니안의 시선을 끈 것은 그 무인 선반 위에 자기가 옮겨놓은 페이린이 정신을 잃은 채 누워 있어서였다.

그는 그 무인 선반이 검사실로 향하는 통로로 사라질 때까지 바라보았다. 마침내 페이린을 실은 무인 선반이 보이지 않게 되자 케니안은 브릿지로 향했다.

왠지 모르게 브릿지로 향하는 그의 발걸음이 무거워 보였다.

애트란의 브릿지에서는 위즈가 분주히 움직이고 있었다.

　혼자서 사로잡힌 생명체를 검사하고 하역 작업 중인 물건들을 종류별로 정리하고 그 양을 체크하고 있었기 때문이다.

　물론 미기가 그의 작업을 돕고 있었지만 명령을 내리고 결과를 확인하는 것은 그의 몫이었기에 조금 바빴다.

　지이잉.

　그렇게 위즈가 열심히 자신의 일을 하고 있을 때 브릿지의 문이 열리면서 케니안이 들어왔다.

　"사로잡은 생명체는?"

　브릿지로 들어선 케니안은 다짜고짜 물었다. 바쁘게 움직이는 위즈는 안중에도 없는 것 같았다.

　"이제 막 데이터가 나오고 있습니다."

　계속 그를 걱정하고 지금도 혼자 바쁘게 일하고 있던 위즈는 그런 케니안의 태도에 조금은 서운할 법도 한데 전혀 티를 내지 않았다.

　참으로 대단한 충성심이었다.

　위즈가 이렇게 케니안에게 충성하게 된 것은 케니안이 자신을 믿는다고 생각했기 때문이다. 그것도 케니안 자신의 목숨을 걸어서까지.

　위즈가 케니안의 함대로 소속되기 전에는 많은 고난이 있었다.

　마나 휴먼 중에서도 가장 뛰어난 수재들만 모인다는 베르

테라스 사관학교. 그곳에 마나 휴먼도 아닌 그가 타의 추종을 불허하는 두뇌로 입학한 것은 초유의 사건이었다. 거기다 그의 희망 보직이 작전관이라는 것에서 마나 휴먼 동기와 선후배들에게서부터 곱지 않은 시선을 유발했다.

그들의 입장에서 열등한 일반인이 마나 휴먼을 포함한 작전을 구상하고 그것의 실행과 감독을 맡는다는 것이 영 마음에 들지 않았던 것이다.

그런 그들의 불만은 시뮬레이션 수업 중에 폭발했다.

위즈의 작전은 효율적이고 가장 빠른 결과를 가져올 수 있있지민 항상 마나 휴먼들의 희생을 동반했기 때문이다. 그래서 그들은 일반인인 위즈가 일부러 마나 휴먼들을 희생하는 작전을 수립한다고 생각했고, 그것은 교수들도 마찬가지였다.

그렇게 학교에서 왕따를 당하면서 힘겹게 학교를 졸업했고, 마침내 함대에 배치되었을 때 그는 드디어 자신의 능력을 마음껏 펼쳐 보일 수 있는 기회가 왔다고 생각했다.

하지만 그것은 착각이었다.

대부분 마나 휴먼들로 이루어진 고위 간부들은 그의 작전을 모두 기각했다.

그 작전에 희생되는 마나 휴먼은 그들의 가족이거나 친구이거나 선후배들이었기에 일반인이 아닌 마나 휴먼의 희생이 반드시 발생하는 위험한 작전을 진행할 수 없었다.

그들은 위즈의 작전이 비록 위험이 따르지만 결국 전투 시간을 줄이고 승리를 얻음으로써 궁극적으로 마나 휴먼의 희생을 줄일 수 있다는 것을 이해하지 못했다.

그들에게는 먼 훗날의 결과가 아닌 지금 당장의 결과가 더욱 중요했다. 그리고 일반인의 목숨보다 마나 휴먼의 목숨이 훨씬 더 가치가 있다고 생각했다.

결국 위즈의 작전은 아무리 시뮬레이션을 거쳐 최상의 결과가 나와도 항상 최후의 방법으로 밀려났고, 대부분 사장되었다.

그런 위즈의 처지가 완전히 바뀐 것은 케니안의 함대로 배치되면서였다.

작전 부서에 배치되어 잡일만 하던 그가 아무렇게나 적어놓은 작전 안을 케니안이 우연히 보게 된 것이다.

케니안은 그것의 효율성을 단번에 알 수 있었고, 주위의 반대에도 불구하고 채택한다. 그리고 그것은 예상한 것보다 훨씬 뛰어난 성과를 거두게 된다.

사실 위즈의 작전은 뛰어난 마나 휴먼이 없다면 자칫 큰 피해를 입을 수 있는 위험성을 내포하고 있었다.

케니안의 목숨을 포함해서 말이다.

보통의 냉철한 판단력을 가졌다고 평가되고 그로 말미암아 냉혈한이라 불리는 지휘관들은 그들의 부하를 하나의 소모품으로 취급했다. 같은 인간이지만 그들에게는 전과를 올려줄 단순한 소모품 그 이상도 이하도 아닌 것이다.

하지만 그런 그들도 자신들의 목숨만은 소중히 여겼다. 자신들이 직접 전투에 뛰어들어 위험에 노출되는 것은 절대로 피했다.

이것이 케니안과 그들의 차이점이었다.

케니안은 그의 부하나 다른 인간들의 목숨뿐만 아니라 그 자신의 생명도 전투를 위한 소모품으로 생각한 것이다. 이 차이점으로 인해 위즈의 작전은 케니안에게 있어 가장 효율적인 작전이었고, 결국 위즈의 작전은 항상 최우선적으로 고려되었다.

케니안은 은하연합 최고의 마나 휴먼이었다. 그동안의 작전은 그의 모든 능력을 끌어낼 수 없었다. 케니안은 함대의 사령관이었고, 사령관을 커다란 위험이 도사리고 있는 작전에 밀어 넣을 수가 없었기 때문이다.

하지만 위즈의 작전은 케니안을 사령관이 아닌 최고의 능력을 가진 마나 휴먼으로 다루었고, 그런 그의 능력을 100%, 아니, 120% 활용할 수 있도록 했다.

결과적으로 다른 이들이 보기에는 너무나 무모하고 위험한 것이었던 위즈의 작전은 항상 성공을 거두었고, 위즈는 곧바로 케니안 직속의 작전관으로 승진하였던 것이다.

케니안의 입장에서는 약간의 위험을 내포하고 있지만 높은 효율성을 가진 위즈의 작전을 외면할 이유가 없었다. 그래서 그의 작전 안을 항상 채택하고 실행했다.

하지만 위즈에게는 그런 단순한 의미가 아니었다. 그것을 자신에 대한 믿음으로 받아들인 것이다.

자신을 믿어주는 상관, 그것은 그의 소박한 소망이었다. 그런 그의 소망이 케니안을 만나면서 이루어진 것이다.

그렇게 자신의 소망을 이루어준 케니안에게 위즈는 절대적인 충성과 뛰어난 작전으로 보답했고, 지금에 이르게 되었다.

"결과를 정리해 보고하십시오."

이런 위즈의 충성심을 아는지 모르는지 케니안은 이제 막 화면에 출력되기 시작한 검사 데이터를 보고하라고 명령했다.

"인간과 DNA 구조가 매우 유사합니다. 약 98%의 일치성을 보이고 있습니다. DNA 구조상 성별은 여자, 나이는 10대 후반에서 20대 초반으로 추정됩니다."

화면을 가득 채우고 있는 데이터들을 정리하며 위즈가 보고를 시작했다.

"세균, 바이러스 등 저희에게 치명적이거나 감염 가능성이 있는 것들은 발견되지 않았습니다. 아무래도 이 행성엔 인간이라고 부를 수 있는 생명체가 존재하는 것 같습니다."

그 외에도 신체와 체중, 장기와 뼈의 구조 등 방대한 양의 검사 데이터에 관한 보고를 마쳤다.

그때 브릿지의 문이 열리면서 정찰을 나갔던 벨쥬브와 경계를 서던 가레모, 전투함에 싣고 온 물건들을 정리하던 키아스가 자신들의 임무를 마치고 브릿지로 들어섰다.

"동쪽에는 온통 모래뿐이야. 사막이 끝나는 지점에는 바다가 맞닿아 있고. 바다의 수평선까지 시야가 닿는 곳에 육지나 섬은 보이지 않았어. 남쪽과 북쪽으로 해안선이 이어져 있기는 한데 다 가볼 수는 없어서 일단 복귀했어."

동쪽으로 정찰을 나갔던 벨쥬브는 바다와 마주치자 일단 귀환했고, 결과 보고를 짤막하게 마무리했다.

"그 동굴에 있던 모든 물건들을 옮겨왔습니다. 우선 황금이 116톤, 다이아몬드와 사파이어, 진주, 에메랄드 등 유, 무색 보석이 41톤, 마나가 응축된 돌이 179개, 각종 무기가 212개였습니다."

"와우!! 톤 단위의 황금이라~ 우리 이제 평생 놀고먹을 수 있겠네. 물론 돌아갈 수 있다면 말이지만."

경망스럽게 감탄하는 벨쥬브를 한번 흘겨본 키아스는 보고를 이어갔다. 보석과 무기로부터 시작된 키아스의 보고는 책과 생물 표본, 그리고 식물의 수까지 자세하게 이어졌다.

단순히 애트란 주위에서 경계만 섰던 가레모는 특별히 보고할 만할 것이 없는지 입을 다물고 있었다. 원래 과묵하고 굳은 표정을 유지하던 가레모였지만 왠지 벨쥬브의 말을 들은 이후에는 표정이 더 어두워진 그였다.

"더 이상 보고할 것은 없습니까?"

키아스의 긴 보고도 끝나자 케니안이 모두를 바라보며 물었다. 그런 그의 물음에 모두 입을 다물었다.

물론 아직도 더 조사하고 보고해야 할 것들이 산더미처럼 남아 있었다.

우선 이 행성에 추락하면서 입은 애트란의 피해 정도와 마나 에너지의 잔량, 피해 복구에 필요한 시간부터 시작해서 그들이 가진 전력도 분석해 보고해야 했다. 그리고 애트란으로 옮겨온 UHO-12의 시체도 분석해야 했고, 키아스가 가져온 물건들도 분석해 보고해야 했다.

거기다 아직은 보이지 않지만 밤이 오면 별자리를 분석해 이 행성이 어느 은하에 포함되어 있는지도 알아내야 했다.

하지만 오늘 너무나 많은 일을 겪었고, 그것들에 대한 정보를 얻기에는 시간이 걸렸기에 이제는 좀 쉬고 싶은 그들이었다. 그래서 케니안의 물음에 아무도 대답하지 않은 것이다.

"이제 더 보고할 것이 없다면 사로잡은 생명체의 심문을 실시하겠습니다."

하지만 그런 그들의 기대를 무참히 깨버리는 케니안이었다.

"현 시각 이후로 그 생명체에 코드를 부여하겠습니다. 위즈, 코드가 어떻게 됩니까?"

실망하는 기색이 역력한 그들에 아랑곳하지 않고 케니안
이 물었다.

"크기와 모양을 봤을 때 UHF(Unidentified Human Form) 군
에 포함됩니다. 그리고 발견된 순서에 따라 3735 넘버가 부여
됩니다."

"현 시각부로 사로잡은 생명체를 UHF-3735로 명명하겠
습니다. UHF-3735의 심문 준비를 하십시오."

기운이 빠진 위즈의 목소리였지만 그것을 아는지 모르는
지 그의 명령은 이어졌다.

"오늘은 이만 쉬고 내일 하는 것이 어때?"

"그렇습니디. 오늘은 너무 많은 일이 있었습니다. 이제 휴
식이 필요합니다."

위즈는 심문을 한 뒤 케니안이 검사를 받아야 한다는 사실
도 잊어버리고 벨쥬브의 말에 맛장구를 쳤다. 그 정도로 낡은
일을 겪었고, 그에 따른 피로가 상당했다.

애트란의 컨트롤 불능이라는 초유의 사태로 시작해 공간
의 틈에 갇혔다 목숨을 건 도박으로 탈출했고, 이제 숨 좀 돌
리나 싶을 때 미확인 행성에 추락해 미확인 생명체와 치열한
전투까지 치른 것이다. 거기다 쏟아지는 정보를 분석하고 보
고하느라 이미 녹초가 된 상태였다.

"그렇다면… 심문은 저 혼자 진행하겠습니다. 휴식이 필요
한 분들은 휴식을 취하십시오. 미기, UHF-3375를 심문실로

이동시키십시오."

─알겠습니다, 사령관님.

미기에게 명령을 내린 케니안은 뒤도 돌아보지 않고 심문실을 향해 브릿지를 나섰다.

위즈와 키아스, 벨쥬브는 그런 케니안을 보고 어리둥절했다.

케니안이 그들의 의견을 그렇게 무시하고 그의 독단으로 일을 진행시킨 적은 단 한 번도 없었기 때문이다.

"나는… 조금 쉬어야겠다."

더 이상한 일은 그 이후에 벌어졌다.

그 수많은 전투를 치르면서도 단 한 번도 피로를 호소한 적이 없는 가레모가 쉬겠다는 말만 남기고 브릿지를 떠난 것이다.

키아스와 위즈가 동시에 서로를 쳐다보았다. 그리고는 어깨를 으쓱해 보이고는 할 수 없다는 듯이 케니안을 따라나섰다. 그들은 사령관이 쉬지 않고 있는데 가레모처럼 쉬러 갈 수는 없었기 때문이다.

"흠, 이상 징후를 보이는데……. 하긴 이제는 보고할 곳도 없으니 상관없지."

모두가 브릿지를 떠나 혼자 남겨진 벨쥬브가 중얼거렸다.

"그래도 좀 더 살펴봐야겠지?"

그렇게 혼자 중얼거리고 혼자 질문을 한 벨쥬브마저 브릿지를 떠나자 브릿지에는 적막함이 맴돌았다.

그런 적막함 속에서도 미기는 데이터를 분석, 정리하며 자기만의 할 일을 했다.

"심문 준비가 완료되었습니다."

제3 심문실의 컨트로 패널을 조작하던 위즈가 심문 준비를 모두 마치고 말했다.

애트란의 제3 심문실은 다른 심문실들과는 다른, 조금은 특별한 심문실이었다. 그곳은 인간이 아닌 다른 적대적 생물들로부터 안전하게 심문을 진행하기 위해 만들어진 곳으로 다양한 장비가 마련되어 있었다.

그래서 제3 심문실은 여러 장비들을 조작하고 심문 대상을 관찰할 수 있는 조작실과 심문 대상이 격리되어 있는 격리실, 두 구역으로 나누어졌다. 이 두 구역은 A급 마니 휴민이라도 쉽게 부술 수 없는 거울로 나누어졌는데 조작실에서는 격리실을 모두 관찰할 수 있었다.

심문 준비를 마치고 심문을 시작하려는 그의 옆으로는 키아스와 케니안, 벨쥬브가 차례로 앉아 있었다. 특히 케니안은 격리실을 정면으로 바라볼 수 있는 정중앙의 의자를 차지하고 있었다.

묵묵히 격리실 한가운데 테이블에 누워 있는 UHF-3735을 바라보던 케니안이 살짝 고개를 끄덕였다.

심문을 시작해도 좋다는 신호였다.

케니안의 신호를 받은 위즈는 UHF-3735을 깨우기 위해 약한 전기 자극을 주었다. 그리고 UHF-3735의 심박과 뇌파, 그리고 체온의 변화를 나타내는 화면에 집중하기 시작했다.

페이린은 뭔가 짜릿한 것이 온몸을 흐르는 느낌에 몸을 움찔거렸다.

하지만 곧바로 몸을 일으키지는 않았다. 달콤한 잠에서 깨기가 싫었기에 몸을 살짝 뒤척이고는 계속 잠을 이어가려고 했다.

그러자 이번엔 고통이 느껴질 만큼 강한 자극이 느껴졌고, 페이린은 깜짝 놀라 벌떡 일어났다. 그것은 무심코 휘두른 팔의 팔꿈치가 어디 모서리에 부딪치면 느껴지는 그런 느낌이었다.

"아얏!"

작은 소리를 지르며 일어난 페이린은 어안이 벙벙했다. 눈을 떠보니 온통 새하얀 방에 덩그러니 혼자 앉아 있었던 것이다.

가만히 기억을 더듬어보니 드래곤님께 인사를 드리고 다음 명령을 기다리다 갑자기 정신을 잃은 것이 생각났다.

"아웅! 왜 자꾸 깜박깜박 잠이 들지. 설마… 할머니가 되어 버렸나?"

앉은 채로 머리를 흔들며 중얼거리던 페이린은 깜짝 놀랐다. 자기가 뭔가 잘못해서 드래곤님이 자기를 할머니로 만들어 버렸다는 추측을 한 것이다.

"휴, 다행이다."

깜짝 놀라 자기의 얼굴을 쓰다듬고 머리카락과 손을 확인한 페이린이 안도의 한숨을 내쉬었다. 머리카락은 여전히 윤기있게 빛을 반사하고 있었고, 얼굴을 쓰다듬은 손은 부드럽게 미끄러져 내렸기 때문이다.

"그나저나 여긴 어디지?"

앉아 있던 테이블에서 내려온 페이린은 주위를 두리번거렸다.

혹시나 드래곤님이 자신을 관찰하고 있을지도 모른다고 생각한 페이린은 조심스럽게 움직였다. 자신은 드래곤 레어 앞에 있었으니 여기는 드래곤 레어일 것이라고 생각한 것이다. 조금 전까지 부산을 떤 것은 벌써 기억에서 사라졌다.

"응?"

드래곤님을 찾아 주위를 살피던 페이린은 드래곤이 아닌 한 명의 여자를 발견했다.

그녀는 한쪽 벽에 딱 붙어 서 있어서 잘 보이지는 않았지만 10대 후반처럼 보였다. 아무리 많이 잡아도 20대 초반으로 보이는 그 여자는 무척 화려한 옷을 입고 있었는데 특이한 것은 그녀의 언니를 무척 많이 닮았다는 것이었다.

"누, 누구세요?"

페이린은 조심스럽게 물었다. 하지만 그 여자는 아무 말 없이 빤히 자신을 마주보았다.

한참을 기다려도 아무 말이 없는 그녀를 향해 페이린은 천천히 다가갔다. 그러자 그 여자도 자신을 향해 천천히 걸어왔다.

점점 줄어드는 둘 사이의 거리에 페이린은 긴장했지만 물러서거나 멈추지는 않았다.

어쨌거나 지금 자신이 있는 곳에 보이는 사람은 그녀뿐이었기에 다가가서 이야기를 하고 싶었다. 어쩌면 그녀도 자신처럼 드래곤의 신녀일지도 모른다는 생각이 들었기 때문이다.

그런데 그녀와 가까워지면 가까워질수록 페이린은 의아해졌다.

그녀가 하고 있는 목걸이며, 귀고리, 반지와 브로치, 심지어 머리핀까지도 자신이 마을을 떠나며 한 것과 똑같았기 때문이다.

'에이, 설마…….'

마음속으로 설마를 외치던 페이린은 마침내 그녀에게 손을 뻗으면 닿을 것 같은 거리까지 도달했다. 그리고 천천히 손을 들었다.

"아잇!! 이건 나잖아!"

아니나 다를까, 자신이 드는 손을 따라 드는 그녀를 보며 페이린은 소리쳤다. 그녀는 거울에 비친 자신의 모습이었던 것이다.

페이린은 거울도 못 알아보고 바보같이 행동한 자신이 부끄러웠다. 하지만 그 부끄러움은 어느새 호기심으로 바뀌었다.

이렇게 크고 깨끗한 거울은 처음 보았기 때문이다.

그녀가 경험한 보통의 거울은 우둘투둘한 표면을 가지고 있었다. 그것도 무척이나 귀해 드래곤의 신녀로 추앙받던 언니 방에 딱 하나 걸려 있었다.

지금 자신의 눈앞에 있는 것은 언니 것과는 비교도 안 되게 클 뿐만 아니라 얼굴의 솜털이 보일 정도로 깨끗했다.

언니의 거울을 몰래 훔쳐보거나 떠놓은 물에 비친 얼굴만 보아오던 그녀는 난생처음 대하는 깨끗한 자신의 얼굴에 집중했다.

부드럽게 흐르듯 그려진 눈썹, 그 아래에 맑은 기운이 가득한 검은색 눈, 완만하지만 오뚝한 코와 조금은 얇지만 앙증맞은 입술까지 마음에 들지 않는 곳이 하나도 없었다.

그렇게 페이린은 자신의 얼굴 부위를 하나씩 자세하게 감상했고, 자신의 얼굴에 취해 헤어 나오지 못하고 있었다.

"저건 여자가 분명해."

벨쥬브가 중얼거렸다.

페이린이 바라보고 있는 거울 너머의 조작실에서 그녀의 행동을 관찰하고 있던 케니안과 그의 부관들은 아무 말을 하지 않는 것으로 벨쥬브의 말에 동의했다.

그들은 낯선 환경에서 어떤 행동을 보일지 관찰하기 위해서 페이린을 묶어놓지는 않았었다. 그런데 그들의 예상, 즉 현재 자신의 상태를 확인하고 구원을 청하든, 이곳을 탈출하기 위해 어떤 능력을 발휘하든 어떤 특이한 행동을 보일 것이라는 예상을 완전히 벗어난 것이다.

물론 거울만 바라보는 것이 특이한 행동이기는 했지만.

"음."

그런데 하필이면 페이린은 케니안의 얼굴 바로 앞에서 거울을 보고 있었다.

누군가 자신을 바라보고 있다는 것은 꿈에도 모른 채, 계속 거울 속 자신을 바라보고 있는 페이린을 마주한 케니안이 아무도 듣지 못할 정도로 작은 신음성을 흘렸다.

그의 가슴이 다시 고동치기 시작한 것이다.

"심문을 시작하겠습니다."

거울만 바라보며 다른 행동을 하지 않는 페이린으로부터 다른 정보를 얻기 힘들 것이라 생각한 위즈가 말했다.

물론 오랜 시간 동안 음식을 주지 않거나 수면을 취하지 못하게 하는 등 다른 자극을 준다면 무언가 다른 행동이 나올 수 있겠지만, 그것보다는 심문을 통한 정보 획득이 보다 효율적이라 생각했기 때문이다.

케니안은 말없이 고개를 끄덕이는 것으로 심문을 허락했고, 위즈는 케니안의 허락이 떨어지자 마이크를 입에 대었다.

"벽에서 물러나 의자에 앉아."

위즈의 말과 동시에 방 한가운데에 놓여 있던 테이블이 반으로 접히며 바닥으로 사라졌고, 대신 의자가 올라왔다.

그런데 페이린은 위즈의 예상과 전혀 다른 행동을 했다.

위즈는 비록 언어가 달라 이해하지 못한다 해도 어떤 소리가 들리면 주위를 둘러보고 경계하거나, 최소한 새로 나타난 의자 근처로 가 앉거나 의자를 살펴볼 것이라 예상했다.

하지만 이제 얼굴을 떼고 전신을 비춰보며 자신의 몸매와 옷, 장신구 등을 감상하고 있던 페이린은 위즈의 목소리가 방을 울리사 바닥에 바싹 엎드렸다. 그리고는 알 수 없는 말을 외쳤다.

"$#@$@!@!$"

그렇게 뜻을 알 수 없는 말을 한 그녀는 다른 말이 들려오길 기다리는 듯 가만히 엎드려 있었다. 위즈가 바라보고 있는 화면에서는 분주히 미기가 비슷한 언어를 찾고 있었지만 결국 데이터 없음이라는 결과만 표시했다.

"겁에 질린 것 같진 않은데……."

"저건 복종의 의미인가?"

그런 그녀를 보며 키아스와 벨쥬브가 한마디씩 했다. 그들이 보기에는 그녀가 무언가 알 수 없는 대상을 향해 절대적인 복종심을 보이고 그 대상을 자신들로 착각하고 있는 것 같았다.

"벽에서 물러나 의자에 앉아."

그 모습을 보고 위즈는 다시 한 번 강한 어조로 말했다. 하지만 그녀는 몸을 움찔거릴 뿐 아무런 행동을 하지 않았다.

"음, 언어가 있고 의지가 있으니 의자에 앉혀서 뇌파를 분석하면 어느 정도 커뮤니케이션이 될 텐데……."

위즈는 그녀가 의자에 앉는다면 뇌파를 분석에 그녀의 의사를 파악할 수 있다고 생각했다. 구체적인 정보를 얻어내지는 못하지만 최소한 맞다, 아니다 정도는 파악할 수 있는 것이다.

하지만 그녀는 전혀 움직일 생각이 없는 듯 가만히 엎드려만 있으니 답답할 뿐이었다.

"제가 격리실로 들어가 직접 심문하겠습니다."

결국 심문에 아무런 진전이 없자 키아스가 나섰다.

그는 이렇게 아무 의미 없이 시간을 보내는 것이 싫었다. 아니, 말은 안 했지만 피곤함을 느끼고 있었기에 조금이라도 빨리 심문을 끝내고 쉬고 싶은 마음이 강했다.

"검사 결과 특별한 위험은 없을 것 같지만… 그래도……."

위즈는 그녀가 강력한 마나를 가지지도, 전염 가능한 병균이나 바이러스 같은 것도 가지지 않았다는 것을 알고 있었지만 그래도 조심하는 것이 좋을 것이라 생각했다.

"아니… 그리 위험한 존재로 보이지 않아. 그리고 충분히 조심할 테니 걱정 마. 사령관님, 다녀오겠습니다."

자신을 걱정하는 위즈를 바라보며 살짝 웃으며 안심시킨 키아스는 케니안에게 허락을 구했다.

"알겠습니다. 조심하십시오."

보통 큰 위험이 내포된 일은 케니안이 도맡았었다. 그가 무슨 희생정신이 투철해서 그런 것이 아니라, 자신이 가장 강력한 전투력을 가졌기에 위험을 헤쳐 내고 임무를 완수할 확률이 가장 높았기 때문이다.

하지만 이번 일은 큰 위험이 있을 것이라 생각되지 않았다. 무엇보다 자신은 왠지 페이린을 직접 마주하는 것을 피하고 싶었다.

케니안이 허락하자 키아스는 조작실을 나섰고, 곧 격리실로 들어서는 키아스를 볼 수 있었다.

페이린은 바짝 긴장한 채 엎드려 있었다. 하지만 속으로는 마을 장로들에 대한 불만을 늘어놓고 있었다.

'우씨, 장로님들 다 거짓말쟁이. 이렇게 인사하고 조용히 기다리기만 하면 된다고 해놓고 이게 뭐야!!'

그녀의 입장에선 그럴 만도 했다.

　드래곤님은 보이지도 않지, 여기가 드래곤님의 레어인지, 들려오는 소리는 드래곤님의 말씀인지 모르겠는 것투성이인 상태에서 도대체 어떻게 해야 할지 몰랐다.

　지이잉.

　그때 또 다른 이상한 소리가 들렸다.

　페이린은 감히 고개는 못 들고 살짝 고개를 돌려 소리가 들려온 방향을 바라봤다. 그녀는 살짝 고개를 돌린다고 돌린 것이었지만 누구나 알아볼 수 있는 움직임이었다.

　만약 그녀를 아는 누군가가 이 모습을 보았다면 귀엽다고 머리를 쓰다듬을 만큼 귀여운 모습이었다.

　그렇게 고개를 돌린 그녀의 눈에 자신을 향해 걸어오는 한 남자가 들어왔다.

　그 남자는 처음 보는 특이한 옷을 입고 있었다. 몸에 딱 붙는, 눈부시게 하얀 바지와 재킷에 검은색 줄이 양팔과 다리를 따라 그어져 있었다.

　페이린은 저렇게 깨끗한 하얀 옷은 물론이고 몸에 딱 맞는 바지와 재킷, 그리고 자로 잰 듯이 반듯한 선이 그어져 있는 옷은 처음 보았다. 대부분의 마을 남자들은 아무리 빨아도 누런색을 띠는 헐렁하고 펑퍼짐한 바지와 소매 없이 너덜너덜한 웃옷을 입고 다녔다.

　페이린은 마침내 드래곤님이 모습을 드러낸 것이라고 생각했다. 드래곤님이 아니고선 저렇게 깨끗한 하얀색의 옷을 만들 수는 없다고 믿었기 때문이다.

"사바도르 마을의 페이린이 드래곤님을 뵙습니다."

결국 페이린은 다시 한 번 인사를 올렸다. 드래곤님과의 첫 대면을 위해 마을에서 배운 것은 인사하는 것뿐이니 딱히 다른 것을 할 수도 없었다.

'에휴, 도대체 몇 번째 인사를 하는 거야. 드래곤님은 인사 받는 걸 즐기는 괴상한 취미라도 있으신가. 후웅!'

속으로는 오만 불평을 하는 그녀였지만 겉으로는 더없이 다소곳했다.

드래곤이라는 절대적 존재를 앞에 두고 불평을 할 수 있다니. 그녀도 참 대단한 강심장을 가진 것이 분명했다.

"아까 한 말과 똑같아. 신경 쓰지 마."

뭐라고 소리치는 페이린을 보고 움찔한 키아스에게 위즈가 스피커를 통해 말해줬다. 키아스는 괜히 아무것도 아닌 깃에 놀란 모습을 보인 것 같아 부끄러웠다.

특히 벨쥬브가 이런 그의 모습을 보고 놀릴 거리 하나 찾았다고 기뻐하고 있을 것 같아 더욱 그랬다.

그는 괜히 놀란 것이 페이린의 탓인 양 엎드려 있는 그녀의 팔을 잡고 거칠게 끌었다. 내심 그녀가 반항하면 한 대 때려줄 요양으로 그렇게 한 것인데 그녀는 순순히 따라왔다.

그렇게 페이린을 거칠게 잡아당겨 의자에 앉히는 키아스의 모습에 케니안의 심장은 더욱 빨리 뛰었다.

아까부터 느껴지던 두근거림이 이제는 쿵쾅거림으로 바뀐 것이다. 거기다 슬슬 머리도 아파오기 시작했다.

하지만 케니안은 일단 내색하지 않고 심문 과정을 좀 더 살펴보기로 했다.

만약 지금 이상이 생긴 것을 내색하면 곧장 위즈가 심문을 중단하고 검사부터 받자고 난리칠 것이 뻔했기 때문이다.

한편 페이린은 드래곤님—사실은 키아스—이 잡아끄는 팔을 감히 뿌리칠 수 없었다. 그래서 순순히 드래곤님이 이끄는 대로 따라가니 이상하게 생긴 의자 같은 것에 앉도록 했다.

의도한 것은 아니었지만 의자에 앉아 고개를 들자 정면으로 드래곤님의 얼굴이 보였다. 드디어 드래곤님의 얼굴을 확인한 것이다.

하지만 드래곤님의 얼굴을 확인한 페이린은 조금 실망했다.

드래곤님은 대륙의 최강자이며 우리를 몬스터로부터 지켜주시는 고마운 분이라기에 엄청 잘생겼을 거라 생각했는데 그 정도는 아니었던 것이다. 어느 정도 생기긴 했지만 마을에서 제일 잘생긴 니콜라스 오빠보다 못한 것 같았다.

그렇게 태평하게 드래곤님의 얼굴에 대한 감상을 정리하는 그녀의 머리에 무엇인가가 씌워졌다.

"이제 어떻게 하면 되지?"

페이린을 의자에 앉히고 뇌파 감지기를 머리에 씌운 뒤에 키아스가 물었다.

"일단 말이 안 통하니 천천히 하나씩 알아가야겠지? 우선 이름부터 알아내자."

"어떻게?"

"잘."

위즈의 대답에 키아스는 어이가 없었다.

말도 안 통하는 대상에게서 이름을 알아내라면서 방법이 잘… 이라니.

결국 키아스는 만국 공통의 언어, 몸짓을 시작했다.

이름을 알아내기 위해 몸짓을 하는 그들은 어느새 페이린을 인간으로 취급하고 있었다.

키아스는 페이린과 눈을 맞추며 천천히 손을 들어 올렸다. 그리고 검지를 펴서 자신을 가리키며 이름을 말했다.

"키아스."

그리고는 천천히, 그것이 위협적으로 보이지 않도록 노력하며 페이린을 가리키고는 물었다.

"넌?"

페이린은 의아했다.

드래곤님이 괴상한 머리띠를 머리에 씌우더니 알아들을 수 없는 말을 계속하는 것이었다. 그녀는 그게 무슨 뜻인지 몰라 큰 눈을 깜박이며 드래곤님을 빤히 쳐다보았다.

아무리 생각해 봐도 눈앞에 있는 남자는 드래곤님이 아닌 것 같았다. 드래곤님이랑 말이 통하지 않는다는 것은 말도 안 되는 일이었기 때문이다.

그렇다고 확실하지 않은 것으로 함부로 행동할 수는 없어 다소곳이 눈앞의 남자가 하는 행동을 지켜보았다.

"아직 무슨 뜻인지 모르는 것 같아. 뇌파에 별다른 반응이 없어."

키아스는 그런 위즈의 말을 들으며 계속 같은 행동을 반복했다. 원래 몸짓의 언어는 단번에 이해하기 어렵다는 것을 알고 있었기 때문이다.

그렇게 같은 행동을 세 번 반복하니 그때서야 페이린이 자신을 가리키며 말했다.

"페이린."

"좋아, 이제 뜻이 통하는 것 같아. 그녀의 이름이 페이린인가 보군."

마침내 이름을 알아낸 키아스가 소리쳤다. 단순히 이름 하나 알아낸 것이었지만 이 행성에 추락한 뒤 처음으로 무언가 도움이 되었다는 생각에 기분이 좋았다.

"뇌파에 긍정의 뜻이 분석됐어. 페이린. 별로 발음하기도 어렵지 않네."

페이린이 그녀의 이름을 말하자 뇌파 분석기를 바라보고 있던 위즈가 말했다.

"여러 가지 물건을 보낼 테니까 하나씩 뜻을 알아보자. 그

전에 신체 부위의 명칭도 알아봐.”

원래 모든 것이 처음은 어렵지만 한번 시작되면 그것이 옳든 그르든 쉽게 할 수 있게 되었다. 그렇기에 첫 번째 경험은 무척이나 중요했다.

그들은 이제 페이린과 커뮤니케이션함으로써 이 행성의 언어와 정보를 얻는 첫발자국을 성공적으로 내디딘 것이었다.

위즈는 이 첫발을 바탕으로 우선 이 행성의 언어를 익히고자 했다. 그래서 다양한 사물의 명칭을 먼저 알아내고 그것들을 미기를 통해 정리하기로 결정한 것이다.

우선 단어들을 정리한다면 미기가 충분히 규칙을 알아낼 수 있었기 때문이다. 더군다나 그들은 천만다행으로 이 행성의 책도 다수 확보하고 있었다.

그 책을 페이린이란 이름을 가진 생명체에게 읽게 한다면 미기가 그 발음과 뜻, 규칙, 그리고 글까지도 정리 분석해 훨씬 수월하게 이 행성의 정보를 얻을 수 있을 것이다.

위즈가 애트란에 있는 다양한 물건들부터 동굴에서 가져온 물건들까지 하나씩 분류해 격리실로 보내는 작업을 하는 동안 키아스는 그의 팔과 다리, 머리카락 등을 가리키며 하나씩 단어를 말했고, 페이린도 그녀의 언어로 따라 말했다.

미기는 그런 그녀의 음성을 모두 기록하며 하나의 언어로 정리하기 시작했다.

"아무래도 커뮤니케이션이 되어야 심문이 진행되겠군요."

그 모습을 지켜보던 케니안이 입을 열었다.

"필요한 정보를 획득하시고 휴식을 취하도록 하십시오."

그는 더 이상 심문을 지켜봐야 별다른 소득이 없을 것이라 생각했다. 특히 가슴의 두근거림과 두통의 정체를 알아내기 위해선 오히려 정밀 검사를 받는 것이 더 나을 것이라 생각한 것이다.

"그리고 저는 정밀 검사를 받고 쉬겠습니다. 저의 검사 결과와 그 밖의 사항에 대한 보고는 내일 받도록 하겠습니다."

"네, 알겠습니다."

그렇게 기피하던 정밀 검사를 자발적으로 받겠다고 나서는 케니안을 보고 위즈는 이상함을 느꼈지만, 드디어 쉴 수 있다는 생각에 잽싸게 대답했다.

"으~ 아하암!"

위즈는 입이 찢어져라 크게 하품을 했다. 케니안이 조작실 밖으로 나가자 오늘 하루 쌓였던 피로가 한꺼번에 밀려오는 듯했다.

"키아스, 이제 그만 하고 우리도 좀 쉬러 가자."

"어? 이제 시작인 것 아냐?"

"어차피 며칠 만에 끝낼 수 있는 일도 아닌데, 뭐. 사령관님도 가셨어."

단어를 하나씩 알아내어 커뮤니케이션이 가능한 수준까지

정리를 하는 것은 하루 이틀 걸릴 일이 아니었다. 아무리 미기의 도움을 받는다 하더라도 최소 4일은 걸리는 작업이었다.

"그럼 이 페이린은 어떻게 하지?"

"음, 여기 가둬두기는 좀 그러니까… 빈방 하나 골라서 가둬두자. 안에서 열리지만 않게 하면 되겠지."

"그래. 그럼 혹시 모르니 우리 방 근처로 알아봐. 사실 나도 많이 피곤해."

그들은 페이린을 다른 생명체가 아닌 인간 여자로 생각했다. 그리고 여자를 아무것도 없는 격리실에 가둬두는 것이 꺼림칙했던 것이다.

만약 그들이 인간 대 인간의 전쟁을 치렀다면 그런 감상적인 생각은 벌써 없어졌을 것이다. 적 진영의 인간은 그것이 남자든 여자든 적인 것에는 변함이 없었고, 여자라면 오히려 더 좋은 노리갯감이 되었을 것이기 때문이다.

하지만 그들은 인간이 아닌 외계 생명체와 전투를 벌여왔고, 오랜 시간 여자를 만날 기회를 가지지 못했기에 여자는 섬세하게 다루고 보호해야 한다는 막연한 생각이 자리잡고 있었던 것이다.

"벨쥬브, 넌 어떻게 할 거야?"

"어?"

"어떻게 할 거냐고. 너도 피곤하지?"

케니안이 나간 뒤 페이린을 유심히 살펴보고 있던 벨쥬브는 위즈가 말을 걸자 조금 놀랐다. 자신이 케니안을 공격한 뒤로는 계속 무시를 당했었기 때문이다.

위즈는 비록 벨쥬브가 케니안을 공격하긴 했지만 절망적인 상황에서의 충동적인 실수라고 생각했다. 무언가 다른 비밀을 가지고 있는 것도 같았지만, 지금 이 행성에 의지할 수 있는 사람은 오랜 시간 동안 전쟁을 치르며 전우애가 쌓여 있는 그들 다섯 명뿐이라고 생각했다. 그래서 벨쥬브와 불편한 감정을 가지고 지낼 수 없었기에 아무 일 없었다는 듯이 말을 건 것이었다.

물론 그것은 위즈 혼자만의 생각이었지만.

"그래, 나도 좀 쉬어야겠다. 그런데……."

자신에게 계속 물어보는 위즈를 바라보던 벨쥬브가 대답을 하고는 말을 끌었다. 그도 무언가 물어볼 것이 있는 것 같았다.

"그런데?"

"저 페이린은 어디다 가둬둘 거지?"

"음, 좀 알아봐야겠지만… 혹시 도망칠지도 모르니까 우리 방 근처겠지. 왜?"

예상외로 벨쥬브가 페이린에 대해 물어보았다. 위즈는 그가 페이린에 관심을 가지는 것이 의아했지만 별다른 의심은 하지 않고 대답해 주었다.

“아니, 신경 쓰지 마. 그럼 수고들 하고, 나 먼저 간다.”

그렇게 벨쥬브마저 조작실을 나가자 위즈는 빠르게 자료들을 정리하고 자기도 휴실을 취할 준비를 마쳤다.

그렇게 수많은 일이 있었던 긴 하루가 끝났다.

그들은 몰랐다.

이제 막 모험이 시작된 것이라는 것을.

CHAPTER 08
비명

길었던 하루가 지나고 모래의 호수에도 어느새 날이 밝아 왔다.

밤새 애트란과 그 안의 탑승자를 지키기 위해 경계를 서던 미기는 이 행성의 첫 번째 일출을 맞이하며 다시 하루가 시작되었음을 알릴 준비를 했다.

"꺄아아악!! 이것 놔!!"

그런데 그런 미기의 임무를 방해하듯 애트란의 고급 간부 거주 구역에서 찢어지는 듯한 비명이 울려 퍼졌다.

그것은 현재 애트란의 소속 인원이 낼 수 없는 높은 옥타브의 비명이었다.

항상 상큼한 미기의 목소리로 아침을 맞이했던 애트란은 처음으로 비명 소리와 함께 하루를 시작했다.

어젯밤 페이린은 커다란 거울이 한쪽 벽을 차지하고 있는 방에서 이상한 남자의 손짓에 맞춰 단어를 말했다.

그녀는 이런 행동을 하는 이유를 몰랐지만 그녀가 할 수 있는 것은 없었기에 그저 시키는 대로 할 수밖에 없었다.

그렇게 얼마의 시간이 지나자 자신의 앞에서 이상한 단어를 말하던 그가 자기를 따라오라는 손짓을 하며 밖으로 나갔다.

그녀는 드디어 드래곤님을 만날 수 있다고 생각했다. 지금까지의 일은 아마도 드래곤님을 만나기 위한 의식이나 준비 단계인 것이라고 추측한 것이다.

방에서 빠져나오자 기다란 통로가 그녀를 맞이했다. 그 끝이 보이지 않을 정도로 곧게 뻗어 있는 통로는 마치 대낮처럼 밝았다.

분명히 여기는 동굴일 텐데 이렇게 긴 통로가 있다니, 거기다 그 통로를 대낮처럼 밝히다니 역시 드래곤님의 레어는 뭐가 달라도 다르다고 혼자 감탄하는 그녀였다.

그녀는 자기 앞에서 걸어가며 인도하고 있는 남자는 아마 드래곤님의 또 다른 하인일 거라고 추측했다.

"앗! 미안해요."

그렇게 혼자만의 생각에 빠져 걷던 그녀는 자기를 인도하던 남자가 멈춰 선 것을 모르고 그만 부딪치고 말았다.

페이린은 고개 숙여 사과했고, 그 남자의 눈치를 살폈다. 그 남자가 만약 드래곤님의 하인이라면 자기보다 선배일 것이고 잘 보여야 한다는 생각이 문득 든 것이다.

하지만 그 남자는 그런 것쯤은 전혀 개의치 않는 것처럼 보였다. 아니, 자기를 바라보는 눈빛에서 호감 같은 것이 느껴지기까지 했다.

그 남자는 자신의 사과를 받아들였는지 밀없이 씩 웃고는 옆에 있는 벽을 손가락으로 몇 번 두드렸다. 그러자 벽이 스르륵 옆으로 열렸다.

"우와!"

문고리도 없는 밋밋한 벽이 손가락으로 몇 번 두드리자 저절로 열리는 모습은 무척이나 신기하여 자기도 모르게 감탄했다.

그런 그녀를 바라보는 남자의 시선이 느껴졌지만 그녀는 신경 쓰지 않았다. 문이 열리며 나타난 공간이 그녀의 온 신경을 빼앗았기 때문이다.

그 방은 자기가 쓰던 방의 다섯 배는 되는 커다란 방이었다.

한쪽에는 눈처럼 하얀 시트가 씌워진, 세 명은 충분히 누울 수 있는 커다란 침대가 있었고, 맞은편에는 옅은 핑크빛의 기다란 소파도 있었다.

침대에게는 미안하지만 페이린은 무척 푹신해 보이는 그 소파가 훨씬 마음에 들었다.

비록 그것이 자기 것이 아니라 할지라도 말이다.

그 외에도 테이블과 의자, 서랍장 같은 것이 놓여 있었고 그 주위에는 용도를 알 수 없는 이상한 물건들이 놓여 있었다.

마지막으로 침대나 놓여 있는 반대쪽 벽에는 뿌옇게 흐려서 안을 볼 수 없는 유리 벽 같은 것이 서 있었는데, 그 안에는 더 신기한 것이 있을 것만 같아 그녀의 호기심을 자극했다.

그렇게 호기심 어린 눈으로 방의 이곳저곳을 구경하는 페이린의 어깨를 옆에서 지켜보던 남자가 살짝 두드렸다.

넋을 놓고 방을 구경하던 페이린은 약간 무안했지만 그것을 애써 감추며 그를 올려다봤다.

그러자 그 남자는 침대를 가리키고는 양 손바닥을 마주하고 얼굴 옆에 가져다 댔다. 그리고 눈을 감고 편안한 표정을 지었다.

페이린도 이제는 그 남자의 몸짓에 익숙해져 그것이 무슨 뜻인지 금방 파악할 수 있었다.

그리고 이것으로 그녀는 확신할 수 있었다. 저 남자는 드래곤님이 아니라는 것을.

아마 드래곤님은 어디 바쁜 일이 있어서 나가셨고, 저 남자는 자기처럼 어느 다른 마을에서 보내어진 남자라고 생각했다.

페이린이 침대를 향해 걸어가자 그 남자는 말없이 문을 닫았다. 페이린은 고맙다는 말을 하지 못한 것이 못내 마음에 걸렸지만 그 말은 좀 더 대화가 가능하게 되었을 때 하기로 했다.

그렇게 마음을 편하게 먹은 그녀는 커다란 침대에 몸을 던졌다.

침대는 짚과 여러 가지 마른풀로 속을 채운 자신의 것과는 비교도 안 되게 푹신하고 부드러웠으며 탄력도 있었다. 몸을 일으켜 침대를 마구 뛰었으면 하는 생각이 무럭무럭 자라날 정도였다. 거기다 침대 아래에 꽃이라도 숨겨져 있는지 무척 좋은 향기가 났다.

"아웅. 씻지도 못했는데. 그리고 좀 편한 옷은 없나?"

혼자 널찍한 방에 있으니 긴장이 풀렸는지 평소의 말투로 돌아와 불평하는 그녀였다.

그녀는 낮에 산을 오르느라 땀을 흘렸기에 몸을 씻고 싶었다. 그리고 보기에는 예쁘지만 너무나 불편한 드레스도 벗어버리고 싶었다.

하지만 이 방에는 씻을 수 있는 물도, 갈아입을 옷도 없었다. 그렇다고 밖으로 나가 찾아보려니 엄두도 나지 않았다.

"아, 드래곤님은 언제쯤 만날 수 있을까? 우리 마을 잘 지켜달라고 부탁드려야 되는데. 힝."

정신없는 하루였지만 그래도 자신의 임무는 잊지 않은 페이린이었다.

"아잉! 몰라, 몰라. 언젠간 만날 수 있겠지."

그렇게 침대 위에서 뒹굴던 페이린은 자기도 모르게 스르륵 잠이 들었다. 낮에도 낮잠을 자고 비록 타의였지만 조금 전까지 기절해 있었기에 다시 잠이 올까 싶었는데, 오늘 하루 살아오면서 평생 느꼈던 긴장보다 더 많은 긴장을 했기에 많이 피곤한 상태였었다.

얼마나 시간이 흘렀을까.

페이린은 문이 열리는 소리에 잠에서 깨었다.

그다지 큰 소리도 아니었는데 이상하게 잠에서 깨어진 것이다. 낮에 잠을 많이 잔 것도 하나의 이유가 되었지만 페이린 자신도 모르게 여전히 드래곤 레어라는 낯선 공간에 대한 긴장이 풀리지 않았던 것이다.

페이린은 잠에서 깨자마자 몸을 일으키고는 옷매무새를 고쳤다. 그리고 고개를 돌려 문소리가 난 방향을 바라보았다. 거기에는 누군가가 가만히 서 있었다.

잠에서 덜 깬 페이린은 그 사람이 어제 만났던 그 남자인

줄 알았다. 아마 드래곤님이 돌아오셨거나, 아니면 아직 못다
한 의식이 있어 그녀를 데리러 온 것이라 생각했다.

그런데 한 걸음씩 천천히 다가오는 사람은 어제의 그 남자
가 아니었다.

어제의 남자는 비록 잘생기지는 않았지만 편안해 보이는
인상을 가진 남자였다. 무엇보다 어제의 그 남자와 눈앞의 남
자의 차이점은 머리카락이었다.

어제 보았던 남자는 길지는 않지만 단정하게 정리된 푸른
색의 머리카락을 가지고 있었는데 이 남자는 머리카락 한 올
없는 반짝이는 머리였다.

어느새 한 발자국 앞까지 다가온 남자는 가까이하기 싫은
음흉한 기운을 뿜어내고 있었다. 거기다 붉게 물든 두 눈은
너무나 징그러웠다.

"누, 누구세요?"

페이린은 두려움을 꾹 참고 조심스럽게 물었다. 그냥 무작
정 도망치고 싶었지만 그녀의 상황이 그것을 허락하지 않았
다. 그녀는 눈앞의 남자가 가진 색욕이 가득한 눈빛을 한 번
도 받아본 적이 없었다.

하지만 본능적으로 이자가 무엇을 하려 하는지 알 수 있
었다.

"크흐흐흐흐."

그 남자는 그녀의 떨리는 목소리를 듣고는 소름끼치는 웃

음소리로 대답을 대신했다.

페이린은 무의식적으로 그자를 피해 침대 위에서 뒤로 물러났다. 무척이나 넓은 침대였는데도 그를 피해 물러나기에는 너무나 좁게 느껴졌다.

페이린과 그 남자와의 거리를 벌려주기 위해 노력하던 침대도 더 이상 어떻게 할 수 없었다. 결국 침대에는 더 이상 물러날 곳이 없어진 것이다.

페이린은 부질없는 짓이라는 것을 알았지만 이불을 끌어안으며 몸을 숨기려 했다. 그 이불은 그녀의 최후의 방어막이 되었다.

그때 그 눈앞에 있던 남자가 갑자기 사라졌다.

페이린은 이것이 꿈인지 생시인지 분간을 할 수 없었다. 하지만 그것이 꿈인지 생시인지는 상관없었다. 어쨌든 눈앞에서 음흉한 기운을 흘리던 남자가 사라졌기에 그녀는 안심할 수 있었다.

"휴."

그렇게 안도의 한숨을 내쉬는 순간 누군가가 무언가 뜨거운 것이 어깨에서 느껴졌다.

깜짝 놀란 그녀가 고개를 돌리자 그 남자가 어느새 자신의 뒤에 서서 조금 전과는 비교도 안 되게 붉게 물든 눈동자를 빛내고 있었다.

어느새 어깨에 있던 그의 손은 자신의 팔을 꽉 붙들고 있었다.

그 순간 페이린은 그 손에서 느껴지는 강한 힘과 기분 나쁜 느낌으로부터 결코 도망칠 수 없다는 생각이 들었다.

"꺄아아악!! 이것 놔!!"

하지만 그런 생각과는 반대로 페이린은 자신이 낼 수 있는 가장 큰 소리로 비명을 질렀다. 그리고 붙잡힌 팔을 뿌리치기 위해 몸부림쳤다.

페이린은 자신의 팔을 붙잡고 뜨거운 숨을 뿜어내고 있는 남자가 설혹 드래곤님이라도 도저히 참을 수 없었다.

드래곤님이 무엇을 원하고 무엇을 시키든 반드시 따라야 한다는 마을 장로의 당부는 어느새 그녀의 머리에서 사라지고 없었다.

붙잡힌 팔을 빼내기 위해 격렬하게 몸부림쳤지만 그녀 혼자의 힘으로는 도저히 그의 손을 뿌리칠 수 없었다. 그녀는 별다른 힘이 없는 평범한 소녀인 것이다.

"흐흑! 누, 누가 좀 도와주세요!!"

결국 그녀는 울먹이며 도움을 구해 소리쳤다.

이것은 그녀가 혼자 마른 우물에 빠졌을 때와는 또 다른 공포였다. 이런 공포를 이겨내기에는 그녀는 너무나 여렸다.

하지만 이곳은 애트란의 빈방 중의 하나였고, 그때처럼 그녀를 도와줄 사람은 한 명도 없었다.

어느 틈에 그 남자는 그녀의 코앞까지 다가와 있었다. 그 남자가 뿜어내는 뜨겁고 끈적끈적한 숨결이 얼굴을 덮자 그녀는 그녀가 할 수 있는 최선의 방법을 실행했다. 두 눈을 질끈 감은 것이다.

그리고 습관적으로 위기의 상황이면 언제나 그녀를 구해주던 한 사람을 목 놓아 찾았다.

"언니!!"

"지금 이게 무슨 짓입니까!!"

그때, 비록 항상 자신을 구해주던 상냥한 언니의 목소리는 아니었지만 누군가의 커다란 목소리가 들렸다.

그러자 자신을 향해 다가오던 뜨거운 숨결과 자신의 허리를 감아오던 음흉한 손길이 갑자기 사라졌다.

페이린은 그 커다란 소리가 무슨 뜻인지는 몰랐지만, 그것에 용기를 내어 질끈 감았던 눈을 떠 목소리가 들려온 곳을 바라보았다.

거기에는 또다시 새로운 남자가 문을 열고 무시무시한 얼굴을 하고 서있었다.

그는 바로 케니안이었다.

심문실에서 나와 자신의 방으로 돌아온 벨쥬브는 잠을 이룰 수가 없었다.

정신없이 벌어지는 사건 때문에 미처 생각하지 못했지만, 이제 방으로 돌아와 쉬려고 하니 너무나 큰 배신감이 파도처럼 밀려왔기 때문이다. 더럽고 어려운 일만 시키며 개처럼 부려먹고는 이렇게 함께 폐기처분하다니, 그는 너무나 억울했다.

방으로 돌아온 후 몇 시간 동안 잠을 못 이루고 침대에서 뒤척이던 그는 갑자기 벌떡 일어났다. 도저히 이 상태로는 잠을 잘 수가 없을 것 같았다. 이 울분을 풀 대상이 필요했다.

보통 사람은 이렇게 억울하고 화가 날 때 술을 마시거나 친구나 가족에게 넋두리를 늘어놓는 것으로 풀었다. 그것도 아니면 아무하고나 싸워서 실컷 두들겨 패든 두들겨 맞든 그렇게 울분을 달래었다.

하지만 벨쥬브는 달랐다.

그는 단순히 아무하고나 싸우는 것이 아니라 불특정한 대상을 죽이는 것으로 울분을 풀었다. 자신의 손에 의해 죽임을 당하는 대상의 다양한 눈빛, 힘없이 허물어지는 하나의 생명, 이런 것들이 그를 짜릿하게 만들었다.

그것도 아니면 기가스를 이용한 심각한 파괴 행위를 함으로써 울분을 풀었다.

그가 있었던 곳은 대부분 전장이었기 때문이다.

벨쥬브는 그런 그의 방식대로 가장 먼저 죽일 대상을 생각했다.

그의 데스 노트에서 제1순위는 당연히 케니안이었다. 자기가 이런 꼴을 당하고 있는 가장 큰 원인은 케니안이었기 때문이다.

하지만 그는 너무나 강했다. 자칫하다간 자신이 당할 수도 있었다. 물론 전공을 살린다면 그를 죽일 수도 있을 것이다.

그러나 그를 죽인 뒤에는 또 다른 문제가 생길 수 있었다.

만약 오늘 낮에 전투를 치렀던 UHO-12와 같은 생명체가 또 존재한다면 그의 힘으로는 도저히 물리칠 수 없었다. 그럼 이 이름 모를 행성에서 꼼짝없이 죽게 되는 것이다.

단순히 울분을 풀기 위한 것치고는 너무나 큰 위험을 감수해야 했고, 만약 성공한다 하더라도 또 다른 위험이 내포되어 있는 것이다.

그 밖에 다른 부관들도 이 행성을 탈출해 돌아가기 위해서는 필요한 존재들이었다.

위즈는 위기 상황을 타파할 뛰어난 머리를 가졌고 가레모는 도움이 되는 힘을 가졌다. 키아스가 제일 만만하고 평소에도 눈엣가시 같은 놈이었지만 애트란에 대해 가장 많은 지식을 가지고 있었다.

이 행성을 탈출하기 위해, 고향으로 돌아가기 위해서는 애트란이 반드시 필요했고, 그런 애트란은 지금 심각한 피해를 입어 정상적인 기능을 수행할 수 없었다. 애트란을 정상적으로 돌리기 위해서는 키아스가 가진 지식이 꼭 필요했다.

그렇게 하나씩 대상을 물색하는 그의 머릿속에 오늘 사로잡은 페이린의 얼굴이 떠올랐다.

페이린의 그 순수한 얼굴과 눈빛을 생각하자 그는 갑자기 기분이 좋아졌다. 누구를 죽이거나 파괴 행위를 하는 것보다 훨씬 더 좋은 방법이 떠올랐기 때문이다.

물론 그것도 누군가를 파괴하는 행위이겠지만, 그 대상의 입장 같은 것을 생각할 그가 아니었다.

페이린은 아직 좀 어려 보였지만 여자로서의 매력은 충분했다. 특히 그 순수한 얼굴이 고통으로 찡그려지고, 그 순순한 눈빛이 공포와 절망으로 물들어갈 것을 상상하니 벌써부터 흥분되었다.

벨쥬브는 차오르는 울분과 그것을 풀 방법에 대한 흥분으로 붉게 충혈된 눈을 희번덕거리며 페이린을 찾아나섰다.

분명 위즈는 자신들 근처의 방에 가둬놓는다고 했다. 그렇다면 그것은 고급 간부 거주 구역의 어느 빈방일 것이다.

비록 애트란은 무척 넓고 많은 방이 있었지만 이것으로 그 대상을 크게 좁힐 수 있었다. 애트란의 부관들이 머무르고 지금은 페이린이 갇혀 있는 고급 간부 거주 구역은 그리 넓지 않았다.

어느새 날이 밝아오고 있었지만 이미 시간관념 따위는 잃어버린 지 오래인 그였다.

그만큼 배신감에 따른 울분이 머릿속을 가득 채웠고, 그것을 풀기 위한 대상, 즉 페이린을 찾기 위해 몰두한 것이다.

하나씩 고급 간부 거주 구역의 빈방을 뒤지던 그는 마침내 페이린이 있는 방을 찾았다. 그녀는 침대에 누워 곤히 잠들어 있었다.

"크흐흐흐."

벨쥬브는 자신도 모르게 음흉함과 만족감이 내포된 웃음을 흘렸다. 붉은 눈빛을 뿜어내며 그런 웃음을 흘리는 그의 모습은 며칠을 굶은 맹수의 그것처럼 섬뜩하기까지 했다.

그의 웃음소리를 들었는지, 아니면 자신도 주체할 수 없는 음흉한 기운을 느꼈는지 잠들어 있던 페이린이 눈을 떴다. 아무것도 모르는 듯한 그녀의 그 순수한 눈빛이 더욱 그의 음심을 자극했다.

벨쥬브는 급할 것 없다는 듯 천천히 그녀에게 다가갔다.

이 순간을 최대한 천천히 즐기고 싶은 그였다.

전날 많은 일을 겪은 케니안이었지만 날이 밝아오자 저절로 눈이 떠졌다. 그의 오랜 습관이 작용한 것이었다. 그것은 낯선 행성에서의 첫 번째 날이라는 것은 전혀 상관하지 않았다.

케니안은 누구나 가지고 있는 침대에 조금이라도 더 머물고 싶은 욕구가 없는지 눈을 뜨자마자 침대를 벗어나 샤워 부스로 향했다.

그가 있는 곳은 애트란의 사령관 전용 침실로 다른 고급 간부들의 방과 달리 몇 개의 방을 더 가지고 있었다. 거기다 남자들의 로망 중의 하나인 멋들어진 바까지 갖추어져 있어 마치 작은 별장 같았다.

하지만 돼지 목에 진주 목걸이라는 말이 딱 들어맞는 장소를 찾는 사람이 있다면 소개해 주고 싶은 그런 방이었다.

그의 성격을 나타내는 듯 너무나 휑했기 때문이다.

남자들이라면 으레 관심을 가지는 그 흔한 술병 하나 바에 비치되어 있지 않았고, 딸려 있는 다른 방들은 다 텅텅 비어 있었다. 가장 작은 방에 정복과 평상복 몇 벌 걸려 있는 것이 다였다.

샤워를 마친 그는 가장 작은 방으로 가 널찍한 옷장에 몇 개 있지 않은 정복 중 하나를 골라 입고 거울을 보며 옷매무새를 다듬었다.

흠잡을 곳 없는 거울의 자신의 모습을 점검한 그는 곧장 방을 나서 브릿지로 향했다.

그는 아직도 보고받아야 할 것이 너무나 많았다.

어제는 페이린이라는 그 이상한 생명체를 볼 때마다 발생하는 자신의 신체에 대한 변화 때문에 다른 중요한 사항들을 보고받지 못했다.

애트란의 상태를 비롯해 이 행성이 속한 성계에 관한 정보, 그리고 UHO-12의 대한 분석과 정보 등 아직도 시급히 처리해야 하는 문제들이 산재해 있었다.

하지만 그런 것보다 더욱 케니안의 발걸음을 빠르게 만드는 것은 자신의 검진 결과에 대한 궁금증이었다. 그는 어제 처음 겪은 가슴의 두근거림과 머리의 고통에 대한 원인을 최대한 빨리 밝혀내고 싶었다.

그것은 생존에 대한 욕구가 아니라 자신은 항상 최상의 몸 상태를 유지해 최고의 전투력을 가지고 있어야 한다는 의무감 때문이었다.

그는 어떤 상황에서도 최고의 전투력을 유지해야 한다는 강박관념이 뿌리 깊게 박혀 있었기에 설혹 부상을 당하거나 신체에 이상이 발생하면 빠르게 그 원인을 제거하고 치료를 해야 했다.

전쟁 중에는 자신의 건강을 전담하는 의료팀이 구성되어 있었지만 전쟁이 끝나고 훈장 수여식을 준비하는 과정에서 그 의료팀은 해체되었다.

그렇게 빨라지는 발걸음은 의식하지 못한 채로 브릿지로 향하던 케니안은 애트란에서 한 번도 들어본 적이 없는 높은 옥타브의 목소리를 들었다. 보통 때라면 들을 수 없었을 만큼 작은 소리였지만, 현재 애트란에 있는 사람은 그를 포함해 여섯 명뿐이었기에 무척이나 고요한 상태였다. 그리고 S급 마나 휴먼인 케니안의 감각이 무척이나 발달해 있었기에 가능한 것이었다.

케니안은 그 목소리가 무슨 뜻인지 정확히는 몰랐지만, 그것이 다급함을 나타내고 있다는 것은 느낄 수 있었다. 그리고 그 목소리의 주인공이 누구인지도 추측할 수 있었다.

목소리에서 느껴지는 다급함과 그 주인공의 얼굴이 떠오르자 자기도 모르게 몸이 반응했고, 어느새 목소리가 흘러나온 방 앞에 도착했다.

방 앞에 도착한 그의 귀로 그 뜻은 알 수 없지만 가득한 절박함이 느껴지는 목소리가 빨려들어 왔다.

케니안은 지체없이 방문을 열었다. 열린 방문으로 음흉한 기운을 뿜어내는 벨쥬브가 페이린을 위에서 누르고 있는 모습이 펼쳐졌다.

그 광경에 그는 무언가 뜨거운 것이 가슴속에서 치밀어 오르는 것을 느꼈다. 그것은 어제의 두근거림과는 완전히 다른, 정체를 알 수 없는 그런 것이었다.

"지금 이게 무슨 짓입니까!!"

케니안의 고함이 애트란 전체를 쩌렁쩌렁 울렸다.

그는 자기가 그렇게 큰 소리를 낼 수 있다는 사실을 오늘에야 알았다.

하지만 그는 그런 사실을 발견했다는 기쁨은 전혀 느끼지 못하는 듯했다. 가슴속에 치밀어 오르던 알 수 없는 뜨거운 기운이 가슴을 가득 채운 것으로 모자라 머리끝까지 치솟았기 때문이다.

그 기운을 감당하지 못한 케니안은 자기도 모르게 전신에서 무시무시한 마나를 뿜어내기 시작했고, 곧바로 시커먼 마나가 흘러나와 그를 감쌌다.

"무슨 일입니까, 사령관님?"

브릿지로 향하던 위즈와 키아스가 갑자기 들려온 비명 소리와 케니안의 고함에 이끌려 달려왔다.

위즈는 조금 멀찍이 떨어져 섰고 키아스는 곧장 케니안의 옆으로 다가가 방 안을 살펴보았다. 그는 A급 마나 휴먼이라서 케니안의 기운에 어느 정도 대처할 수 있었고, 무엇보다 케니안이 왜 이렇게 화가 나 있는지 궁금했다.

케니안이 바라보고 있는 방 안에는 벨쥬브가 붉게 충혈된 눈으로 케니안을 노려보고 있었다.

그리고 방에 갇혀 있던 페이린은 그런 벨쥬브를 피해 방구석에서 몸을 웅크리고 있었다.

비록 그녀의 옷이 찢기거나 머리가 헝클어져 있지는 않았지만 어떻게 된 것인지 그 상황을 충분히 유추할 수 있었다. 그도 조금 전까지 이런 생각을 한 남자였기 때문이다.

그래도 자신의 추측만으로 이 사태를 풀 수는 없었기에 키아스는 이 어색한 상황을 어떻게 풀어야 할지 고민했다.

케니안은 키아스의 물음에도 아무런 대답을 하지 않고 계속 벨쥬브를 노려보았다. 만약 벨쥬브가 다른 행동을 보인다면 즉각 공격할 태세였다.

하지만 그런 겉모습과 달리 케니안은 자신도 자기가 왜 이렇게 흥분하는지 알 수 없어 혼란스러운 상태였다. 자꾸 가슴

에서 뭔가가 울컥울컥 하면서 벨쥬브를 공격하고 싶다는 욕
망이 솟아올랐지만 꾹꾹 눌러 참고 있었다.

정체를 모르는 이상 현상 때문에 상당한 전력인 벨쥬브를
공격할 수 없다는 이성이 그를 막고 있는 것이었다.

"사령관님?"

자신의 물음에 아무런 대답이 없는 케니안을 보고 키아스
는 다시 한 번 조심스럽게 물었다.

"무슨 일인지는… 벨쥬브 부관이 더 잘 알 것입니다. 그에
게 물어보십시오."

케니안은 아까의 그 커다란 고함이 무색하게 어느새 평소
처럼 조용하고 차분하게 말하고 있었다. 하지만 그의 목소리
는 완전히 가시지 않은 흥분으로 조금 떨리고 있었다.

케니안이 이토록 흥분해 있는 모습을 처음 본 키아스는 그
에게서 대답을 구하기는 어렵다고 생각했다. 그래서 케니안
에게 다시 한 번 물어보는 대신 그가 노려보고 있는 벨쥬브를
바라보며 물었다.

"도대체 무슨 일이야?"

"훗. 참, 어이가 없군."

키아스의 물음에 벨쥬브는 헛웃음을 터뜨리며 기가 찬다
는 듯이 말했다.

"무슨 일인지 흥분을 가라앉히고 자세히 말해봐."

키아스는 여자 포로가 있는 방에 벨쥬브가 들어와 있고, 포

로는 방구석에서 온몸을 감싸고 주저앉아 있는 모습에서 어떻게 된 것인지 예상할 수 있었다.

하지만 그가 예상하는 것과 직접 이야기를 듣는 것과는 커다란 차이가 있었기에 확인이 필요했다.

"꼭 말을 해야 아나? 뻔한 거지."

그리고 벨쥬브는 그의 예상이 틀리지 않았다는 것을 확인해 주었다.

키아스는 의아했다. 이런 상황은 전쟁 통에서 발생할 수 있는 상황이었다. 여자 포로를 범하는, 그런 상황 말이다.

비록 외계 생명체와 전쟁을 치르느라 자신이 군인으로 복무하는 동안 한 번도 이런 일은 없었지만 과거 은하연합이 통일 전쟁을 벌였을 때 이런 일은 비일비재했다는 것을 배웠다.

물론 공식적으로는 포로 협정에 의해 포로 간의 학대나 학살, 성폭행 등 인권을 해치는 행위를 금지하고 있었지만, 그런 글에 불과한 협약이 전쟁으로 피폐해져 있는 인간들에게 효력을 발휘할 것이라고는 협약을 맺은 당사자들도 믿지 않았다.

말 그대로 눈 가리고 아웅 하는 격이었다.

하지만 키아스는 그런 사실보다 이런 일로 케니안이 흥분한다는 것을 이해할 수 없었다.

그가 아는 케니안은 목석처럼 아무런 감정 없이 오직 전투에 미쳐 있는 그런 사람이었다. 부하들이 포로를 겁탈하든 고문하든 전투력만 유지한다면 아무런 관심도 없어야 했다.

그런 그가 갑자기 포로의 인권을 존중해 벨쥬브를 대적 대하듯 하는 것처럼 노려보며 분노를 표출하는 것이 도저히 이해가 안 되었기에 다시 한 번 케니안에게 물었다.

"저… 사령관님, 무엇 때문에 그러십니까?"

"키아스 부사령관님은 이것이 아무것도 아닌 일이라는 것입니까?"

영문을 모르겠다는 표정으로 자신에게 질문하는 키아스를 보고 케니안이 되물었다. 그의 미간은 그도 모르게 잔뜩 주름져 있었다.

"그… 그게… 잘한 짓은 아니시만……."

무시무시한 표정으로 자신을 바라보며 묻는 케니안을 보고 말을 더듬는 키아스였다.

원래 표정이 없는 케니안이었기에 미간을 찡그리는 것만으로도 매우 무섭게 느껴졌다. 거기다 여기서 말 한마디 잘못하면 벨쥬브를 향해 있는 그의 분노가 자신에게 쏟아질 것 같아 다른 대답을 하지 못하고 얼버무렸다.

"사령관님, 저 여자는 단순한 포로 그 이상도 이하도 아닙니다. 물론 벨쥬브가 잘못하기는 했지만 그것이 커다란 잘못은 아니라고 생각합니다."

케니안의 되물음에 대답을 못하고 곤경에 처해 있는 키아스를 위즈가 구해주었다.

위즈는 오고 가는 그들의 대화로 상황을 이해할 수 있었다. 그리고 무시무시하게 뿜어져 나오던 케니안의 기세가 어느 정도 줄어 있었기에 조금 가까이 다가와 의견을 제시한 것이었다.

위즈는 포로의 소중함을 충분히 알고 있었다. 그녀는 현재 이 행성에 대한 단 하나의 정보원이었다. 그녀로부터 알아내야 할 것은 너무나 많았다.

하지만 겨우 여자 포로 하나 때문에 강력한 전력이자 오랫동안 무수한 전투를 함께 치러온 전우라 할 수 있는 벨쥬브를 이렇게 추궁한다는 것은 너무나 심하다고 생각했다.

"……"

키아스에 이어 위즈마저 자신의 생각과 반대되는 의견을 내어놓자 케니안은 아무 말도 할 수 없었다. 거기다 자기 자신도 이해할 수 없는 이 상황에서 더 이상 벨쥬브를 추궁하는 것은 할 수 없었다.

하지만 이런 상황에서도 벨쥬브가 그의 생각대로 페이린을 다루게 하는 것은 도저히 허락할 수 없었다.

"앞으로 페이린이라는 저 포로는 제 방에 가둬두겠습니다."

결국 그는 그가 가장 효율적이라는 명령을 내렸다. 바로 페이린을 자신의 방에 가둬두겠다는 폭탄 발언을 한 것이다.

"네?"

"사, 사령관님?"

케니안의 폭탄 발언에 위즈와 키아스는 너무나 당황했다. 포로를 사령관의 방에 가둔다니. 그것은 아무리 포로가 힘이 없고 약한 여자라도 결코 납득할 수 없는 것이었다.

지금은 힘이 없어 보이지만 그녀가 언제 어떻게 변할지 알 수 없었고, 사령관이 잠들었을 때 커다란 위험이 될 수도 있었기 때문이다.

아니, 이런저런 이유를 댈 것도 없이 그것은 절대로 납득할 수 없는 것이었다.

그렇게 위즈와 키아스가 케니안의 황당한 말에 황당해 아무런 대답을 하지 못하고 있을 때 벨쥬브가 툭 내뱉었다.

"왜, 네가 먼저 가지고 싶은 거야?"

"벨쥬브!!"

벨쥬브의 말에 키아스가 그를 노려보았다. 어서 상황을 정리하고 일상으로 돌아가야 하는데 벨쥬브는 오히려 사태를 더 복잡하게 만들고 있었기 때문이다.

하지만 그런 키아스의 생각과 달리 벨쥬브는 어느새 냉정을 되찾아 있었다.

머리끝까지 치솟았던 배신감과 그에 따른 분노, 그리고 그것을 해소하기 위한 음욕은 이미 그의 머릿속에서 사라진 지 오래였다.

오히려 그의 머릿속에는 케니안에 대한 의구심이 가득 차 있었다.

　자신이 알기로는 케니안은 성적인 욕구가 없어야 했다. 이렇게 나서서 자신을 막을 이유가 전혀 없는 것이다.

　그래서 그는 케니안을 도발해 그가 어떤 반응을 보이는지, 도대체 왜 이런 행동을 하는 것인지 그 이유를 확인하고 싶었다.

　"……."

　하지만 케니안은 묵묵부답이었다. 벨쥬브의 건방진 말투와 자극적인 단어에도 아무런 반응을 보이지 않았다.

　"내가 정곡을 찔렀나 보군. 킥. 사령관님도 이런 것에 관심이 있는 줄 몰랐는데?"

　벨쥬브는 아무런 대답도, 표정 변화도 없는 케니안을 계속해서 도발했다.

　이번 기회에 케니안의 상태를 확인하고자 하는 그였다.

　"이것은 명령입니다. 명령 불복종 시 군법에 따라 처리하겠습니다."

　그런 벨쥬브의 의도를 아는지 모르는지 케니안은 벨쥬브의 도발을 무시하고 강경한 말투로 자기가 할 말만 했다. 그리고 다시 한 번 벨쥬브를 노려보고는 몸을 돌려 브릿지로 향했다.

　"……."

　끝까지 케니안을 도발하려던 벨쥬브는 자신을 노려보고

돌아서는 케니안을 향해 아무런 말도 못했다. 더 이상 말을 잘못했다가는 목숨이 위태로울 것 같았기 때문이다. 그만큼 그를 노려보는 케니안의 눈빛은 무척이나 날카로웠다.

벨쥬브는 이렇게 정면 승부로는 승산이 없다는 것을 전에 경험했기에 잘 알고 있었다.

"에이, 좋다 말았네. 이젠 줘도 싫다. 쳇!"

결국 체념의 소리를 늘어놓으며 그는 방을 나서서 브릿지로 향했다.

오늘은 중요한 정보들이 보고될 것이기 때문에 이런 일로 그런 정보를 놓칠 수는 없었다.

케니안의 검진 결과를 포함해서 말이다.

그렇게 사건의 발단이 되었던 둘이 방을 떠나자 위즈와 키아스만 덩그러니 남게 되었다. 방의 구석에서 몸을 웅크린 채 떨고 있는 페이린과 함께.

"……."

"……."

위즈와 키아스는 강경한 케니안의 말투에 아무런 이의도 제기하지 못했다.

그리고 이제는 이의를 제기할 사람은 사라지고 없었고, 문제를 일으킨 대상도 없었다. 그들은 어떻게 해야 할지 몰라 꿀 먹은 벙어리처럼 한참을 가만히 있었다.

　　명령을 따라 포로를 사령관님의 방에 가둘 수도 없었고, 서슬 퍼런 사령관님의 명령을 거역할 수도 없었기 때문이다.

　　"야, 네가 안면이 있으니 네가 사령관님 방에 가둬둬. 거기 빈방이 몇 개 있으니 아무 데나 가둬두면 될 거야."

　　얼마의 시간이 흐르고 먼저 정신을 차린 위즈가 재빨리 키아스에게 말했다.

　　그는 이런 곤란한 상황을 키아스에게 떠넘기고 어서 빨리 벗어나고 싶었다.

　　"뭐? 왜 내가 해야 돼!!"

　　위즈의 말에 깜짝 놀란 키아스가 고개를 돌리며 소리쳤다.

　　하지만 위즈는 그 자리에 없었다. 이미 몸을 돌려 브릿지로 빠르게 걸어가고 있는 위즈였다.

　　"말했잖아. 네가 안면이 있으니 이런 일을 겪은 저 여자도 너라면 조금 안심할 거고, 거기다 난 오늘 보고해야 될 게 많아서 이만!"

　　멍하니 서서 자신을 바라보는 키아스를 향해 위즈가 소리쳤다.

　　그리고 키아스가 뭐라고 대꾸하기도 전에 전력을 다해 달리기 시작했다.

　　"……"

　　그렇게 사라지는 위즈를 보며 키아스는 아무런 말을 할 수 없었다. 위즈의 말이 일견 타당하기도 했고, 이미 달리기 시작한 위즈를 뒤쫓아 가는 것도 내키지 않았다.

"휴."

키아스는 결국 고개를 푹 숙이고는 크게 한숨을 내쉬었다. 그리고 아직까지도 방구석에 웅크리고 있는 페이린을 향해 천천히 다가갔다.

자신이 다가가자 페이린의 떨림이 더 심해졌다. 그는 부들부들 떨고 있는 페이린을 안심시키기 위해 자신의 재킷을 벗어 그녀의 어깨를 살며시 덮어주었다.

그러자 고개를 숙이고 양팔로 머리를 감싸고 있던 그녀가 천천히 고개를 들고 그를 바라보았다.

키아스는 겨우 떨림을 멈추고 고개를 들어 자신을 바라보는 그녀가 안심할 수 있도록 최대한 편안해 보이는 미소를 지었다.

그리고 어제 한 것처럼 또다시 몸짓을 시작했다.

CHAPTER 09
얻은 것과 잃은 것

활기와 따뜻함으로 가득 차 있어야 할 아침이었지만 미자의 행성에서 처음 맞은 아침은 그보다 더 차가울 수 없을 만큼 냉랭했다.

이 행성의 아침은 유달리 낮은 기온으로 시작한다거나, 애트란의 온도 조절 시스템이 고장 나서 그런 것은 아니었다.

그것은 브릿지에 먼저 도착해 있던 케니안과 벨쥬브 사이에 흐르는 냉랭한 분위기 때문이었다.

키아스에게 성가신 일을 떠맡기고 급히 브리지로 뛰어온 위즈는 브릿지의 문이 열리자마자 느껴지는 냉기에 부르르 몸을 떨며 후회에 빠져들었다.

'에이, 내가 데려다주고 천천히 올걸 그랬나.'

괜히 뒤에 남겨진 키아스가 부러워지는 그였다.

그로서는 브릿지에 흐르고 있는 이 냉랭한 분위기에서 어떻게 해야 할지 몰랐다. 그렇다고 이미 열린 문을 뒤로하고 브릿지를 빠져나오자니 그것도 너무나 뻘쭘했다.

결국 그는 별수 없이 자신의 자리를 찾아 조용히 걸어갔다.

그런데 케니안과 벨쥬브의 눈치를 살피며 자신의 자리로 찾아가던 위즈는 한 가지 이상한 점을 발견했다. 그 누구보다 부지런한 가레모가 눈에 띄지 않는 것이다. 가레모가 이렇게 늦게까지 브릿지에 도착하지 않은 것은 처음 있는 일이었다.

그러고 보니 애트란을 울렸던 아침의 그 소동에도 가레모는 나타나지 않았다. 가레모가 자신의 방에서 휴식을 취하고 있었다면 반드시 알아차렸을 그런 소동이었음에도 말이다.

"미기, 가레모 부관은 어디 있지?"

위즈는 숨 막힐 듯한 분위기도 바꿀 겸 큰 소리로 미기를 부르고 가레모의 위치를 물었다.

미기는 애트란 내부에 존재하는 모든 인간의 위치를 파악할 수 있었다. 그것은 사령관인 케니안이라도 예외가 아니었다.

이것은 첫째로 혹시나 있을지 모를 불순분자들을 색출하기 위함이었고, 둘째로 상주 인원이 4만 명에 육박하는 커다란 애트란에서 누가 어디에 있는지 파악하기 위해서였다.

물론 이런 정보는 1급 기밀에 속해 일정 수준 이상의 간부가 아니라면 조회할 수 없었다.

"가레모 부관님은 현재 가상현실 구역에 계십니다."

역시나 미기는 위즈의 물음에 즉각 답을 내어놓았다.

"응? 아침부터 거기서 뭐 하는 거지? 흠."

너무나 먼 곳에서 오랫동안 전쟁을 치렀기에 가족과 친구, 애인 등을 만날 수 없어 필연적으로 외로움과 향수병에 시달리는 병사들이 생겨났다. 이런 외로움과 향수병은 병사들의 전투력과 사기를 크게 저하시키는 요인이 되었기에 이것들을 달래기 위한 방법이 필요했다. 그것이 바로 가상현실 구역이었다.

병사들은 가상현실 구역에서 자신이 가장 좋아하는 기억을 재구성해 하나의 가상현실로 만들어 그것을 경험할 수 있었다. 그 가상현실에는 그들이 보고 싶은 가족이나 친구, 애인은 물론이고 그들이 키우던 애완동물이나 식물까지도 모두 진짜처럼 구현할 수 있었다.

이것은 과거에만 국한된 것이 아니었다. 고향에서 보내오는 데이터를 바탕으로 현재 가족이나 친구, 애인이 겪고 있는 상황을 바로 옆에서 함께하는 것처럼 지켜볼 수도 있었다.

전투 훈련에만 사용되던 가상현실을 이렇게 새로운 방법으로 도입함으로써 병사들의 향수병과 외로움을 달랠 수 있었고, 이것은 심리적인 안정을 유지해 주었다.

　결과적으로 병사들의 전투력과 사기를 유지해 주는 그런 역할을 해주는 그런 장치인 것이다.

　하지만 가레모는 지금까지 단 한 번도 이 가상현실 장치를 이용한 적이 없었다.

　전쟁 고아 출신인 케니안은 그렇다 치더라도 항상 굳은 표정을 유지하고 있는 가레모는 가족이 있는 것으로 알고 있었다.

　위즈는 가상현실 장치의 이점을 잘 알고 자주 사용하는 편이었기에 가레모에게도 추천을 했었다. 하지만 가레모는 일언지하에 그것을 거부했다.

　그랬던 그였기에 가상현실 구역에 가레모가 있다는 미기의 보고를 받은 위즈는 무의식중에 의문을 나타낸 것이다.

　─가레모 부관님의 가상현실 정보는 사령관님만 열람하실 수 있습니다.

　"알아, 알아."

　무심코 머릿속 의문을 말한 것인데 미기가 그것에 대답을 하자 위즈는 조금 무안해졌다. 그는 그런 무안함을 없애려는 듯 곧바로 미기에게 명령했다.

　"그래도 호출은 할 수 있지? 이제 그만 브릿지로 오라고 해."

　─알겠습니다, 위즈 작전관님.

　가상현실을 경험하고 있는 동안에도 호출은 가능했다. 갑작스런 적의 공격이나 비상사태가 발생할 때를 대비한 것이었다.

단, 가상현실을 경험하며 격한 감정의 변화를 겪고 있는 경우를 제외하고는 말이다.

만약 가상현실에 너무 몰입해 감정의 변화가 급격한 순간 외부의 자극이 침입하면 그 당사자의 정신이 망가질 수도 있었다. 그래서 가상현실을 경험하고 있는 당사자에게 호출이나 강제 종료 같은 외부의 자극을 주는 것은 매우 조심스럽게 이루어졌다.

강제 종료는 가상현실을 경험하는 동안 사용자의 뇌파가 허용치를 넘어 불안한 상태에 빠져들면 사용자를 강제로 가상현실에서 끌어내는 것이었다.

대표적으로 두 시간 이하로 제한되어 있는 가상현실 이용 시간을 초과하거나 가상과 현실을 구분하지 못하고 스스로 빠져나오지 못하는 사용자들이 있을 때 사용되었다.

하지만 강제 종료는 후유증을 남길 수 있었기에 정말 불가피한 상황이 아니면 사용이 자제되었다.

미기에게 가레모의 호출을 부탁한 위즈는 자신의 임무, 즉 못다 한 정보의 분석과 정리를 시작했다.

자신은 지난밤 푹 쉬었지만 미기는 밤새도록 자신이 지시해 놓은 자료의 분석과 정리를 해놓았기에 그가 확인해야 할 것은 무척이나 많았다.

미기가 정리해 놓은 자료를 확인하는 그의 얼굴은 심각하게 굳어졌다가 어느 순간 서서히 펴지고 있었다.

그렇게 얼마간의 시간이 흐르자 호출을 받은 가레모가 브릿지에 도착했다. 그리고 곧이어 페이린을 케니안의 방에 가둬두러 갔던 키아스가 돌아왔다.

가레모는 브릿지에 흐르는 냉랭한 기류를 아는지 모르는지 위즈나 벨쥬브, 심지어 케니안에게도 눈길조차 주지 않고 아무 말 없이 그의 자리로 가 앉았다. 보통은 사령관인 케니안에게 꼭 경례를 붙이던 그였지만 오늘은 경례는커녕 케니안 쪽으로 고개도 돌리지 않은 것이다.

하지만 그런 그의 작은 변화에 신경 쓰는 사람은 아무도 없었다.

가레모와 달리 오늘 아침의 소동을 겪었던 키아스는 케니안과 벨쥬브 사이에 흐르고 있는 냉랭한 기운에 어떻게 대처해야 할지 몰랐다. 그는 둘 사이에 문제가 생긴다면 분명 케니안을 지지할 것이었지만 오늘 아침의 일로 둘의 관계가 나빠지길 바라지는 않았다.

어쨌든 벨쥬브도 그의 전우였고 이 이름 모를 행성에서 그가 아는 몇 안 되는 사람 중 하나였기 때문이다.

그렇게 둘의 눈치를 보던 키아스는 슬그머니 자신의 자리에 가서 앉았다. 우선은 그가 나서서 중재하기도 그렇고 먼저 말을 꺼내 분위기를 깨뜨리는 것도 왠지 망설여져서였다.

그의 망설임에는 조금만 있으면 위즈가 이것을 해결할 것
이란 기대도 작용했다.

그런 그의 기대에 부응하듯 위즈가 자리에서 일어섰다.

키아스의 기대를 한 몸에 받고 있다는 것을 알 리 없었지
만, 애트란의 현재 총원 모두가 브릿지에 모였다는 것을 알았
기에 정리된 자료들을 보고하기 위해서였다.

"크흠."

브릿지의 분위기를 쇄신하려는 듯 메인 스크린을 켜고 위
즈가 헛기침을 했다.

하지만 그의 의도와 달리 브릿지에 흐르고 있는 냉기는 사
라지지 않았다. 하긴 그의 헛기침 한 번에 사라질 냉기였다면
형성되지도 않았을 것이다.

괜히 머쓱해진 그는 컨트롤러를 조작해 메인 스크린에 애
트란의 상태를 나타내는 정보를 띄우고는 말을 이었다.

"사령관님, 우선 현재 전력에 대해 보고하겠습니다."

"보고를 시작하십시오."

위즈의 말에 케니안이 짧게 대답했다.

원래 표정이 없는 케니안이었기에 그의 기분이 어떤지는
알 수 없었지만 위즈는 애써 평소처럼 보고를 시작했다.

"현재 애트란은 하부 1차 장갑이 완파되었고, 2차 장갑의
80%, 그리고 3차 장갑의 60%가 파괴되었습니다."

애트란은 대기권 돌파 시에 받은 충격과 퓨텔의 브래스, 그

리고 지면과의 충돌로 인해 커다란 피해를 입은 상태였다.

애트란을 보호하는 세 겹으로 된 장갑 중 대기권의 마찰열과 퓨텔의 브래스에 직접 노출되고 추락의 충격을 모두 받은 하부 장갑은 대부분이 파괴된 것이다.

모래 속에 묻혀 있어 애트란으로 복귀할 때에는 몰랐지만, 메인 스크린에 표시되고 있는 애트란의 모습은 벌레들에게 배를 파 먹혀 속이 훤히 드러난 생선의 시체 같은 모습이었다.

위즈의 보고와 메인 스크린에 나타난 애트란의 몰골을 보면서 키아와 벨쥬브의 얼굴은 눈에 띄게 굳어갔다.

케니안은 여전히 그 특유의 무표정함을 유지하고 있었고, 가레모는 위즈의 보고나 애트란의 상태 같은 것에는 전혀 관심없다는 표정으로 멍하니 있었다.

그런 그들의 표정이나 그로부터 알 수 있는 그들의 마음은 외면하고 위즈의 보고는 계속되었다.

애트란의 외부 장갑이 받은 피해로부터 시작된 위즈의 보고는 애트란의 마나 잔량, 식량, 무장 상태까지 이어졌다.

애트란이 받은 장갑의 피해는 심각한 것이었지만 그것보다 더 큰 문제는 식량과 마나의 잔량이었다. 장갑은 비상 수리용 자제와 피해가 덜한 내, 외부의 장갑을 뜯어내 수리하면 어떻게 될 듯했고, 무장은 마나만 충분하다면 모두 가동할 수 있었다.

그 외에 점검을 받으며 제외된 소형 우주 전투기나, 퓨텔의 브래스에 날아가 버린 중형 전투함은 기가스라는 병기가 무사하였기에 큰 문제는 아니었다.

하지만 당장 애트란이 보유한 마나의 잔량이 가장 해결하기 어렵고도 당장 해결되어야 할 시급한 문제였다.

애트란은 공간의 틈을 탈출하기 위해 셀레스틱 캐논을 사용하면서 85%의 마나를 소모했었다. 그리고 메인 부스터를 최대 출력으로 유지하면서 마나를 소모했고, 이 행성에 추락하면서 리프트 부스터와 실드를 유지하기 위해 12%의 마나를 소모했기에 이제 약 3%의 마나만 남은 상태였다.

3%의 마나는 아무것도 하지 않고 미기의 시스템을 유지하고 애트란에 필요한 기본적인 전력을 제공하는 것만으로도 버거운 마나 잔량이었다.

이것으로는 이 행성을 탈출해 켄타미움 성계로 돌아가는 것은 고사하고 몇 달 안에 아무 쓸 데 없는 거대한 고철 더미에서 꼼짝도 못하고 죽을 운명이었다.

그렇게 마나를 충전할 방도를 찾지 못한다면 무엇보다 가장 큰 문제가 되는 것은 식량이었다.

만약 마나를 다 소모해 미기의 시스템이 다운되면 애트란의 냉장 시스템이 작동하지 않게 되기 때문이었다.

애트란은 1만 명이 한 달을 먹을 수 있는 식량이 준비되어 있었지만 미기의 시스템이 다운되어 냉장 시스템이 작동하지 못한다면, 그 많은 식량은 일주일도 안 돼 모두 썩어버릴 것이다.

"우리가 직접 마나를 충전하면?"

그렇게 암울한 위즈의 보고가 계속되자 키아스가 물었다.

일단 그들은 마나 휴먼이었고 그중에서도 뛰어난 능력을 보유했다고 인정받은 A급의 마나 휴먼이었다. 그들은 스스로 마나를 몸에 축적할 수 있었기에 그들의 보유한 마나를 애트란에 쏟아 붓는다면 어떻게 될지도 모른다고 생각했다.

하지만 이어지는 위즈의 대답은 그런 키아스의 생각을 무참히 짓밟았다.

"일시적으로는 버틸 수 있겠지. 하지만 그게 끝이야. 애트란에서 밖으로 나가지도 못하고 단순히 식량이 다할 때까지 버티는 것, 단지 그것뿐이야."

애트란이 마나를 100% 보유하고 있을 때는 15기가의 마나를 보유했다.

만약 A급 마나 휴먼인 키아스와 가레모, 그리고 벨쥬브가 모든 마나를 다 뽑아내 충전한다면 900~2.2기가의 마나가 충전되어야 했다. A급 마나 휴먼이 가진 마나가 평균적으로 300~400마나였기 때문이다.

하지만 전문적인 마나 충전 시설이 없는 애트란이었기에 마나를 충전할 때 그 손실률이 매우 컸다.

60%에 달하는 그 손실률 때문에 그들이 전력을 다해 충전

을 한다면 900~1,200메가 마나가 충전되어야 했지만 400~
500메가 마나밖에 충전이 되지 않았다.

실력을 감추고 있는 벨쥬브와 저력을 알 수 없는 케니안까
지 가세해 마나를 충전한다 해도 애트란에게는 10%가 채 안
되는 마나일 뿐인 것이었다. 더구나 그들이 애트란에 마나를
충전시킨다 하더라도 그들이 소모한 마나를 회복하는 데 걸
리는 시간이 애트란이 그 마나를 소비하는 시간보다 길었다.

비록 저장된 마나를 단순히 소모하는 2세대 마나 코어가
아닌 마나를 충돌시켜 에너지를 얻는 최신형의 마나 코어를
가진 애트란이었지만, 10%도 안 되는 마나를 가지고서는 한
계가 뚜렷했다.

애트란의 메인 부스터를 가동하기 위한 필요 최소 마나가
1기가였다. 그것도 우주에서.

지금처럼 중력권에서 애트란을 띄우고 우주로 나가기 위
한 중력 탈출 속도를 얻기 위해서는 최소한 6기가의 출력이
필요했다.

"뭐야. 그럼 꼼짝없이 이 행성에서 평생 살아야 한다는 거
야?"

위즈의 절망적인 말에 키아스가 힘없이 물었다.

위즈의 말대로라면 켄타미움 성계로 돌아가기는커녕 당장
식량을 구하러 나가야 할 판이었다. 죽을 때까지 애트란에
마나를 충전하며 매일 비슷한 음식만 먹을 수는 없었기 때문

이다.

"아니, 꼭 그렇지는 않아."

"뭐? 다른 방법이 있다는 거야?"

고개를 푹 숙이고 힘없이 앉아 있는 키아스의 고개가 번쩍 들렸다.

그런 키아스를 바라보는 위즈의 눈은 획기적인 작전을 구상했을 때처럼 반짝이고 있었다.

"그게 뭐야?"

"그것이 무엇입니까?"

그런 위즈의 눈을 보며 케니안과 벨쥬브가 동시에 물었다.

멍하니 앉아 있던 가레모도 고개를 들어 위즈를 바라보았다.

위즈는 바로 이것을 의도했다는 듯이 자신에게 집중된 시선을 즐기며 천천히 말을 이었다.

"UHO-12는 죽은 뒤에도 약 300메가의 마나를 보유하고 있었습니다. 기억하십니까?"

"그렇지. 그런 일이 있었지. 그런데?"

느긋한 위즈와 달리 키아스는 위즈의 말이 끝나자마자 되물었다.

위즈의 말투는 그렇게 사람을 궁금하게 만드는 묘한 힘이 있었다.

"전투가 끝난 뒤 UHO-12의 시체를 해부하면서 그 마나의 근원을 찾을 수 있었습니다."

　그렇게 말하며 위즈는 메인 스크린에 떠 있던 애트란의 화면 대신 퓨텔의 시체가 해부되고 있는 장면을 띄웠다.

　거대한 퓨텔의 시체는 잘려 나간 목에서부터 세로로 해부가 진행되고 있었는데 해부를 위해 동원된 절단기와 그것을 사용하는 머신들이 무척 힘겨워하고 있었다.

　"무척이나 단단한 외피와 질긴 가죽을 가지고 있어 해부에 상당한 시간이 걸렸지만 마침내 그 마나의 근원을 적출하는 데 성공했습니다."

　그의 말과 함께 메인 스크린에 지름 1m, 두께 30㎝ 의 타원형 물체가 나타났다. 그것은 밝은 노란색을 띠고 있었는데 그 주위로 마치 대류 현상이 일어나는 것처럼 노란색 입자들이 회전하고 있었다.

　그것은 바로 퓨텔의 드래곤 하트였다.

　"그리고 매우 놀라운 사실을 발견했습니다."

　위즈는 이 한마디로 메인 스크린에 집중되어 있는 사람들의 시선을 다시 자기에게로 돌리는 데 성공했다.

　"그것은 저 물체가 스스로 마나를 흡수해 일정 수준의 마나를 유지한다는 것입니다."

　"뭐?"

　"그게 말이 되는 소리야? 아니, 저게 생명을 가졌다는 거야?"

키아스와 벨쥬브가 위즈의 말을 믿을 수 없다는 듯이 반문했다.

그들이 알기로는 마나는 생명이 있는 생명체만이 흡수하고 정화해 에너지화시킬 수 있었다. 그리고 그런 작업은 오직 인간만이 가능하다는 것이 그들의 상식이었다.

만약 그렇지 않고 인간 대신 마나를 흡수하고 정화할 수 있는 물체가 있었다면 인류가 힘들게 마나 휴먼을 양성하고 관리하지 않았을 것이다.

"물론 믿기 어렵겠지만 이것은 사실입니다. 최초 애트란에 옮겨질 때는 300메가의 마나를 뿜어내고 있던 저 물체가 현재는 2.2기가의 마나를 뿜어내고 있습니다."

그들의 의문을 이해한다는 듯이 위즈가 말을 이었다. 그리고 다시 컨트롤러를 조작해 현재 측정되고 있는 그 물체의 마나를 화면에 표시했다.

덩그러니 놓여 있는 그 물체에서 2.2기가의 마나가 측정되고 있다는 것을 눈으로 확인한 그들이었지만 여전히 믿기 어렵다는 표정을 짓고 있었다.

그만큼 상식이라는 두꺼운 벽을 허무는 것은 그들에게 어려운 일이었다.

"조금 이상한 것은 저 물체가 2.2기가의 마나를 뿜어내고 있지만 우리가 사용하는 마나처럼 정순하지 않은 마나라는 것입니다."

"그게 무슨 말이야?"

이어지는 위즈의 말을 이해하지 못한 키아스가 묻자 위즈가 천천히 설명하기 시작했다.

은하연합이 에너지로 사용하는 마나는 인간의 몸을 통해 정화된 마나였다. 우주에 흐르는 마나는 그 양은 막대했지만 여러 가지 기운이 혼합되어 있어 곧바로 에너지로 사용할 수 없었다.

은하연합은 그 막대한 양의 마나를 어떻게 에너지로 활용할 수 있는지 연구하였고, 마침내 마나가 인간의 몸을 통해 정화되어 축적되면 비록 그 양은 현격히 줄어들지만 활용할 수 있는 에너지로써의 가치를 가지게 된다는 것을 알아내었다.

이것은 인류가 지구에서 사용했던 화석 연료인 석유를 원유 그대로 곧장 사용하지 못하고 정유 과정을 통해 사용할 수 있는 에너지로 바꾼 것과 같은 것이었다.

그런데 지금 눈앞에 있는 물체에서 뿜어져 나오고 있는 마나는 그런 정제 과정을 거치지 않은 마나였다.

아니, 오히려 불안정한 마나의 파장 중 하나만 두드러지게 정화된 마나였다.

그것은 마치 무지개라면 일곱 가지 색깔을 가지고 있어야 정상인데 하나의 색만 도드라져 다른 여섯 가지의 색은 보이지 않는 것 같은 그런 현상이었다.

이런 위즈의 분석은 거의 정확했다.

그들의 마나는 정화를 통해 속성을 배제한 무속성의 마나 였지만, 프리모 대륙의 마나는 모두 여섯 가지의 속성을 가지 고 있었다.

그것은 바로 불, 물, 바람, 땅, 번개, 냉기였다.

프리모 대륙의 대부분의 생명체, 특히 인간은 이 여섯 가지 의 속성 중 자신의 체질과 재능에 맞는 하나의 속성 마나를 축적해 사용했다.

이들이 마나의 정화라는 것을 익히지, 아니, 생각지도 못한 것은 몬스터의 영향이 컸다.

프리모 대륙의 인간들은 그들보다 월등한 신체와 전투력 을 가진 몬스터들로부터 생명을 지키기 위해서는 빠르게 힘 을 키워야만 했다. 따라서 쉽고 빠르게 축적할 수 있는 자신 의 속성 마나를 마다하고 느리면서 축적되는 마나의 양도 적 은 마나의 정화 과정을 생각할 이유가 없었다.

사실 프리모 대륙의 인간들은 드래곤이나 엘프 같은 다른 지적 생명체들과 달리 하나에서 둘, 많게는 세 개의 마나 속 성을 다룰 수 있었다. 이것은 인간들만의 축복이라 할 수 있 었다.

그런 인간들이었기 만약 그들이 여러 가지 속성의 마나를 빠르게 익힐 수 있었다면 다른 생명체들은 꿈도 꿀 수 없는 마나의 정화를 생각할 수 있었을 것이다.

하지만 하나의 속성만 집중적으로 수련한다 해도 일정 수준 이상까지 성장하기 어려운데 몇 가지를 동시에 익힌다는 것은 비교도 안 될 만큼 어려웠다.

더구나 자기에게 맞는 하나의 마나만 수련한다고 해도 충분히 강한 능력을 발휘할 수 있었기에 대부분의 인간은 자신이 가진 재능에 따라 하나의 마나 속성을 선택해 수련하였다.

물론 대부분에 속하지 못한 특수한 재능이 있는 5%나, 별다른 재능이 없는 5%는 두 개, 또는 그 이상의 속성 마나를 축적해 사용할 수 있었지만 그들은 같은 인간들로부터 배척당했다.

너무 뛰어난 재능을 가진 이는 두려워하였고 너무 재능이 없는 이들은 쓸모가 없었기 때문이다.

하지만 그런 그들의 배척에도 불구하고 꾸준히 자신의 재능을 연마한 이들은 혼합 마법이라는 특수한 마법을 만들어 내게 되는데, 그것은 기존의 여섯 가지 마나 속성을 혼합해 훨씬 강력한 마법을 시전하거나 완전히 새로운 종류의 마법을 구현해 내었다.

재능이 넘치거나 평범하거나 재능이 없거나 그 나름대로 마나를 축적해 힘을 기르는 방법을 터득한 인간들은 몬스터들을 상대하는 데 큰 무리가 없었고, 대부분의 대륙을 차지하였다.

인간은 프리모 대륙에서 가장 많은 개체 수를 가지고 있었고, 그들이 뭉쳐서 발휘하는 전투력은 웬만한 몬스터는 감당할 수 없었다. 그리고 그런 인간을 상대할 수 있는 강한 몬스터들은 인간보다 사냥이 쉬운 약한 몬스터를 먹이로 하였기에 인간에게 쫓겨난 몬스터를 따라 대륙의 곳곳으로 흩어졌다.

물론, 에이션트 드래곤처럼 아무리 인간이 힘을 기르고 뭉친다 해도 어떻게 할 수 없는 존재들도 있었다.

하지만 드래곤은 마치 인간이 자기 집 땅속에 아무리 많은 개미가 있다 해도 눈에 보이지 않고 자신에게 피해를 주지 않으면 가만히 놔두는 것처럼, 인간들이 대륙을 차지해 나가더라도 상관하지 않았다.

마음만 먹으면 언제든 인간을 멸망시킬 수 있는 그들이었고, 인간이 영역을 확장하면서 기나긴 용생을 보내며 즐길 거리가 늘어났기 때문이다.

그렇게 드래곤의 무관심 속에 마나를 수련한 인간들은 성공적으로 대륙을 차지할 수 있었다.

하지만 곧바로 또 다른 강력한 적이 등장했다. 그것은 바로 인간, 그들 자신이었다.

몬스터를 몰아낸 인간들은 다시 그들 스스로의 영역을 확보하기 위해 끝없는 전쟁을 치렀고, 그 과정에서 국가가 탄생하고 사회를 발전시킬 수 있었다.

뿐만 아니라 인간을 상대로 보다 강력한 힘을 연구하기 시작했고, 그런 연구를 통해 여섯 가지 마나 속성이 가진 특별한 상극과 상생의 관계를 밝혀내었다.

프리모 대륙의 여섯 가지 마나 속성은 저마다의 상극과 상생의 관계를 형성하고 있었다. 불은 물을 증발시키고 물은 불을 꺼뜨리는 것 같은 상극의 관계와, 불은 바람을 타고 번지고 그 불이 다시 바람을 불러일으키는 것 같은 상생의 관계가 대표적이었다.

아무튼 이런 프리모 대륙의 역사나 마나 발달 단계 같은 것은 분석해 내지 못한 위즈였지만, 그들이 가졌던 상식을 깨뜨리는 정보를 받아들이고 이해함으로써 꺼져 가던 희망의 불씨를 살려내었다.

위즈의 설명이 끝나자 그제야 조금은 이해했다는 듯이 모두가 고개를 끄덕였다. 물론 100% 이해하지는 못했지만 어떤 개념인지 어렴풋이 감은 잡을 수 있었다.

그렇게 그들을 이해시킨 위즈는 보고를 계속 이어갔다.

"하지만 마나 추출기를 통해 실험한 결과, 마나의 순도가 떨어져 메인 부스터를 가동하거나 마나 캐논을 사용할 수는 없습니다. 다만 애트란의 시스템을 유지하는 기본적인 에너지는 얻을 수 있었습니다."

퓨텔의 드래곤 하트는 마나의 순도가 떨어져 그것으로부터 얻을 수 있는 마나의 양은 그리 많지 않았다.

대략 900메가 마나 정도를 얻을 수 있었는데, 그것은 사실 매우 부족한 마나였다. 900메가 마나는 애트란의 최대 수용 마나의 6%에 불과한 것이었기 때문이다.

하지만 900메가 마나라도 그것이 지속적으로 공급된다면 애트란의 시스템을 유지하는 것에 무리는 없었다. 이것은 애트란이 가지고 있는 최신형의 2세대 마나 코어 덕분이었다.

기존의 마나 코어는 단순히 마나를 소모해 에너지를 얻는 방식이었다. 하지만 애트란이 가진 최신의 마나 코어는 마나 입자를 충돌시켜 마나의 입자가 분해되며 발생하는 에너지를 동력으로 했다.

그래서 6%에 불과한 마나였지만 기본적인 애트란의 시스템을 유지하는 것에는 충분한 것이었다.

"그리고 저 물체는 추출된 마나를 빠른 시간 안에 스스로 회복하였습니다. 실험 결과 많은 마나를 소모할수록 그 회복 시간이 길어졌지만 평균적으로 시간당 200메가 마나를 회복하는 것을 확인할 수 있었습니다."

드래곤 하트는 프리모 대륙에서 최고 등급의 마나 스톤이었다.

마나 스톤은 자연 상태에서 마나가 응축된 돌을 말했는데, 응축된 마나의 양에 따라 등급이 나누어지고 다양한 형태로 사용되었다.

드래곤 하트가 최고 등급의 마나 스톤인 이유는 그것이 가진 마나의 양도 양이었지만 스스로 마나를 회복하는 유일한 마나 스톤이었기 때문이다.

보통의 마나 스톤은 마나를 다 소모하고 나면 평범한 돌이 되거나 인위적으로 마나를 충전시켜야 했다. 그리고 다시 충전시킨다 하더라도 그 양은 점차적으로 줄어들어 결국은 아무 쓸모 없는 돌덩이로 전락하였다.

그렇기 때문에 막대한 양의 마나를 가졌고, 그것을 스스로 회복하는 드래곤 하트는 어마어마한 가치를 가지고 있었다.

"이것이 우주에서도 이런 작용을 할지는 미지수입니다. 하지만 이런 종류의 물체를 여섯 개 확보한다면, 비록 마나 총량의 100%는 유지할 수 없지만 출력 면에서는 80% 이상을 유지할 수 있을 것입니다."

만약 이들의 운이 계속되어 여섯 개의 드래곤 하트를 얻어낸다면 약 5.4기가의 마나를 얻어낼 수 있었다.

그것은 애트란의 총마나의 36%에 해당하는 마나였고, 이것을 모두 메인 부스터의 가동에 사용한다면 이 행성의 중력권을 벗어날 수 있었다.

거기다 이것이 스스로 마나를 회복한다면 이 행성을 탈출해 켄타미움 성계로 돌아가는 데 필요한 에너지 문제는 해결되는 것이었다.

그렇게 절대로 보이지 않을 것 같던 희망의 불빛이 드래곤 하트로부터 서서히 보이기 시작했다.

아니, 그 드래곤 하트를 분석해 이런 결과를 도출한 위즈로부터 그 희망이 되살아나기 시작했다는 것이 맞을 것이다.

키아스는 그 짧은 시간에 미기가 분석해 놓은 자료를 가지고 이런 사실을 밝혀내고 현 상황을 타개할 방안을 제시하는 위즈가 무척 대단해 보였다. 그렇다고 그런 감정을 드러내 놓고 표현할 수 없었기에 장난스럽게 위즈를 타박했다.

"뭐야. 이런 방법이 있었으면서 그렇게 우리를 들었다 놨다 한 거야?"

"후후, 뭐, 극적인 연출이라고 할까?"

"이게… 앞으로 그런 연출은 삼가주셨으면 합니다, 위즈 작전관님!!"

"음, 저의 유일한 낙이라 그럴 수는 없겠습니다, 키.아.스. 부사령관님."

가장 큰 문제가 해결됐다는 안도감 때문인지 둘은 장난처럼 대화를 주고받았고, 그런 둘의 모습에 브릿지에 흐르던 냉랭한 분위기가 어느 정도 풀렸다.

"어쨌든 저런 것 여섯 개, 그러니까 다섯 개만 더 있으면 이 행성을 벗어날 수 있다는 것이지?"

"확실하지는 않지만 아마 이 행성에서 탈출하기 위한 중력 탈출 속도를 낼 수 있을 거야. 최대 출력의 80%면 메인 부스터를 최대 파워로 30분은 가동할 수 있으니까."

사실 애트란이 우주에서 기동하는 데는 그리 많은 에너지가 필요하지 않았다. 무중력이라는 우주의 특성상 한번 속도를 얻으면 그것이 줄어들지 않았기 때문이다.

오히려 진행 방향에 존재하는 우주의 먼지와 운석들로부터 애트란을 보호하는 실드에 더 많은 에너지가 필요했다.

그래서 메인 부스터를 최대 파워로 1분 이상 유지한 적은 한 번도 없었다.

하지만 그때의 데이터를 바탕으로 메인 부스터의 최대 출력 가동 시간 정도는 예측할 수 있었다.

그렇게 키아스와 위즈가 한껏 희망의 불씨를 살려놓고 있을 때 그 불씨를 위협하는 냉랭한 목소리가 들려왔다.

"여기가 어딘데?"

그것은 아까부터 싸늘한 기운을 풀풀 날리고 있던 벨쥬브의 목소리였다.

그는 그들이 가진 또 하나의 문제, 즉 광활한 우주에서 지금 자신들이 어디에 있는지, 최소한 그들이 돌아가고자 하는 켄타미움 성계와의 거리가 어느 정도인지에 대해 물은 것이다.

우주는 너무나 넓었기에 이 행성을 벗어나 애트란의 최대 속력으로 우주를 항해한다 해도 켄타미움 성계까지 얼마가 걸릴지 몰랐다.

벨쥬브는 위즈가 의도적으로 언급을 피한 이 부분을 날카롭게 파고든 것이다.

"……"

"흣, 한 백만 광년 떨어진 곳에 있으면서 괜한 기대만 키우는 것 아냐?"

자신의 물음에 아무런 대답을 하지 못하는 위즈를 보며 벨쥬브가 비꼬았다.

벨쥬브는 이미 아침에 있었던 일에 대한 분노는 사라지고 없었다. 하지만 그는 키아스와 달리 위즈의 분석이 가진 맹점이 보였기에 쓸데없는 기대를 키우는 것이 마음에 들지 않았다.

"밤새 미기가 촬영해 놓은 별자리를 봤을 때 이 행성은 아마 타미우스 성계인 것 같아."

위즈는 이 사실을 나중에 알리고 싶었다.

암담한 소식만 이어졌던 어제였기에 오늘만큼은 희망적인 사실로 동료들의 기운을 북돋고 싶었기 때문이다. 비록 그것이 잠깐의 희망일지라도 말이다.

하지만 그런 그의 계획은 벨쥬브에 의해 흐트러져 버렸고, 위즈는 할 수 없이 지금 그들의 위치를 말했다.

"타미우스 성계?"

처음 들어보는 성계의 이름에 키아스가 되물었다.

처음 들어보는 성계의 이름은 벨쥬브의 비꿈이 현실이 될 수 있다는 의미였기에 되묻는 그의 목소리에는 불안함이 가득했다.

"그래, 타미우스 성계. 낯설게 들리는 것이 당연해. 이 성계는 발견된 지 얼마 되지 않았기 때문에 미기의 데이터베이스에 들어 있기만 할 뿐이니까. 나도 이 성계의 존재는 오늘 알았어.”

그런 키아스의 불안함을 느꼈는지 위즈는 힘 빠진 목소리도 대답했다.

“그래서… 도대체 여기서 켄타미움 성계까지 얼마나 떨어져 있다는 거야?”

힘없이 대답하는 위즈에게 벨쥬브가 날카롭게 물었다.

그라고 켄타미움 성계로 돌아가고 싶은 마음이 없는 것은 아니었다. 너무 들뜨는 것 같은 분위기가 싫어서 한껏 비꼬았지만 돌아갈 수만 있다면 돌아가고 싶은 것이 그의 솔직한 마음이었다.

물론 켄타미움 성계로 돌아간다 하더라도 또 다른 음모가 기다리고 있겠지만 자신은 그것을 피할 자신이 있었다.

“이 성계는 켄타미움 성계에서 약 2만 광년 정도 거리에 있는 것 같아.”

결국 위즈는 고개를 살짝 숙이며 사실대로 말했다.

2만 광년이나 떨어져 있다는 암울한 사실을.

“뭐? 2만 광년?”

위즈의 말에 키아스는 깜짝 놀랐다.

2만 광년은 빛의 속도로 이동한다 하더라도 2만 년이나 걸리는 거리에 있다는 뜻이다. 그리고 그것은 공간 이동 게이트가 없다면 인간이 결코 뛰어넘을 수 없는 거리였다.

"참내, 백만 광년이나 2만 광년이나… 돌아가기도 전에 늙어 죽는 건 마찬가지네?"

벨쥬브의 말처럼 보통 인간보다 수명이 두 배 이상 되는 마나 휴먼에게도 200광년 이상의 거리는 공간 이동 게이트 없이는 무의미한 거리였다.

"지금은 이 행성에 추락해 있어 알 수 없지만 우주로 나가면 가까이 있는 공간 이동 게이트의 신호를 잡을 수 있을 거야. 내가 알기로는 켄타미움 성계를 정복하고 또 다른 성계에 진출하기 위해 오래전부터 다수의 공간 이동 게이트를 건설 중이라고 했으니까… 아마 그것을 찾아가면 될 거야."

별쥬브의 냉소 섞인 말에도 불구하고 위즈는 희망을 포기하지 않고 말을 이어갔다. 언젠가는 이 사실을 밝혔어야 하는 그이기에 미리 그에 대한 대처 방법을 마련해 놓은 것이다.

그것이 비록 매우 가느다란 희망일지라도 말이다.

"훗. 그럼 일단 UHO−12 같은 생명체를 다섯 마리 더 잡아 죽이고 그 마나를 뽑아내고 스스로 회복하는 것을 구해야 되네. 그것들이 더 강할지도 모르고 반드시 저런 것을 가지고 있다는 보장도 없는데? 아니, 그런 것을 떠나 그게 어디 있는지나 알아?"

하지만 벨쥬브는 기어코 그 가느다란 희망의 끈을 끊어버리려고 했다.

그가 생각하기에는 그런 실현 가능성이 낮은 희망을 붙들고 늘어지기보다는 보다 현실을 직시하고 그에 맞는 대처법을 찾는 것이 훨씬 나았기 때문이다.

"이 행성의 생명체들에게 정보를 얻어서 찾아다녀야겠지."

그러나 위즈도 벨쥬브가 그 끈을 쉽사리 끊어버리도록 놔두지 않았다. 어떻게든 그 희망이 현실이 될 수 있는 방법을 찾아내려고 했다.

그는 어떤 위급한 상황에서도 그것을 타파할 수 있는 작전을 수립하는 것이 존재의 이유인 작진관이었다.

"그 벽화를 보면 이 행성의 생명체들이 UHO-12를 거의 신처럼 떠받들고 있던데… 그것의 위치를 순순히 알려줄까?"

벨쥬브는 점점 고개를 숙이며 힘없이 대답하는 위즈를 더욱 밀어붙였다.

이번 기회에 확실히 이 현실을 깨닫게 하고 보다 가능성 높은 대안을 마련하고자 함이었다.

아니, 어쩌면 매번 건방지게 굴던 위즈의 콧대를 납작하게 하고 싶은 욕구가 더 컸는지도 모른다. 그리고 그런 그의 욕망은 고개를 푹 숙인 채 들릴 듯 말 듯한 목소리도 대답하는 위즈의 태도에 거의 채워져 가고 있었다.

"그, 그렇긴 하지만… 우리의 목적을 숨긴다면……"

"아니, 다~ 좋아. 그것들을 어떻게 다 잡았다 쳐. 지금 애트란이 이렇게 만신창이인데 어떻게 중력 탈출 속도로 돌파해?"

"애트란을 수리해야겠지."

"추락할 때 경험하지 않았어? 지금 애트란의 장갑 수준으로는 감당할 수 없는 열이 발생하는 것을?"

"……."

위즈는 지금 처음으로 자신이 해결할 수 없는 문제에 직면해 있었다. 그리고 그로 인해 그의 존재 이유조차 부정되고 있었다.

켄타미움 성계에서 전쟁을 치를 때에는 그에게 필요한 모든 정보가 보고되었고, 그가 수립한 작전을 실행하기 위한 모든 것이 지원되었었다.

하지만 지금은 이 상황을 타계할 정보도 매우 한정적이었고 그 정보를 활용해 구상한 작전도 부족한 물적, 인적 자원으로 성공 가능성이 전에 없이 낮았다.

이렇게 어떤 문제를 해결하지 못하는 수많은 작전관을 무능하다고 무시해 왔던 위즈였기에 막상 자기가 해결하기 어려운 문제에 직면하자 딜레마에 빠진 것이다.

"그래, 좋다 이거야. 수리했다 쳐. 우주로 나갔어. 그런데 네 예상과 다르게 건설 중인 공간 이동 게이트가 없다면? 그냥 그렇게 평생 우주를 떠돌아?"

"……."

계속되는 벨쥬브의 압박에 위즈의 고개는 완전히 숙여져 있었다.

어느새 고개를 숙이고 있는 그의 발치 앞으로 작은 물방울이 떨어져 내렸고, 그의 어깨가 불규칙적으로 들썩이고 있었다.

벨쥬브의 압박뿐만 아니라 스스로의 딜레마에 빠져 자신의 존재 가치가 한없이 낮아지고 있다는 불안감에 자기도 모르게 울음이 터진 것이었다.

그때 그를 절망과 불안에서 구해내는 목소리가 들려왔다.

"그렇게 부정적으로만 생각하면 끝도 없지."

키아스가 한없이 작아지고 있는 위즈를 보기가 안쓰러웠던지 그를 구출해 내기 위해 입을 연 것이다.

"그래, 네 말대로 확실한 것은 아무것도 없어. 최악의 경우에는 우주의 미아가 될 수도 있겠지. 그렇다고 아무것도 안 하고 그냥 여기에 계속 머물러 있을 수는 없잖아?"

키아스는 이렇게 열악한 상황에서도 그나마 최선이라 할 수 있는 방법을 찾아낸 위즈가 믿음직스러웠다.

비록 매우 낮은 가능성이지만 그 가능성이라도 열어준 위즈였기에, 그리고 어떤 위기에서도 항상 최선의 방법을 제시하는 위즈였기에 그에 대한 믿음이 결코 작지 않았다.

만약 자신이 위즈의 입장이었다면 아마도 아무런 대책을

내놓지 못했을 것이다.

"뭐든지 시도해 보고… 최선을 다해보고… 그래도 안 되면 그때 가서 포기해도 늦지 않잖아? 미리부터 안 된다는 부정적인 생각을 하지 말고 반드시 저것을 구할 수 있다, 우주에 나가기만 하면 공간 이동 게이트가 있을 거다, 라고 생각하고 행동하는 것이 훨씬 도움이 될 거라고 생각해, 나는."

키아스는 원래 그렇게 긍정적인 사고를 가지지는 않았다. 오히려 부정적인 축에 속했다.

하지만 이번만큼은 위즈를 믿고 긍정적으로 생각하기로 했다. 그리고 그것 말고는 마땅한 대안도 생각나지 않았다.

"흥 마음대로 해라. 어차피 나 혼자 할 수 있는 건 없으니… 이제 죽으나 사나 같이 행동하는 수밖에 없으니까."

벨쥬브는 체념한 듯이 콧방귀를 뀌며 대답했고, 그들을 보기 싫다는 듯이 고개를 돌려 버렸다.

하지만 그의 진정한 속마음은 달랐다.

그는 그렇게 위험한 모험을 하기는 싫었다. 아직은 확신할 수 없었지만 이 행성에도 인간이 존재하는 것 같았다. 그것도 문명을 가진 인간이.

그렇다면 어차피 자신을 반겨줄 이 하나 없는, 아니, 오히려 위험만이 도사리고 있는 켄타미움 성계로 기를 쓰고 돌아갈 이유가 없었다.

"알겠습니다. 그렇다면 지금부터 이 행성에서의 제1차 목표를 마나를 응축하고 있고 스스로 회복하는 물체 다섯 개를 확보하는 것으로 하겠습니다."

마침내 조용히 있던 케니안이 입을 열었다.

그는 언제나 그랬듯 이번에도 부관들의 논쟁에 끼어들지 않았다. 그는 항상 부관들의 논쟁이 끝나고 도출된 결정을 따르거나 둘, 또는 셋 중에 자신이 생각할 때 가장 효율적인 방법을 선택했었다.

"네. 알겠습니다, 사령관님. 1차 목표는 마나 에너지원의 확보로 설정하겠습니다."

그렇게 사령관인 케니안이 결정을 내리자 키아스가 힘차게 대답하고는 고개를 숙인 채 조금씩 진정되고 있는 위즈의 어깨에 손을 올렸다.

그리고 벨쥬브는 어깨를 한 번 으쓱하는 것으로 대답을 대신했다.

그렇게 그들의 향후 행동에 대한 목표가 수립되는 동안 가레모는 아무 말 없이 앉아 있었다. 원래 그렇게 행동해 온 가레모였기에 별다른 신경을 쓰지는 않았지만 그의 얼굴이 더욱 굳어져 가는 것을 아무도 알아차리지 못했다.

"그럼 다음 사항을 보고하도록 하십시오."

케니안은 다음 사항에 대한 보고를 지시했다. 아직도 보고받아야 할 것은 많이 남아 있었다.

"네. 우선 UHO-12의 시체로부터 발견된 것을 마무리하겠습니다."

UHO-12의 시체, 즉 퓨텔의 시체에서 특이한 것은 드래곤 하트만이 아니었다.

"가장 바깥쪽에 있는 비늘로 보이는 것부터 보고하겠습니다."

드래곤인 퓨텔의 비늘은 강도와 경도가 언브레이커블 메탈로 이루어진 기가스의 장갑보다 조금 낮은 정도로 단단했다.

더욱 놀라운 것은 퓨텔의 비늘이 기가스의 안티 마나 코팅보다 두 배에 가까운 성능을 가졌다는 것이다. 생명체가 이런 표피를 가질 수 있다는 것은 그들로서는 믿기 어려웠다.

만약 이것을 가공할 수 있다면 큰 피해를 입은 애트란의 장갑을 수리하는 데 커다란 도움이 될 것이다.

사실 퓨텔의 비늘, 그러니까 드래곤 스케일은 프리모 대륙에서도 매우 귀한 재료였다. 드래곤 스케일로 만든 드래곤 스케일 아머는 5서클 마법까지 무시할 수 있었고, 6서클 이상의 마법도 어느 정도 피해를 줄일 수 있었다. 그리고 그레듀에이트 하급에 속하는 기사들의 공격도 완벽하게 방어해 주었고 매우 가볍기까지 했다.

그래서 드래곤 스케일 아머는 대부분의 기사뿐만 아니라 체력이 약한 마법사들도 탐내는 그런 것이었다.

그래도 드래곤 스케일과 드래곤 레더는 드래곤이 성장하며 한 단계를 넘어설 때마다 거치는 변태 과정에서 레어와 함께 버려져 심심치 않게 발견되었기에 드래곤 하트보다는 그 가치가 낮았다.

드래곤은 성장을 하며 한 단계를 넘어서며 더욱 강한 드래곤 스케일과 드래곤 레더를 가지게 되었고 덩치도 더욱 커졌다.

그래서 그때마다 새로운 레어가 필요했고, 보통 새로운 레어는 드워프나 인간들을 시켜 만들었기에 드래곤의 명령을 받아 레어를 만들게 된 드워프나 인간은 버려진 레어에서 드래곤 스케일과 레더를 얻을 수 있었던 것이다.

하지만 그것은 최소 몇백 년에서 몇천 년 사이에 한 번 있는 일이었고, 변태 후 기존의 레어를 완전히 파괴해 버리거나 기존의 레어에서 그냥 그대로 생활하는 드래곤도 있었기에 귀한 것이기는 마찬가지였다.

"빠른 시일 안에 이 비늘을 가공하는 방법을 찾도록 하겠습니다. 다음은 비늘 아래에 있는 가죽입니다."

퓨텔의 비늘에 대한 보고를 마친 위즈는 곧바로 그 아래에 있던 가죽에 대한 보고를 이어갔다.

드래곤 레더는 매우 부드러울 뿐만 아니라 웬만한 무기로는 뚫리지 않는 내구성을 가지고 있었다.

비록 마법에도 약하고 둔기에 의한 공격이나 강한 충격까

지는 막아내지 못했지만, 그래도 마나가 실리지 않은 무기로
는 흠집조차 낼 수 없는 내구성을 가진 것이었다.

그래서 왕족이나 고위 귀족들이 암살의 위험을 막기 위해
속옷 바로 위에 즐겨 입었다.

하지만 위즈는 드래곤 레더의 내구성보다는 단열성에 집
중했다.

드래곤 레더는 열기나 냉기에 매우 강해 열이나 냉기 공격
으로부터 본체를 보호하는 역할을 했는데, 이런 단열성은 열
에 약한 애트란의 장갑을 보완하는 데 활용할 수 있을 것 같
았다.

"이 가죽을 세공해 1차 장갑과 2차 장갑 사이에 단열재로
활용한다면 대기권을 돌파할 때 발생하는 열로부터 보다 안
전해질 것입니다. 가죽 아래에는 세포 조직이 있으며, 매우
질기고 탄성이 좋은 근육 섬유들이 존재합니다."

드래곤 레더 아래에는 드래곤 특유의 세포들로 이루어진
세포 조직과 근육이 있었다.

이 근육 섬유들은 0.5㎜ 지름의 얇은 섬유가 다발로 이루
어져 있었는데 하나의 섬유가 1톤의 무게를 감당할 수 있었
고, 원래 길이에 여덟 배까지 늘어났다가 원상태로 돌아갈 정
도로 탄성이 좋았다.

프리모 대륙에서는 드래곤의 힘줄로 만든 활이나 채찍은
최고의 원거리 무기로 취급되었다.

하지만 비늘이나 가죽과 달리 힘줄은 드래곤과 함께 지속적으로 성장하는 것이었기 때문에 구하기가 어려웠다.

과거 전설적인 궁사나 편사가 드래곤의 힘줄로 만들어진 무기를 썼다고 알려졌지만 하나같이 그들의 인생이 마감함과 동시에 사라졌었다.

인간들은 미처 몰랐지만 그들은 유희를 즐기러 나온 드래곤들이었고, 신체의 일부를 채취할 수 있는 마법을 사용해 그 무기들을 만들었던 것이었다.

그리고 드래곤의 피와 살덩이들은 마법사와 연금술사들의 실험 재료로써 매우 귀하게 취급되었다.

"지금 당장은 이 근육 섬유나 세포 조직을 사용할 곳은 없지만 장차 도움이 될 수도 있을 것입니다. 그 아래에는 언브레이커블 메탈보다 조금 강도와 경도가 떨어지지만 생물체의 뼈로 생각하기 어려울 정도로 단단한 뼈가 있습니다. 그리고 머리로 추정되는 부분에 솟아 있는 뿔을 언브레커블 메탈보다 1.7배의 강도와 경도를 가졌고 입속에 박혀 있는 이빨도 그에 준하는 강도와 경도를 가졌습니다."

드래곤 본과 혼, 그리고 티스는 드래곤의 시체에서 구할 수 있는 가장 단단한 것들이었다.

이것들은 아이러니하게도 드래곤을 가장 두려워하는 생명체인 드워프만이 가공할 수 있었는데, 그들의 가공을 통해 무기로 거듭나게 되면 뚫지 못하는 갑옷이나 방패가 없었다.

만약 수준 높은 기사가 마나를 머금은 이 무기를 휘두르면 드래곤 스케일과 레더도 뚫을 수 있었다.

"애트란에서는 이것을 부술 수 있는 장비는 있지만 가공할 수 있는 장비는 없습니다. 우선 원형을 보존해 놓고 나중에 활용할 수 있는 방법을 찾아야 할 것입니다."

애트란에는 비상용 자재와 기가스 용 예비 장갑들은 있었지만 그것들을 만들거나 가공할 수 있는 시설들은 없었다. 어디까지나 애트란은 전투에 특화된 전함이었기에 그런 부수적인 설비들은 가지고 있지 않았다.

결국 퓨텔의 시체로부터 많은 부산물을 얻을 수 있었지만 드래곤 하트를 제외하고는 그들이 당장 활용할 수 있는 것은 없었다.

물론 언젠가는 활용할 수 있는 방법을 찾을 수 있겠지만, 그게 언제가 될지는 알 수 없었다.

이처럼 드래곤을 한 마리 잡으면 그 부가가치는 어마어마했다.

드래곤 하트는 말할 것도 없고 드래곤 스케일, 드래곤 레더, 드래곤 본, 드래곤 혼과 티스, 드래곤 머슬, 드래곤 블러드까지 어느 것 하나 버릴 게 없는 귀한 것이었다.

하지만 인간들이 드래곤을 사냥한다는 것은 마법이 발달하고 여러 병기가 개발된 지금도 쉽사리 성공하지 못했다. 그만큼 드래곤이라는 존재는 인간이 넘어서기 힘든 거대한 벽이었다.

그럼에도 불구하고 프리모 대륙의 인간은 그 거대한 벽을 영원히 바라만 보려 하지 않았다.

강대국을 중심으로 유스 급이나 그로스 급의 드래곤을 사냥하기 위한 시도는 가끔씩 이루어지고 있었던 것이다. 성공하기만 한다면 아무리 많은 피해를 입어도 그것을 상쇄할 수 있었기에 드래곤 사냥을 통한 전리품이라는 꿈의 과실에 대한 욕구는 끊이지 않았다.

"이런 놈을 어떻게 죽였지. 그린데 앞으로 다섯 마리는 더 잡아 죽여야 되다는 거지? 에휴."

위즈의 보고가 끝나자 벨쥬브가 긴 한숨을 내뱉었다. UHO-12는 전력을 다한 그의 공격에 겨우 생채기 하나 입었을 뿐이다.

만약 케니안이 없었다면 죽임을 당하는 것은 그들이었을 것이다.

그런데 앞으로 같은 종류의 생명체를 다섯 마리나 더 잡아야 한다고 생각하니 절로 한숨이 나온 것이다.

"우리가 정신없는 상태에서 기습을 당해 그렇지, 철저히 준비하고 대 전함 무기도 사용한다면 쉽게 잡을 수 있을 거야."

그런 벨쥬브의 모습을 보며 위즈가 말했다.

보고를 이어가며 어느새 안정을 되찾은 그였다.

"이제 UHO-12에 관한 보고는 끝난 것입니까?"

"네, 사령관님. 지금부터는 사령관님께서 발견하신 동굴에 있던 물건들에 대해 보고하겠습니다."

길었던 위즈의 보고가 끝났지만 그것은 단지 퓨텔의 시체에 관한 것에 불과했다.

아직도 보고해야 할 것이 산더미처럼 남아 있었기에 위즈는 재빨리 보고를 이어갔다.

각종 퓨텔의 부산물로 가득하던 메인 스크린에는 어느새 반짝이는 보석과 장신구들이 떠 있었다. 그렇게 화면에 표시되던 물건만 바뀌었을 뿐인데 우중충하던 브릿지의 분위기가 한층 밝아지는 것 같았다.

위즈는 이제야 보석이나 장신구들이 가진 힘이 무엇인지 느낄 수 있었다. 그리고 속으로 다짐했다. 이번 기회에 장신구 하나를 마련하기로.

"보석과 금, 장신구들을 봤을 때 이 행성의 문화가 일정 수준 이상으로는 발전해 있는 것으로 생각됩니다. 거의 신적인 추앙을 받는 것으로 보이는 UHO-12의 동굴에 이것들이 쌓여 있었으니 이 행성에 존재하는 지적 생명체들도 이런 귀금속을 높은 가치로 평가한다고 유추할 수 있습니다."

위즈는 자료를 분석하며 이미 인간이 존재한다고 확신하

고 있었다.

"또한 단순히 보석으로서의 가치뿐만 아니라 그것들을 활용한 장신구들까지 존재하는 것으로 보아 이 행성에는 미적 감각을 가지고 그것을 만족시키기 위한 활동을 펼치는 수준의 문명이 발달해 있다고 추측할 수 있습니다."

케니안과 키아스는 위즈의 분석에 집중해 듣고 있었지만 벨쥬브는 평상시의 모습으로 돌아와 멍하니 메인 스크린을 바라보며 혼자 중얼중얼 하고 있었다.

그의 중얼거림은 저것을 갖다 팔면 얼마고, 무슨 행성에 누구 마담에게 가져다주면 그 높은 콧대를 꺾이비리고 즐길 수 있겠다는 등의 쓰잘머리없는 것이었다.

반면에 가레모는 위즈의 분석에 집중하지도, 그렇다고 벨쥬브처럼 보석에 지대한 관심을 보이는 것도 아니어서 도무지 무슨 생각을 하며 앉아 있는지 알 수 없었다.

"그리고 이런 강도의 보석을 이 정도 수준으로 세밀하게 세공할 수 있는 것으로 보아 기술이 일정 수준 이상으로 발달해 있다고 볼 수 있습니다. 특이한 것은 장신구 중에 적은 양이지만 마나를 가지고 있는 것이 있다는 것인데, 그것의 용도는 파악할 수 없었습니다."

사실 장신구들은 인간이 아닌 드워프와 드래곤인 퓨텔과 그의 어머니가 만들어놓은 것이었다. 그래서 그토록 세밀하고 아름다운 세공이 가능했고, 드래곤이 만든 장신구 중

에는 마법진이 새겨져 마법을 시전할 수 있는 것들도 있었
다.

하지만 아직 마법의 존재를 알지 못하는 위즈였기에 왜 마
나가 응축되어 있는지는 알아낼 수 없었다.

그렇게 보석과 장신구들에 관한 보고를 마친 위즈는 메인
화면에 투명한 관과 무쇠 솥같이 거무튀튀한 것들을 띄웠다.
그것들은 퓨텔의 레어에 있던 실험 기구들이었다.

"이것들을 발견했을 때 보고드린 바와 같이 이 행성의 과
학 수준은 낮은 것 같습니다. 저 투명한 관은 유리 재질이고
검은색의 솥은 질 낮은 철로 만들어졌습니다. 이런 것들로는
실험에 필요한 환경을 조성할 수 없어서 그 한계가 명확합니
다."

위즈의 이런 추측은 반쯤 맞았다.

프리모 대륙은 마법이 발달했기에 다른 과학 기술이 발전
할 기회가 없었다. 만약 마법이 없어 보다 효율적으로 적을
물리칠 방법이나, 무거운 것을 옮기고 먼 거리를 빠르게 이동
할 다른 수단이 필요했다면 과학이 발달할 수 있었을 것이다.
하지만 프리모 대륙에서는 마법의 존재와 마나를 몸에 응축
한 기사들의 존재에 의해 다른 무력이 필요없었고, 공간 이동
마법진 같은 원거리 이동 수단이 있어 과학이 발달할 이유가
없었던 것이다.

그렇게 프리모 대륙의 과학 수준을 평가한 위즈는 다시 화

면을 바꾸며 수많은 책이 나타나도록 했다. 이미 종이 책이라
는 정보 저장 장치는 박물관에서나 볼 수 있는 것이었지만 그
렇다고 눈앞에 있는 것이 책이라는 사실을 모르는 것은 아니
었다.

"문자가 있고 이렇게 방대한 양의 책이 있는 것으로 보아
비록 과학 수준은 낮지만 이 행성에서 지적 생명체의 발생과
역사는 상당히 오래전에 시작된 것 같습니다. 그리고 비록 문
자를 해독할 수 없어 정확한 정보를 알 수는 없지만 이 행성
에는 다양한 분야의 지식이 존재하는 것 같습니다."

메인 스크린에 띄워져 있는 책늘은 서바다의 특색을 가지
고 있었다. 어떤 것은 글자만 적혀 있었고 어떤 것은 복잡한
문양의 도식이 그려져 있었다. 그리고 그림이 위주인 책도 있
었고 이 행성의 동물과 식물 둥의 도감같이 그림과 함께 주석
으로 보이는 글이 붙어 있는 책도 있었다.

이 책들은 퓨텔과 퓨텔의 어머니가 오랜 시간 동안 모아온
것으로, 프리모 대륙의 역사부터 시작해 각종 전설, 프리모
대륙 생명들의 도감, 인간의 마법과 드래곤의 마법에 관한
것, 아펠의 마법서 등 그 종류와 양이 방대했다.

"페이린이라는 포로를 통해 이 행성의 언어와 문자를 알아
내면 이것들을 해석할 수 있을 것입니다. 그렇게 된다면 저
희는 앉은 자리에서 이 행성에 대한 정보를 상당 부분 습득
할 수 있을 것이라 봅니다. 그렇기 때문에 포로로부터 한시

라도 빨리 이 행성의 언어와 문자를 알아내 습득해야 합니
다."

그렇게 길게 이어지던 위즈의 보고가 끝났다. 아침 일찍 시
작한 보고가 점심때가 다 돼서야 끝이 난 것이다.

"그럼 우리의 1차 목표는 에너지원의 확보이고 그 하위 세
부 목표의 1순위를 포로로부터 이 행성의 언어와 문자를 습
득하는 것으로 하겠습니다. 그리고 그렇게 익힌 말과 글을 통
해 최대한 정보를 획득해 1차 목표를 달성하도록 하겠습니
다."

위즈의 보고가 끝나자 케니안이 목표를 설정하고 세부적
인 행동 지침을 설정했다. 그렇게 그들의 행동에 방향과 목표
가 생기자 묘한 안도감이 생겼다. 인간은 자신이 무엇을 해야
하는지, 무엇을 위해 행동해야 할지 모를 때 불안감에 휩싸이
게 되는데 이제 그들에게는 그것들이 명확하게 제시된 것이
었다.

"또 보고할 것은 없습니까?"

"아, 점심시간 다 됐는데 밥 먹고 하지? 다 먹고살자고 하
는 짓인데."

또 다른 보고 사항이 남았는지 확인하는 케니안을 향해 벨
쥬브가 배를 쓰다듬으며 투덜거렸다. 그는 밤새 잠을 설치며
뒤척였고, 새벽에는 페이린을 찾아 헤매었다. 그런 공복 상태
로 한참 동안 위즈의 보고를 들었기에 뱃속에서 밥 달라고 난

리가 난 상태였다.

"사령관님의 검진 결과에 대한 보고가 남았습니다."

하지만 그런 벨쥬브의 뱃속 상태는 안중에도 없이 위즈의 말이 이어졌다.

좀 전에 자신을 몰아붙였던 앙금도 약간이지만 남아 있었고, 벨쥬브의 뱃속 난동 진압보다 더 중요한 케니안의 검진 결과 보고가 남아 있었기 때문이다.

"……."

위즈가 케니안의 검진 결과에 대한 보고가 남았다고 하자 툴툴거리던 벨쥬브도 가만히 입을 다물었다. 그도 그 결과는 무척이나 궁금했다.

"위즈, 그런 개인 정보는 사령관님께만 보고드려야지 이렇게 공개적으로 보고하면 안 되잖아!"

"괜찮습니다. 보고하십시오."

키아스의 항의 아닌 항의에도 불구하고 케니안은 위즈에게 보고를 계속할 것을 지시했다. 그는 개인 정보가 드러나는 것은 신경도 쓰지 않는 것 같았다.

케니안도 그가 느꼈던 가슴의 고동과 머리의 통증이 어떤 원인 때문에 발생하는지 궁금했다. 하지만 그는 평생 느껴보지 못했던 여러 가지 현상에 대한 궁금증이 이 행성에 추락한 이후로 부쩍 늘어났다는 것을 인식하지 못하고 있었다.

"네, 사령관님. 우선 사령관님의 혈액 검사 결과부터 보고 드리겠습니다."

위즈는 케니안의 정밀 검사 결과를 하나씩 보고하기 시작했다. 케니안의 혈액 검사부터 시작된 보고는 그의 세포 조직 검사, 심장과 폐, 두뇌 등 장기의 정밀 스캔 결과까지 이어졌다.

"이상의 검사 결과를 종합해 보았을 때 사령관님의 몸에는 아무런 이상이 없습니다."

"그렇다면 제가 겪은 고통의 이유를 알 수 없다는 것입니까?"

현재 애트란에는 의사가 없었다.

하지만 의사를 대신할 수 있는 미기가 있었다. 미기는 인간의 신체와 질병에 대한 데이터베이스를 구축하고 있었기에 검사 결과에 따라 무엇이 문제인지, 그 해결 방법은 무엇인지 알려줄 수 있었다.

하지만 그런 미기의 검사 결과 케니안의 몸에서 어떤 이상도 발견되지 않았다. 그렇다고 케니안이 꾀병을 부린다는 것은 상상도 할 수 없는 일이었기에 위즈는 새로운 질병, 또는 일시적인 증상이라고 생각할 수밖에 없었다.

"미기의 검사 결과로는 그렇습니다. 비록 제가 의사는 아니지만 제 소견으로는 아마 공간의 틈을 빠져나오면서 받은 충격이나 행성에 추락하면서 받은 충격에 의한 일시적인 현

상일 가능성이 높습니다.”

그렇게 검사 결과를 바탕으로 자신의 생각을 말하고 있는 위즈를 바라보던 벨쥬브가 중얼거렸다.

“역시… 뭐… 당연한 결과인가?”

그는 혼자 고개를 끄덕이며 이 검사 결과를 납득하고 있었다.

“그러고 보니… 여기 추락하기 전에도 넌 사령관님에 대해 뭔가 알고 있는 듯했지.”

그런 그의 모습을 본 키아스가 말했다.

키아스는 끊임없이 벌어지는 사건들 때문에 잊고 있었던 벨쥬브의 하극상을 떠올렸다.

그때는 케니안의 강경한 태도와 닥쳐오는 위기 때문에 넘어갔지만 반드시 짚고 넘어가야 하는 문제였다.

이 이름 모를 행성에서 그들 사이에 내분을 일으키기는 싫었지만, 만약 벨쥬브가 그들이 가지지 못한 정보를 가지고 있다면 꼭 알아내야 했다.

“우리가 모르는 그 어떤 것, 그것이 뭐지?”

키아스는 어떤 상황이 발생해도 대처할 수 있도록 몸을 긴장시키며 날카롭게 물었다.

“그래, 뭐, 이 상황에서 이제 비밀이랄 것도 없지.”

하지만 벨쥬브는 그런 키아스의 날카로운 태도에 아랑곳하지 않고 순순히 입을 열 태세였다.

"잘 들어."

그렇게 그동안 극비로 취급되던, 당사자인 케니안도 알지 못했던 이야기가 이름도 모를 행성에서 밝혀지려 하고 있었다.

『이모션 디피션트』 2권에 계속…

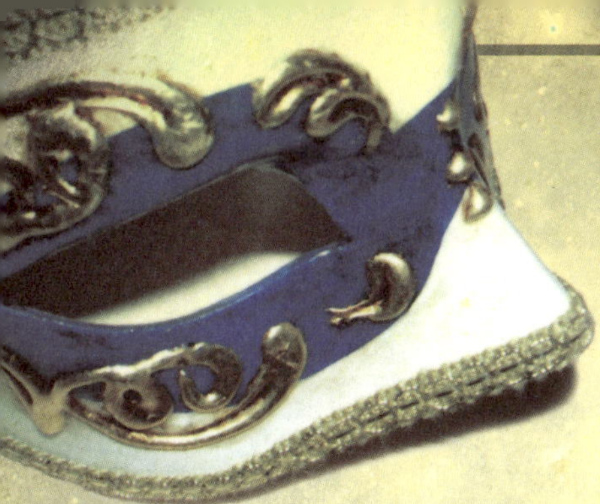

눈매 퓨전 판타지 소설

the Mask of Leon

가면의 레온

중원을 공포로 떨게 만든 희대의 악마, 혈마존.
그의 영혼이 기억을 잃은 채 차원 이동을 한다.

한 소년과 몸이 바뀐 후 깨어난 혈마존.
기억은 지워지고 싸가지없는 본성만 남았다!
욱할 때마다 튀어나오는 살벌한 말투와 그의 독자 무공.

'아, 나는 왜 이렇게 성격이 더러운가?
어째서 이리도 잔인한 기술을 알고 있는 것인가? 착하게 살고 싶다.'

살인광이었던 그가 전혀 어울리지 않는 대신관이 되기로 결심한다.
하지만 그 본성이 어디 가나……

"이런 빌어 처먹을 놈들, 신전에서 봉사 활동 안 할래?"

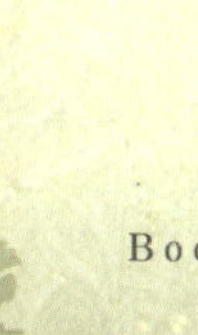

Book Publishing CHUNGEORAM

War Mage

워메이지

김재한 퓨전 판타지 소설

사람들이 인식하는 상식의 세계 이면,
짙은 어둠이 드리워진 그곳에 사는 괴물들이 있다.

문명이 드리운 그림자 속에서, 전투기계들과
인간의 사념으로부터 태어난 마물들이 격돌한다.
마법과 주술이 난무하는 초현실적인 전장,
소년은 그곳에 서는 대가로 인생을 잃었다.
운명의 노예가 되어 가족과 인성을 잃어버린 소년, 진유현.

총염(銃炎)과 검광(劍光)이 뒤얽히는
어둠의 거리에서, 운명의 족쇄를 끊고 나온
소년의 눈이 살의를 발한다.